MANKALA

O (in)visível presente

ÂNGELA LINHARES

Dados Internacionais de Catalogação na Publicação (CIP)
(Câmara Brasileira do Livro, SP, Brasil)

Linhares, Ângela
 Mankala [livro eletrônico] : o (in) visível presente / Ângela Linhares. -- Fortaleza, CE : Ed. da Autora, 2020.
 PDF

 ISBN 978-65-00-25977-3

 1. Romance brasileiro I. Título.

21-71378 CDD-B869.3

Índices para catálogo sistemático:

1. Romances : Literatura brasileira   B869.3

Cibele Maria Dias - Bibliotecária - CRB-8/9427

Mankala –
o (in)visível presente

ÂNGELA LINHARES

Capítulo I

Que letra me move agora?

L (Laíla)

    Poderia eu dizer que era uma terra sem fim; com seus inumeráveis diálogos – a terra das letras. No entanto, era, sobretudo, um jeito de desencravar o visível e o invisível, que eu aprendera a tocar como música desde criança. Se o ensonhado vive? Mas ora! Não só; goteja segundidades, milimétricas águas. Por isso as sementeiras erguem vida: elas vão às horas como o vento leste, trazendo de volta o que se sonha sobre o lugar. Aldeã que se põe arrodeando beira e às vezes se embosca, atei-me com os montes vívidos, onde os desbarrancados, sobreviventes do holocausto, atracaram-se em mim no lombo da escritura.

    Falo enviesado e no que não digo escuto a voz das coisas parceiras, como a perspectiva ameríndia repõe. O registro dos seres a quem escuto farei aqui como quem joga mankala, semeando, em meio aos destroços do que foi devastado pela derrubada dos barrancos, na sanha do capital bala. Quanto às vozes dos outros, cada qual realiza sua caça e eu pego a letra como quem debulha vagem: com a mão e em trânsito do plantio para a colheita. Comigo estão os que vêm de outras peles do ser, que etnias são campos vastos da pátria-universo. E aqui a transmissão pede atenção: o que vier das sementes deve dar alimento aos que estão nos seus entrelugares – os próprios personagens dessa história – e aos que se achegam.

De início, tudo era passagem, campo vesgo do que esquecer e do que lembrar, falas do enquanto. O replantio se fazia como se não fôssemos mortos-vivos – por meio das semeaduras anunciantes, feitas após o acontecimento. A memória falhava, relampejava e voltava, mas no retorno era outra de si e ia nesse quase parindo o devir. Minha ocupação se fez na trilha da memória que se esvai e retoma sua vez.

No tempo agora, então, quando se pensou falar ao modo do mankala, jogo de semear, se estava a aprender a arte dos recomeços. Vou contá-la como posso, dando voz a cada personagem por vez, minhas pessoas, ajudando a esculpir algo das imagens do que dura e do que se põe cambiante, nessa captura de contrários. Por partes, vamos que digo. Em nosso caso, no que eu hei de assuntar nesse jogo-palavra desembocam muitas vozes, que semeiam por vezes até no lado oposto. Se se joga mankala por todos os lados, colhe-se no campo onde o jogador está fazendo jogadas contrárias às nossas. Quando o outro lança ao contrário pode pôr em risco muitas semeaduras; é tático semear no terreno em que ele se posiciona destruindo e roubando sementes. Seria um salvamento. E um posicionamento de resistência.

Devo dizer mais, que se verá nesse arranjo de escritura o uso da narrativa caçando o que serve para viver. O que não é uma metáfora de se tanger com os pés. Deve-se olhá-la como a cipós-d' água, aquelas plantas trepadeiras que se arrancham pelos baixios e vêm de grandes alturas, fazendo trânsitos abruptos. Eu dizia que na matança propositada e em massa, de milhares de pessoas, imolara-se os que já traziam a cunha de uma morte anunciada. No vão da devastação feita, punhais de águas que dormem catam coisa afundada no tempo. Dir-se-ia que uma lógica de sementes acorre e aflora. Chamo.

Semeadura implica reconhecimentos, às vezes em terreno árido. É preciso anunciar que mesmo situada no território da palavração e puxando tantas vozes, charrua de ângulos estranhados, nem sempre percebia o modo do outro se pôr dentro de nós mesmos. Nesse lugar de criar destino. Os escravizados de Moçambique e dos Brasis, os portos do Alentejo, os sertões gerais e a minha indianidade me ensinaram que a forma de semear diz de como somos. Quem há de negar que há autoria nessa compósita partitura?

Feito prelúdio, anuncio que me atenho ao que o povo das barragens decapitadas deixa como tarefa aos mortos-vivos: o trabalho de rapar continuidades. Não seria trabalho vazio, acoitado no fundo aberto do tonel das Danaides, mas uma forma de arrebatar algumas sementes novas. A ancestralidade ameríndia tem ensinado que o espírito de todas as coisas flutua e canta e segue. Sendo pai e mãe de nós mesmos, outros das vidas de antes acocham o passo, rente conosco. Há, porém, também o que romper da ancestralidade – escavadeira na pedra burilando sua própria dureza.

Ora, ao semear se guarda o saber dos mortos-vivos, dizia minha mãe Iain, índia caçada a laço por um português que a amou, sim, contra os conformes daquele tempo. Nessa semeadura se escuta águas mestras, a jorrar do que se avista longe. Mas cuide, dizia ainda a minha mãe, que se transmite experiência é de corpo a corpo, alma entranhada nessa maré de pedra, que o guardado na letra é para não se fiar só no trabalho da memória

Eu ia dizendo já com a vida em mar alto, em caminho para a cidade próxima, que lidar com linguagens era como quem semeia na mankala. Dizia minha avó Rosario, a boca na pedra do sal, que se parte de um ponto simples, nos recordos; depois, se atraca reinvenções marcadas e se põe na cova mais funda, que sementes penetram funduras imprevistas. – Para aí e só então o grão mestre se pôr a agarrar o ventre da terra.

Como faço a transposição da matemática da semeadura para a dos símbolos, posso sugerir que quem lê o movimento de semear que faço nesta escritura, o possa fazer partindo do capítulo que queira. Pode-se também fazer uma segunda leitura, depois de ir na linear fazendo a jogada primeira, seguindo a sequência dada até o fim. Lógico, percorrendo todas as cumbucas ou capítulos, de cada um ajuntando suas colheitas próprias no kalah – o reservatório de sementes por onde passam todas as jogadas e por onde tudo o que acontece ganha um sentido para o outro também. Assim, cada um cumpre a guarda do alimento para os tempos de peste ou guerra.

Àquela noite, voltando dos campos destroçados, não conseguia mais ver por trás do embaçado do vidro de um trem de linha. A janela do vagão trazia um claro-escuro a estender-se ao símbolo e desse modo eu alentava o que era escorregadio e indistinto. Aligeirava-me no assuntar, sem me deter em paisagem alguma, na tarde morrente dando-me ao trabalho de mirar as passagens. O motorista desceu veloz, na última estação e antes que eu sequer lhe olhasse mais atenta, avisou-me:

– Não vai descer, moça? Já é o fim da linha.

A índia em mim se esbaldava de gozo. Queria raspar o fundo do tacho significante da minha história? Pois que fosse. A que eu era hoje vivia de um trabalho com a linguagem, junto a pessoas de etnias e lugares vários, e que estavam a perdê-la. A queda proposital das barragens matara os habitantes e devastara o modo do lugar ser habitado. Desmemoriados, ora atônitos, os que ficaram descosiam a entretela da própria vida, feito cigarra que perdesse o fio da melodia, de repente e se esquecesse. Despojados de tudo, uma experiência se impunha: fazer uma sobrevida em meio ao que havia restado no lugar. Assim, criava-se a utopia necessária no quê de vida social que renascia. Mesmo açodada pelo deslembramento.

Fosse porque fosse eu ia comendo pelas beiradas, puxando uma e outra meada de cor viva para as tarefas da memória. Os leitores chegariam a inteligíveis falas de si, por meio de cada personagem que aqui estava a dizer-se e mostrar-se? Nada não se sabia. As venturas do parco quem há-de! Contudo, adelgaçava o imenso para caber nos dedos: vivia-se do mínimo quanto ao ter, mas se resistia como em tempo de peste. Os sobreviventes levantavam-se por aquela fresta onde o inominável apalpa suas imagens.

Um dia, quando criança, caíra na cacimba que se pensava rasa, na brincadeira de empurra e escorrega. As viscosidades da areia e do riso entreolharam-se, assustadiças:

– Era de se enxerir na fundura? – ralhou minha mãe, depois da aflição. Nunca ela entenderia que quando se desconhece o que se pega e onde se anda, o deslembrado pode voltar e a gente calcula mal as margens.

– Trabalho estranho, esse de pegar restos, partir dos tropeços da voz dos desmemoriados para chegar a uma canção inteira – diziam sobre meu trabalho e minha escrevinhação. Afoitavam-se outros: – Compor diálogos vivos fazendo o conteúdo regressivo voltar não doeria? – Ora, eu respondia brincando, trabalho era o que corrupiando a gente acaba com ele na mão. Mesmo depois do desembesto do pião, quando some o cordão de puxar. Ah, abre-se a mão antes de se atalhar o rodopio e oferta-se o espalmar das mãos antes da volta da linha. Aonde fosse, então, uma meada de linha clara puxava a outra, em perdurável tentação de animar-se com a paisagem tosca, entrevista. O estigma do holocausto cerzia-se por dentro, a gente tresandando, no suor inconteste de quem não sabe se na esquina se alberga a sempre refeita diáspora. Eu não anunciei que eu vivia entre lugares?

Nem sempre era ameno estar junto aos expatriados da memória; eu mesma fundeava ânsias. Como bem, agora, a índia que eu fora assomava e fazia-se dona em mim. Ah, as ignorâncias do amor, queria protestar. Mas a índia socorria, não podia negar: margeava os limites das escuridades, apanhava o que ninguém via, puxava o deslembrado como um fado alegre.

Onde eu estaria agora? – a índia me perguntava, fazendo duplo comigo. Eu tentava responder: – Alguns sobreviventes experimentavam-se vivos ainda e um a outros se juntavam. A dimensão da comuna remanescia, no lugar mesmo destruído pelo vítreo vírus. E o capital financiador dos holocaustos banalizava a exceção. Chegara um tempo em que o estado mercado, como parte de sua própria lógica produtiva, ao invés de caminhar para a partilha dos frutos do trabalho de todos executava multidões, dizendo cinicamente serem coletivos inviáveis para a acumulação crescer – eu dizia. A índia que eu trazia em mim se comprazia.

Não saberia ainda dizer o porquê de eu precisar viver dentre escombros, onde sobreviviam os fantasmas do holocausto silencioso, eu mesma podendo escapar. Mas o que seria escapar? De quê? De mim mesma? Depois de dias lá nos arruados iniciantes, voltava de trem; a viagem levava horas e horas, mas eu vinha, a arranchar-me em pousio de cidade. Na faina de puxar alça para recompor sentimento, a índia que eu fora se apossava de mim, avessa à parada da estação do trem que me levaria para casa; queria tresandar.

O fato é que não deixava o meu kalah vazio. A mais, a poesia era leve alento e eu havia de tê-la como pão diário, sendo transbordo para alcançar o outro. A índia se esbanjava. Gozava deixar-se a ermo. Se alguém perguntasse onde ficavam os arruados, o exato, não saberia; nem se deve dizer tal coisa de sementes, sei bem que havia moitas em arranjos de oca, pedaços de árvores assubidas feito palafitas dando vau a verdadeiros Cavaleiros de Palma, telhados de pau, palmeiras e compostagem se enganchavam no alto da ruinaria feita de corpos mortos e planta e águas e bichos e cal e madeira e barro, rolando noite e dia no despenhadeiro vivo...

Nas horas em que me invadiam desertos sobrava em mim. Como se um sumo de fruta soltasse sua calda mais do que eu poderia acolher na boca com minha fome. Incontido desejo de desafogar-me vinha boiando, rosmarinho à flor d'águas. Espiava de esguelha quem vivia nas escarpas íngremes, junto à errância e desmemória dos sobreviventes com os quais lidava. Desbravava rotas de areais, descampados e restingas, pontas de mar e lamaçais, matinhos ralos e águas vivas, rios no entroncamento de matos e recantos alteados sobre águas, ao modo de palafitas. Compúnhamos uma arte nascente, vivendo dentre soterramentos, quais visagens de montes decaídos.

Noutro local, beira do antigo porto, embarcações quebradas feito esdrúxulo corpo marinho entalhado, alguma casa perto de duna e um gigantesco corpo feito lixo atômico, ondeante, afundava à praia. Não sem antes vir em coleante estorvo, destruindo o que vinha consigo desborcar na aldeia e no mar.

Havia em outro ponto um reduto de caatinga arbórea, feito arraial de matinhos, uns de fora e uns adentrados no ermo, urdindo a experiência humana de sobrar-se vivo. E em um campo no meio destes, um antigo quilombo do lugar se recompunha, gente feito bicho, azunhando o chão, na cava de um exíguo espaço dentre os montes e águas em incessante declive. Um trecho das águas dessas correntezas era conduzido para uma espécie de gueto e a esse espaço, no que restava vivo se chamava Arraial do Rio dos Pretos.

Não era nítida a visão desse fio de contas, mas existia como desenho, desígnio supremo que a natureza dava guarida e eu costurava como vida imaginada. Regozijava-me com o pouco e aprendia. Por hora, perseguia a que não era eu, ao invés de seguir-me. Tinha a impressão que a índia que eu fora no outro ou em outras eras tomava à frente minha vida. Sua impulsividade era mais incontida que o leito do rio Tapajós ou as corredeiras do Xingu, desde o Roncador. Cantiga era determinação: definida na liberdade.

Acontecia muito, saindo dos dormentes conhecidos, fazer longos trajetos a pé, se a índia se pedia a mim. Eram impulsos que reconhecia virem de outras temporalidades e, sabia-o eu, faziam-me arribar em funduras que davam até no Alentejo, onde me atalhavam outras experiências, que se diriam ser delírios de um ontem longe.

– Mas o que seriam mesmo os tempos da memória? – eu insistia, quando minha própria vida ia fugindo nos enlaces das migrações. Em alguns momentos a voz era erradia, puro trânsito – e eu me subtraía à tarde finda pegando a asa da arte, nos meus desbordamentos. O lábio contraía, o hirto das sólidas imagens tangia as palavras. As letras me desapossavam do corpo, impura coisa, que o símbolo sai da pele do ser, às vezes. Desveste-o e segue na sua dança oblíqua. Onde as cordas que eu tocava ergueriam música? Pelo campo do outro. O jogo do mankala ensinava.

No momento, meu ofício de puxar linguagem dos que se perdiam em esquecimentos atinha-se a poucos. Havia um português, Ilel, na madureza dos anos, que vivera em territórios do sul da América e embrenhava-se a fugir do arcaico que trazia em si. Da lavoura judaica vinha o mundo abandonado da crença, que ele iria rever, junto ao imenso do saber ibérico, arcas pujantes. As práticas das navegações nos traçados mercantilistas reduziram, contudo, os descobrimentos do outro, o vasto do mundo. Colonialismos tentavam recompor sua insanidade, junto a traduções de sonhos tacanhas. E o discurso do amor já não era o fado.

Ilel, porém, o português, como milhares de pessoas, estivera no desabamento das barragens e agora se recuperava de um longo período de deslembrança de si, como do próprio acontecido. Rebulia, assim, a saga dos gordos empréstimos, ora saques culturais e suas usanças, ricas e vis.

Outro acidentado, sob minha vista e cuidado, era um brasileiro de ascendência nordestina, a buscar o que escolher para alembrar perante devastações, pois embora já liberto, havia sido preso num enfrentamento político em uma cidadezinha do interior, por questões não completamente decifradas. Eu teria de estar na mira dessa busca, ao lado dele. Camura, o nome deste, passou a agarrar como sustentáculo uma mãe do caminho, Rosario, minha avó, que ele conhecera na ponta do meu porto aldeia, à beira de uma duna esquecida. Lá, havia o mar.

Andando-se mais para o fundo da casa de minha avó Rosario, pairava um arruado suspenso, que se ensaiava como vivência de refazimento. Era vilarejo alteado, armado e feito de juncos pelos sujeitos que sobreviveram aos desabamentos ocorridos nesse lugar margeado por dunas. Os sobreviventes do trágico, como os Cavaleiros de Palmas, assim eram chamados por Rosario, viviam sobre destroços descomunais, que se encharcavam de águas de ribeirinhos ardentes. Dentre avalanches de restos dos mortos-vivos na sucedida ruinaria, empastava-se o monturo de chorume e materiais depositários dos montes. E onde descambavam as hastes a rolar, sobrenadando areias, criava-se o lugar. Fincavam-se estacas. Assubidas, então, ficavam estas casas-ruas, sobrenadando as correntezas da descomunal gosma viva.

Naquela beira, outros sobreviventes como minha avó Rosario amarfanhavam a terra defronte ao braço do mar, à frente do arruado de casas-ruas erguidas ao modo de plantas aéreas. O porto da aldeia fora desativado de modo intencional pela polícia política responsável pela derrocada das barragens e montes: interessava-lhes por hora uma desmemória. Mas não era de ser.

    Havia uma figura de amizade: Inambê, mulher e negra. Vivia em um povoado quilombola, às margens sinuosas do arraial do Rio dos Pretos, destruído pelo desabamento, mas reassumido por alguns sobreviventes do gueto. Depois das escravidões e tantas diásporas africanas, já não sabia Inambê para onde deveria voltar; era certo, dizia, o desejo de seguir na ida como se voltasse. Como? Ela se experimentava.

    Na comuna de Inambê a vida remoçava. Catando tatuís e crustáceos miúdos que fugiam do mangue perto, o povo remanescente do caimento das barragens e montes em derrocada comia do arrancado avidamente ao chão, disputado a palmo com os bichinhos pululantes da lama. Depois, não só. Pois que havia o rio dos Pretos, onde as grandes árvores caídas se largaram, fazia-se pontes com alguns dos depósitos areníticos e calcários dos montes a rolar, que se tinham amontoado dentre águas corredeiras. E se os destroços da natureza viva e morta interceptaram parte da correnteza, prosseguiam filetes de águas que se desviavam segundo as gentes lhes dirigiam o curso. Diante do silenciamento imposto, e por isso mesmo, os desenhos de vida comum se tornavam desígnio e os começantes arruados encompridavam a via de cada vida.

    O fim da tarde esticava-se. Uma sobressalente Laila – assim eu me chamava – esfumava de minhas lembranças, após o desmonte do espaço geopolítico e das vidas do povo das barrancadas e suas mortes anunciadas. Nesse campo, o tempo exigia esperançar quando portas íntimas e gramáticas se abrissem. Repare que é na passagem para o presente que o ser ressonha o lugar.

Eu atravessara junto ao território e ao ser alguns pontos mortos, tentando sair daí para chegar ao não sido ainda. Percebia-me, contudo, naquele dia, sem os fulgores que a solitude pinta depois que a alma cumpre sua tarefa do dia. Daí a índia vir dar-me impulsionamentos. Mas eu não a deixava possuir-me demais. Nessa peleja descera do trem e dava comigo tomando gosto pela escuridão, na viela em que me via andando. Nenhuma maré ali me subia pelos pés, nem viscosa espuma ou algas. Convocava-me dar seguimento ao trajeto pelos entroncamentos de ruelas por onde passava. Afoitava-me querendo coivarar o já sido, pois que a índia puxava ao fundo, olhando na noite o estranho. Em meu pasmo, eu margeava pocinhas, saltando.

Errância é um mar sem saudades. O coração entremostrava no breu o vespeiro de casas pobres, fechadas nas tábuas. Apressava o passo na trilha que me impusera e quando notava estava correndo ao contrário do que eu supunha ser pista ou estrada. Nesse ímpeto, aportei em um beco de terra barrenta, com parecenças de beirado de rio. Uma montoeira de casas acotovelava-se sem retidões de esquadros, se mostrando onda maior. Ah, o fio da despalavra ia voltando.

Depois de andar um tempo que eu não dei conta de avaliar quanto foi, em uma curva e a um canto da noite um moço esquentava a *pedra* – o lixo da cocaína – e depois de encher uma cuia, de longe mesmo eu o via fumando, absorto. Não distava tanto dele a ponto de ele não me ver, e o fazia, de relance. A fixidez do seu olhar era um abismo; temi pelo que ele não encontrara em mim. Olhou-me por um tempo enorme, esvaziado. Parada que fiquei, em descanso, ao prosseguir espantei-o. Meu movimento mínimo foi o suficiente para ele avançar, dizendo:

— A moça só passa aqui se eu deixar. Só anda aqui quem é da área. Para onde vai a essa hora?

— O problema é esse mesmo: eu não estou indo a lugar nenhum; eu vinha.

— Morto é quem faz graça de noite. Ou quem quer morrer. Tem o corpo fechado?

— De que corpo você fala? — eu repliquei, meio sem pensar, e intempestivamente.

O que para mim era uma sincera recusa ao real, foi visto por ele como uma afirmativa de outra natureza, o que deu um resultado surpreendente.

— Uma visagem, não é? — a voz saía esganiçada.

Agora o medo era dele. Olhei-o intensamente e o rapaz, por seu lado, ao imaginar o não visto em vazado fundo, certamente fugiu quase correndo.

Ouvia-se passos fortes na terra batida, fazendo o eco de um tambor que se desarvorasse por sobre o ritmo pausado da noite. Quantos séculos passavam no breu de uma noite, que corria dos pés de um homem que trocara grãos de café e pau brasil pelo lixo da cocaína? Aquele espantalho de pássaros gigantes de outras eras, afundando a vista nos horizontes entrançados das formas que nada diziam para ele, era um homem. Como eu poderia temê-lo? A cidade podia estar a dormir, mas no meio da noite havia um homem que não via o que era noite nem dia e cozinhava a pedra que o matava nem tão lentamente.

Meus passos descambavam o ritmo, não acoitando a leveza das horas tardas. Ergui os cabelos como faz uma amante, retendo na pele o gosto dos chuvisquinhos. Como eu havia amado! Também um homem, com outros abismos, chovia na minha lembrança. Ameaçava os lajedos que se assentavam; agasalhava querências. Uma casa abriu janelinha, a sombra de uma mulher olhou-me e logo a fechou, assombrada.

Em criança, gostava de imaginar algum calor dentro das casas e os fogões de lenha nos quintais, com as pessoas repartindo histórias. É uma imagem de futuro que eu persigo ainda, olhando para trás, sem medo de virar estátua de sal, feito Lott. Havia casas vivas, como também solidões justapostas, fraturas. Alguma estrela qual a cobra Boiúna, a que derrubava embarcações, parecia brilhar em um vão de telha de amianto, brincando onde eu pedia arrego. Tudo se faltava de reconhecimentos.

Com Joaquim eu vivera as duas faces da casa: a que me fizera reter algum partilhamento e a que me fizera conhecer a solidão. Passara o tempo de estar com ele. Ficara o quê? O gosto pelas fronteiras. A índia me roubava e fugia com alguma parte desconhecida de mim. Diáspora sem remédio, a minha: procurava em desmemoriados uma verdade pátria que nunca existiu inteira. Ainda. E uma outra desconhecida frase sem sujeito imperava em mim. Ninguém, porém, teria o direito de impedir a reconstrução deste texto, nem do meu quinhão de labor na minha pátria-universo.

O desejo a essa hora era frio. Mas quê! Rumor de passos e uma sombra na noite assomava com passada diversa, atrás de mim. Não me virei para dar conta de quem estaria em meu encalço, só conseguia ouvir e continuar em minha pisada. Teria as consolanças: mesmo se os portos partissem, a existência do ser perdura. Infinitamente, diziam minhas almas penadas.

    Súbito, o estalido de minhas pernas no barro puxou figurações que o tempo velara. Nunca tinha reparado telhados, fisionomia das moradas refulgindo na névoa noctívaga. Nesse não saber, apercebia um vulto aproximando-se. Passos mais sólidos se apressaram a transmontar à minha frente. E o moço da cocaína e dos impossíveis grãos me ultrapassou, velozmente. Quanto mais eu andava e entrava em curvas e baixios mais o homem que se defrontara comigo parecia temer ser seguido. Saíra ele com medo do que julgara ver? Nesse rumo entre coxias talvez temesse que a própria alma existisse e o fizesse acordar de outro modo.

    Continuei no mesmo compasso. Estava só e era uma mulher na noite. Calou-se em mim, então, o cantar cantigas de doer. Sentia, sim, uma imensa saudade de Deus. Como Deus era incompreendido! Triste o fado da noite; mas haveria outras e eu não iria espicaçar as extremidades aguçadas do quase que se apresentava.

    "Ninguém venha me ponhar a mão", ponteava meu pai, "que eu sou do mar e do remar". Voaram não sei quantas horas mais e eu coiceando o breu da noite índia com caminho nenhum de me encontrar. Já alguns outros becos serpenteavam seu meio fio quando resolvi parar: mas onde estava? Queria dizer: que ontem me despovoa do presente?

    Devo ter andado por horas até que esbarrei com um riachinho magro. De todo modo, alegrava-me as águas que corriam. Sentei-me e percebi que tremia. Coloquei a cabeça por cima dos joelhos para acalmar o movimento das pernas que eu não controlava, mas segurava com os braços também. O filete de rio era meio ocre, o barro das ruas se emprestava molemente nas suas beiras. Não sei quanto tempo estive sentada, olhos lagrimados. E foi quando lavei as águas do rosto com as mãos em concha que avistei, diante de mim, me puxando de leve, um homenzinho simples:

– A menina chora? – assuntou o velho, como que saindo de uma pequena gravura ancestral, assim eu recortara. Trazia pepinos e cheiro verde em um cesto grande. O cheiro rescendia no ar. Continuou mastigando cada palavra:

– Não se assuste comigo. Venho molhar as verduras para cedinho vender. Não querendo acordar ninguém por aqui, chego de madrugada. De manhãzinha gosto de sentir da janela o sol batendo. Se levantar antes do sol, ele não me despertará dessa forma viva.

– Viva? – repliquei.

O homenzinho velho se espantou. – A senhora já morreu, dona moça?

Não respondi com palavra, mas olhei-o nos olhos, reparando que os dele aumentavam, pasmos, distinguindo-se do rio e da rua.

– Vezes sem conta fui ser em outro lugar e tempo – ri. Mas agora, se o senhor não se importa, queria chegar à minha morada. Eu morava – continuei sempre rindo – em um lugar e não sei ir daqui. Vinha no último trem, desci para andar um pouco, distraí e ... Perdi-me.

– Vou pegar um lampião, coloco azeite... É daqueles de pavio longo e fundo, acho que aguenta o pouco vento da noite; o pouco vento. E lhe levo até o lugar aonde você pode esperar o trem de sua volta. Tem um corujão das quatro horas, moça. – Ah! – falei.

E quando ele veio no brando vento, arqueando o corpo e com a lamparina tremulando no ar já escasso da noite, pedi para comprar de si algo que, por sua vez, pudesse ajudá-lo.

– Você vende os pepinos? – ousei vasculhar.

Quis pagar mais vezes que o preço. Ele não aceitou. Acordou os termos:

– Leve o tanto que eu vendo por esse preço; se você me der mais dinheiro, vai levar mais pimentão e cheiro verde. É assim.

De volta à minha morada, depois do traslado de trem, dormi poucas horas. A índia me pareceu que ficara em algum ponto suspenso, em águas cor de terra. Vagueava em mim a barragem devastada há poucos meses e a desmemória como problema. Mas ao azeitar o corpo diminuindo a luminosidade da noite acendi outras cenas. Quais? Viesse a compreender alguma paisagem que pudesse aflorar em mim, teria que seguir junto às pessoas do lugar despossuído. A índia me impelira para essa certeza, e agora, já não estava ali.

Traços da clareira do dia esfumavam a manhã e eu escorri por entre os dedos, me escriturando. Capitaneava o que fora colhido na noite para o meu reservatório íntimo. Dentro em pouco o dia acordaria as cidades e as ruas. Era de se pensar que pudesse ter havido um pássaro de plumagens diversas que, passando sob meus olhos voando, tivesse deixado suas penas de cores vivas. Em um tempo em que eu, enlevada, pudesse gostasiar de ser feliz.

Quando o velho homenzinho saíra comigo até o trecho conhecível, dei conta que ele decifrara o início. Eu pagaria só o que devia. Ficara em paz, então, até o trem do outro dia, que me levaria aos outros, na região indivisa onde meu coração alado poderia ter outro pousio.

Capítulo II

A volta à vida

C (Camura)

    Começou a destecer o linho de uma camisa tão velha, que se desmanchava quando puxava algum fio. Teve muito tempo para fazer essa teia de nadinhas; era mestre nas artes que muitos da instituição penal chamavam de inúteis. Talvez nem fosse arte esse destece e tece. Destecia para aproveitar o pano velho, já que não havia visitas para ele; e tecia de novo para aproveitar o tempo, como disse uma vez para a moça vigia.

    Era um preso. E isso parecia justificar o que se dizia dele: "se mantém ocupado" – ouvira dizerem de si. – "São coisinhas que ele faz" – explicou a moça para o outro vigia, sempre anotando. E virando-se para minhas feituras de linha velha deu elogio: – "São bonitas."

    Mirar era um fio que se esgarçava ali. E aquela era uma frase em um rio de dias e meses e anos sem outra capaz de reconhecer que éramos algum alguém. Valia o dito, ainda que a passagem do fardado e da moça fosse para esquadrinhar crimes que os vigias passavam a ver em qualquer risco de parede, pano ou até em uma simples colher de comer ou num gemido de dor. Não vinha mais ninguém se debruçar sobre a vida ali, absorta em restinhos. Ratazanas eram uma parte viva do cenário das celas e por causa dessas visitantes se havia de conseguir certa malícia e aprumo para o nariz não ser comido pela fúria animal do roedor.

Quando alguém de visita vinha, uma e outra vez escapulia uma frase estranhada: – "Mas comendo em um saco plástico nas celas, fazendo as necessidades em outro?"
– "E por que não
há quem algeme para ir ao refeitório?" –
"Onde os direitos humanos?"
A resposta da vigilância era sempre
a mesma: – "Não são santinhos".
E isso parecia justificar qualquer tirania que ali se impusesse em nome do poder do Estado; em nome também disso que faz os policiais tentarem um apuro em tiros. Ontem tinha havido ensaios de tiro, perto das celas; o que era a mesma coisa que assistir o outro desmanchar-se. Como o linho velho da camisa – pensou Camura.

– "Era estudado" – observou mais a moça, no mesmo dia, anotando. – "Teve as primeiras letras e continuou mais um pouco" – completou, falando alto enquanto escrevia, após algumas respostas minhas. E reparou um montículo de livros na minha cela que os presos deixavam para mim, já que não iam ler, diziam, e ocupavam lugar no pouco espaço que se tinha.

Teve vontade de perguntar ao ver a dona moça: ia ter algum trabalho para preso, como se dizia estar na lei do instituto penal? Mas nada lhe confiara. Amofinara no desejo de palavra. – "Pode ser que haja seleção para algum projeto social" – deu resposta a moça, ainda sem levantar os olhos do papel.

– "Ora, se não há para os que estão lá fora, vai ter para vagabundo e criminoso?" – se adiantou um policial que passou ouvindo.

A dona moça engoliu seco; talvez atinasse que ele, o preso, já estava devastado de não desejar. Queria ouvir qualquer coisa de esperançar, nem que um fio de nada fosse.

– Aquele bichinho verde das pernas fininhas? – ensaiei brincar comigo mesmo, sempre logo emudecendo ao pensar a palavra "esperança". Funcionava aos soquinhos, maquinaria emperrada, sem óleo. Lembrou: nunca vi alguém falar que uma pessoa pudesse estar faminta de esperança, mas assim sentia. As palavras da brincadeira cantada de sua infância no sertão vinham-lhe à cabeça:

Lua, me dá pão com farinha,
Para eu dar à minha gatinha,
Que está presa na cozinha...
Xô, gatinha, vai pra tua camarinha!

Alguma coisa criança ainda poderia mariscar faminta, por dentro da sua vida? Não poderia desejar coisa mais diferente que comer em saco plástico por causa dos costumeiros problemas dos presídios e fazer necessidades do mesmo modo? Deveriam assistir calados o golpear dos crimes do poder e o saque continuado aos empobrecidos e lamentar algemado os crimes de sangue, cometidos pelos desesperados? Lavar o banheiro das celas, conviver em um minúsculo espaço na divisa dos sem-razão era toda a razão possível?

Ia continuar a destecer o quê para tecer como? Quem não vive em um cemitério de vivos não sabe. Como eu conseguiria camisas velhíssimas, não usadas mais, para ir destecendo o fio e então "alinhavar coisinhas" ? –

interrogou a dona moça, referindo-se ao fio desembainhado que eu ia tirando das camisas muito velhas para a tarefa de coser algo novo.

O que haveria de mais maneiro que se pudesse fazer sem gastar nada? Que não fosse algo que se pusesse contra qualquer corpo? Levei dias e dias matutando, quando me vi descosendo uma camisa que tinha visto na escória das alas, ao limpar os depósitos. Ah, a rua são as alas de celas que se sucedem, em um corredor do nunca acabar o cansaço de não ter como sair dali.

Eu pensava na crueldade humana. Enquanto tangia esse penso meus dedos faiscavam a possível descoberta de um *quefazer* novo.

– Quanto custa um homem? – perguntou um preso ao guarda.

Uma das coisas que se dizia e se ensinava – e só aprendia quem durava ali –, era a não ouvir nem falar nada. A vida ia ficando minúscula, poderia caber numa caixinha de fósforos, se fosse o caso de atestar.

De uma feita, fiquei olhando uma formiga na cela; ia e vinha – "nós, não". Levava palhinha e folha para trabalhar – "nós, não". Não havia quase trabalho, só alguns disputavam um inacreditável lugar de eletricista ou o que tivesse parecença com esses serviços aleatórios e pontuais do instituto penal. Mais: a formiguinha tinha o formigueiro cheio de gente fazendo a colmeia. Para não falar que arrimavam carinho, levando o que pudessem para aninhar-se, galgando estradinhas de ir e voltar. Sem arrojo ou mais tristeza, pensou:

– Seria crueldade, aquilo que nos faz menor que as formigas?

Não, não era filósofo. Os letramentos cedo fugiram de sua mão. Era um preso, apenas. Como poderia convencer alguém, quando saísse, de que seria capaz de algo que servisse para viver? Sairia dali algum dia? Praticamente sete anos haviam se passado como se fora séculos. Tanto se devastara o que se era antes quanto o que se impunha agora. E porque não vogava ali experiências de estudo, trabalho, comunidade, nós mesmos passávamos a ver em nós apenas o delito que um dia se cometera. Ou não, que tanto fazia. O delito – o grave com sua sentença – pairava no desacordo dos dias, se transformando no sujeito inteiro, que tudo em nós seriam maldades, dizia-se.

De todo modo, os presos eram caçados de uma classe há muito eleita para morrer, como se vê nas notícias. Mesmo em dia com esse saber da desvalia, o que se poderia ter sido acorrentava, pondo roupas de passado para quarar ali. Campanulava no meio de algum chamado de revista ou de outro motim, talvez. Mas a moça vigia ainda estava anotando coisas. – O que contaria a uma mulher? – se perguntava desde o dia em que uma veio, com a visita do colega, olhou para ele e se engraçou, como reparara seu companheiro de cela. Veio duas vezes mais e pronto. Antes do nunca mais, ela havia me dito:

– Você é muito pobre; e eu sou já precisada. E triste! É melhor que não.

Compreendi. Nunca mais chamei em mim o pedaço da natureza do humano que pode sonhar receber algum amor ou coisa que vai por aí. Deveria ser eu quem daria o que fosse preciso. Mas agora estava pobre em experiências de lembrar. Como o trabalho da memória poderia plantar-se sem grãos? Era como um pássaro atocaiado em um ninho estranho. Possuía alguns panos, uma caixa de doces sem doce dentro, o algodãozinho das camisas que desfazia e refazia, água em uma lata e um pouco de pão dormido.

No outro dia, abrira-se o portão para irmos ao pátio – era o tempo curto do banho de sol. Para não deixar morrer um corpo – a gente completava. Por que seria preciso justificar que nos queriam acesos como uma vela, se não era...? Diziam que devia existir dessa forma a instituição penal, os cargos, os subempregos, o arsenal de guerra da justiça e da segurança, para se lutar contra o pior da crueldade. Quer dizer, havia um pior que ser apenado e o sistema penal seria uma tentativa de nos afastarmos desse extremo, diziam. Mas o extremo estava em todo canto e vinha dos sujeitos e suas relações, que faziam funcionar a feroz maquinaria. O mais que se falava do bicho indigno que éramos chofrava de encontro ao peito.

O que vira acontecer em um instituto penal desmentia o que de alento queria se entocar no restado de um sujeito vivo. E, no entanto, de todo modo seria preciso acreditar que havia ainda alguma coisa de humano em nós. A caçada era difícil, diziam. Se estávamos costurando nossa própria mortalha! E a gente resistiria – diziam os que tinham visita fazendo eco a suas visitas. Os outros não, porque os outros sumiam diante das palavras.

Mas Deus, havia o mar de Deus que gerava mundos. E dava ao sujeito humano a liberdade de nem saber aproveitar o dia. O banho de sol era bom, mas, por baixo dos cochichos se decidia quem ia morrer, dando-se definido recado. De todo modo, estar no pátio permitia mexer os pés, se não o sujeito desaprendia andar, como um que ouvir dizer e outro que conheci de fato.

O fel dos dias devorara o que havia restado da pobreza de minha juventude. E como ficara tanto tempo ali, aprisionado, certamente ao sair não teria história alguma para sonhar. Como eu estava dizendo, a mulher que no dia da visita se interessou por mim queria o que fosse rápido. E saciasse. Não deu. A mulher percebeu logo que não se iria longe, era vivida. Não adiantava pensar mal dela, devia ser também alguém que queria sonhar um pouquinho; o corpo nunca era só corpo, havia mais, tinha certeza.

Ouvira que Deus nos manda companhias espirituais. Era possível sentir isso se pensasse na sua mãe, onde o coração amainava, silencioso. Quando soube que não havia inferno, mas reencarnações, se exaltou, pegou febre estranha. Estabeleceu liança com o invisível. Sabendo que a natureza imperfeita de cada um ia aprendendo nas eras, parou o medo da morte. Àquela hora de silenciamento na cela, em que todos estavam tensos e profundamente sós, pensar em eternidades do sofrimento era perverso. Mas os contrários se deviam avistar. Como podia explicar o infinito aos outros – haveria, sim –, se o ar da cela se empapava de desconfiança e estávamos postos constantemente como inimigos um do outro?

Uma vez estivera doente, com uma dor intensa a irradiar para cima do estômago e avançar corpo abaixo. O sangue saía pelas partes e escorria quando usava as águas do espaço em que se fazia as necessidades comuns. Os companheiros da cela, então, ficaram desolados. Deitei-me a um canto, encolhi-me e comecei a tanger um pensamento como nunca tinha feito; parado feito um embrulho de carne ferida, minha alma pedia cuidado e articulei algum arranjo de prece experimentada a foice.

Certamente já me arrependera do rompante que me estragara os dias da juventude. Eu não matara, mas pegara a arma, soltara-a logo e quando ia fugir da cilada vira outro escondido na moita que atirou para matar o prefeito. Tiro certeiro no figurão. Mas quem atirara? Como provar o que eu vira e sabia? Dera-se parte de mim como tendo feito um morto. Não fizera. Sabia-me dentro de um arranjo político sinistro, mas qual saída?

No adiantado do tempo já tinham se ido os anos. De que valeria procurar esgravatar assunto tão desluzido? Via ali, naquela hora difícil, ser preciso recomeçar de outro ponto e pedia. Oferecia, em um transporte de amor indescritível, meu ser inteiro a um novo ensaio de vida que me ensinasse o que eu ainda não compreendia, mas o sabia exato. Era um pedido, que o ser tem suas horas e eu estava exausto. Finquei o juízo nesse prumo até dormir.

De outra feita recebera uma ameaça: ou eliminava outro da cela ou morria eu. Falei alto, pretextando o delírio da febre, na cela e à vista de todos, que nunca um homem era de matar outro homem; que tinha tino de gente e crença, e isso eu nunca faria. Tivesse eu de morrer de morte matada, que morresse.

Sabia o que sucederia: fui colocado incomunicável. Sendo mais sincero e botando os nomes, quem já ficara alguma vez na cela do isolado passava a lembrar de Deus. Se não tivesse religião no sentido comum das usanças do termo, compreenderia, porém, que as humanidades se abraçam, a visível e a invisível, pois nesse abandono é que todo sujeito chora. E ali, na cela que era de tortura nem um pouco amansada, como se dizia entre dentes, parecia que o caso era instigar a animalidade e a loucura; tratava-se de cutucar a onça com vara curta.

Um jovem nosso conhecido enlouqueceu na cela do isolado, antes raspando a parede trecho a trecho com as unhas, como um tatu procurando saída no casco do chão. Será que em uma situação extrema de dor um homem acoita o bicho em si? Ou se põe os olhos para diante, onde a alma se faz livre? Devia-se, sim, atilar o que de humano ia assuntar a alma. Para que ela planasse sobre tudo, assossegando injúrias.

— A gente é espírito de gente, filho — minha mãe dizia, quando meus olhos arderam em uma febre terçã, que descompassava o dia e a noite e o coração dava pulos de querer desatar.

Engraçado. Minha mãe sendo mulher de muitos homens, como se falava, ter esse amparo no sagrado, ao modo de gente aconselhada. Isso é que prova o improvável. Tivera três filhos, dois de seu ventre, eu e Lucia, e um outro que pegara para criar. Penso que já era muito. Certamente fizera como pôde. Diziam de nós que ficamos soltos na buraqueira, enquanto ela tentava o que chamava de amor na vida. Eu ia dizendo que mesmo nesse desvão o divino se entremostrava.

— Vamos jogar um pouco mankala? — convidou um camarada da cela do fundo, que às vezes falava comigo.

— Estou em outro jogo.

— Qual? — interessou-se o rapaz.

— No jogo do eu sozinho. A cabeça não consegue parar, desculpe.

Era quase uma senha: a cabeça não está dando conta — dizíamos. E o outro compreendia. Quando eu falo assim de senha ou respeito, ou qualquer coisa que se assemelha a calmaria, não é toda a verdade. Porque há a loucura, a injúria, a divisão – o que faz do companheiro um adversário, o que lança ao contrário. Há mesmo certa maldade compacta que se toca fácil e se manifesta sem arrodeio. Por cima isso e por baixo o que eu chamo desesperação, o sujeito estramontado na cólera vai eriçando os espinhos feito um porco.

Eu ia dizendo que havia um trecho do céu de se olhar, no pátio – e quase todos percebiam isso, timidamente, envergonhando-se cada um de ser gente ainda. Naquele dia, viu-se um sol escondido nas telhas da torre do comando do instituo penal. E mesmo por trás das nuvens e da guarita, de todo modo o sol fazia sua mostração. Eu feito calha recebendo água limpa da chuva atocaiava, insolente, a visão do sol no presídio. A bola nos pés dos que jogavam no pátio era um aceno; seria preciso que algo vivo e acostumado permanecesse.

No caminho da cela, a zanga feroz de alguns, a quase morte – uma e outra podiam se consumar. Recordei os ninhos silvestres, que eu procurava quando uma vez, criança ainda, a minha mãe me levara, junto com meu irmão, a um açude a passeio.

– Açude grande como um mar, o desse sítio! – ela alumbrou-se, olhando as águas. – Um dia levo vocês para ver o mar – ajuntou mais minha mãe, falando a mim e a meu irmão. Depois, só para mim: – Meu filho, fica por ali escondido com teu irmão, que depois do homem sair, o graúdo, eu chamo e vocês vêm fazer piquenique comigo. Olha que bonito aqui...

Nunca se pudera entrar em um campo assim. Havia sido lugar de sertanejos brancos, pobres, acasalados ora com índios ora com negros, que moravam há séculos e ali faziam vida. Na falta, porém, do que chamam de papel da escritura, os donos da polícia política haviam tomado suas terras, chamando-lhes cabras, como diziam, e assegurando sua posse indébita na terra dos nativos.

– Hoje aqui é um lugar privado, de um figurão que é político. Não entra qualquer um aqui, aventurou-se nossa mãe, em explicações.

– Quando ia mudar, em terra de interior, o destrambelho do mando? – eu pensava agora.

Anos passados, algo desse quadro perverso da cidadezinha do interior teria se modificado?

Ah, puxo meus recordos. E no caminho do sítio da morte confiro a lembrança do que acontecera. Como minha mãe pedira, eu me embrenhara na boca da mata, atravessando riachinhos e pequenas grotas com meu irmão. Olhar de criança encontra: alcovitei na mão um ninho de pássaro caído. O redondinho tenro dos ovinhos com a mãe passarinha chocando, pus de novo no ninho antes que a chuva e a noite dificultassem tudo e apartassem os bichinhos. Nessa hora, vi que o silêncio ficou maior e vim pé ante pé para a beira do açude. Meu irmão veio vindo comigo. Ninguém imaginaria o trágico: o grandão sobre minha mãe, depois a matando. Ouvi-lhe dizer ainda, antes:

– Não quer mais? Então não vai ser de ninguém, para não esquecer nunca – se restar algum juízo nos infernos aonde tu vais –, que uma mulher é uma mulher.

Por fim, o silêncio fora sua mortalha.

Gravei o rosto dele, do homem prefeito, de corpo aprumado e confiei que o tempo vistoriasse a desdita. Um dia, para queima de arquivo, sem freio na maldade o prefeito mandou prender meu irmão que estivera comigo, Runa, que além de Lucia, a irmã, eu prezava com irmandade excelsa.

Não se alegava causa da procedência desse ato. Meu mano estava voltando só, na noite, pela praça, após empeleita em sitiozinho de outro grande do lugar. Preso sem justificativa na cadeia da cidadezinha, se mandou bater nele com espora de touro brabo, sem pena. Quando perguntei o porquê, o guarda chasqueou:

– Homossexual com a polícia é assim. Política de Estado.

– E os direitos humanos? – interroguei, entre dentes.

– Você acredita nessas enganações? – respondeu o fardado, escarafunchando os dentes e às gargalhadas.

Meu irmão saiu tempos depois com o juízo em chamas. Nesse desarrimo, me plantei trabalhando no alheio, no eito. Juntava algum recurso para ir embora do lugarejo. Maquinava partida, um até o dia em que o graúdo me ameaçou de morte e prometeu me aleijar. Ouvi isso quando estive frente a frente com o matador que tinha vindo me ver em tarefa de aviso.

Esqueci o que achei que era apenas destrato, sem guardar desavença. Um dia, porém, estava nos sítios onde trabalhava quando vi o prefeito diante de mim poucas passadas – o que matara minha mãe. Achara pouco? – ansiei perguntar, mas nada. O olhar do sujeito envilecia o que havia ao redor. Parecia ter vindo para matança aprazada.

O silêncio era de pedra. Em hora de defesa, ele chegando mais perto, me aprumei com a faca do eito, botando-a no cinturão da calça, bem à vista do graúdo. Julgava dizer que nada ia fazer, mas estava a postos. Nada fiz em defesa de alguma contradita, porquanto nunca tive a vingança por companheira. Não cultivava natureza malina, nem guerra nenhuma tinha se aboletado até então em meu coração jovem. O ódio já gravara seu nome a ferro e fogo em minha mãe e meu irmão, como em outros da cidade. A tocaia era um princípio do poder, era evidente, e eu nessa hora tencionava escapar.

Em questão de segundos, porém, ao ver o prefeito avançando com revólver para mim, fugi com a faca do eito na mão e logo ouvi o tiro. Voltando-me vi o matador escondido acertando em cheio no graúdo e depois correndo no rumo de me pegar. Certamente esse moço que viera me matar a mando do prefeito, que eu já tinha visto matar minha mãe, recebera dinheiro maior de outro graúdo diferente, pois que havia inimigos políticos. Assim, o mandado para executar as mortes achou em quem inculpar o tiro decisivo ao prefeito, desmantelando o combinado com um e arrostando-se ao desejo de outro que devia estar em maior vantagem política.

De contratado do prefeito para me matar o moço passou a atraiçoá-lo, acoitando ordem de contrato do partido contrário. De todo modo minha morte era anunciada. Eu soubera pelo matador da parte do prefeito que eu estava jurado de morte; o contratado fora em meu encalço e me avisara. Por isso surpreendi-me quando ele próprio atira contra o seu mandante pelas costas, me imputando o crime. Já ouvira falar naquele duplo acordo, mas nada apurara e nem havia o que fazer para me defender do caso.

    Acusado, preso, inquiri da vida o que mais me traria. Mesmo tendo pegado a pena, alguns poderosos do lugar deviam maldizer meu nome. E o matador, morto o prefeito, se passou a olhos vistos para o lado do seu oponente, recebendo endosso, o perjuro, qual eu e alguns o soubessem.

    – Quase menino quando entrou aqui; dezenove. Amanhã faz vinte e seis anos. Crime contra um graúdo do interior – lastrara a moça secretária ao defensor público, no parlatório do presídio.

    – Praticamente sete anos de pena já cumprida – continuou a moça vigia. Nesse tempo todo nada lhe desabona, só uma vez foi à cela do isolado, ao que se sabe... Faz esse tempo todo que está preso; na verdade, jogado aí. Não tem mãe, nem advogado, nem visita. E pelo que se consulta aqui, já passou do tempo das outras audiências e não tem quem assine alguma soltura do moço para responder o resto do tempo em liberdade. A morosidade da justiça gratuita não é uma lenda – começou a dizer. Mas calou-se.

    – Eu já afirmei que pego a causa desse rapaz – deu ponto o defensor público, que anotava tudo; e se depender de mim sai hoje. – Quando lia o processo desse moço (apontou para mim) vi e ouvi uma mulher chorando muito. *Eu ouvia e a via a visagem feito uma estampa relampejando.* Conversei com minha mãe, contando o que me acontecia. Quando eu narrei o caso, compreendeu que seria a mãe do moço preso que me pedia socorro.

– Minha mãe não é pessoa sugestionada, mas compreendia bem o que me acontecera. Por mim, não duvido de nada, mas tem vez que escuto e vejo o que dizem não existir – continuou o advogado para a moça, no parlatório.

Eu, no supremo enlevo, ansiava cada sílaba da liberdade.

– Pegue o caso, filho, orientou minha mãe – e deixe o moço viver, que ele já penou muito e é bem possível que injustamente – continuou contando o advogado para a moça vigia, sabendo-me na escuta também. Penar era tão leve diante do imensurável mundo de dor que, mesmo jovem, vivera ali! – chorei no meu coração, baixinho. Teve alguma coisa em mim que naquela hora acordou de um longo desterro; o pátio se vestira neste dia de um sol não conhecido antes. Estaria sonhando? Ou teria enlouquecido?

Quando voltei do parlatório novamente, para acatar a ordem de soltura, habituado a recolher do caminho o pouco para viver, atinei que era bom pegar minha caixa de doces vazia e alguns panos. Colocara restos de fruta e comida podre na caixa, pois dava para aproveitar umas partes; alimpei-a e tinha por mim que com revistas velhas faria uma cobertura de figuras, para guardar ali alguma coisa. Que coisas? – era sempre arriscado alguém jogar, quando da hora da revista dos agentes, algum bagulho na caixa. Daí seria levado à cela do isolado sem apelação nem apuração de fatos. Preferiu sair sem nada nas mãos. Estava na casa dos vinte e seis anos, lembrou-se. Tinha ficado um homem – ou seria ainda jovem?

– É fácil um espelho aí? – joguei no ar a frase antes de sair, fazendo gesto de pedido a um companheiro de cela.

Havia de se mastigar cada letra das palavras com cuidado. Fizera um esforço de pensar com elas, para ficar inteiro como gente, mas dava-se conta agora que preso só usava algumas palavras e pequenas frases. Por que eu sabia disso? Dessa usança pouca de palavra? Porque, primeiro, ali palavra poderia ser uma bala; segundo, ninguém ia te ouvir. Para que o luzidio delas?

Nesse tempo das celas lera uma porção de vezes, dia a dia, os livros que lhe chegaram de um moço da cela vizinha – e nessa devassa o pensamento depois de se destroçar se alinhara de novo, a cada dia. Pegara outros livros que lhe chegara às mãos, como bem, a história de um matador, Augusto Matraga. E mais A casa dos mortos, de um escritor russo... Mas os espelhos, o que um espelho poderia dizer de minha juventude?

– Pode ficar com ele; não preciso mais – desisti do espelho.

– Tá ficando doido? – azuretou o outro.

Não respondi. Queria responder ao que vinha de se formar como fiozinho de vida imaginada: folhinha verde, trisquinhos de frutas para o ninho dos pássaros e sol por trás de nuvens, como vira no pátio. Fazia força para recordar a última vez que vira a mãe, antes de morta. Melhor tanger lembrança triste. Afinal, havia de fazer seu aniversário fora da cela. Se a ninguém isso interessava, a liberdade fora o presente maior. Nem bem quisera acreditar, mas era possível que o além estivesse nos vendo sempre. Lera uma vez que Francisco de Assis dissera: – O que buscamos está a nos olhar.

Estaria perto da morte, a pensar essas coisas de futuro? Era seu costume cavar um buraco no peito e guardar um pouco dessa água boa, que nas horas de acreditar gotejavam lentamente. Mas houvera uma devastação sem tamanho, de todas as horas. Era difícil guardar esse canto intacto.

O sujeito podia encrencar, lembrou; quantos no dia da soltura são recapturados!

Retomou, dirigindo-se ao moço da cela ao fundo:

– É que hoje é mês de meu aniversário, expliquei, alteando voz. Acho que amanhã é o exato dia. E queria ver minha cara, depois de tanto tempo... Estou velho?

Pronto; isso era algo que se podia dizer. Agora, teria de fazer coisa diversa: sair logo dali, apesar do empeço. Poderia imaginar o riozinho de sua terra? Não; melhor não puxar o interior do passado triste. Onde estaria Runa, seu irmão?

Na cidade tinha o mar prometido pela mãe. Nunca tinha visto de perto, só por TV, mas podia muito bem sonhar vê-lo em liberdade. Devia haver palmeiras, coqueiros que davam sombra e – olha outra vez vindo –, águas remansosas e ninho de pássaros. As frutas saciavam fome e sede; entre os pássaros não precisaria guerra alguma para se viver... Era de se aprender.

Riu de si mesmo. Uma saudade escorria sem controle, de repente, do único parente que puxava na lembrança, o irmão. A irmã era bem menor. O que teria sido feito dele? Certamente haviam propagado que se ele viesse me ver lhe prenderiam também; diriam um combinado qualquer que estava sendo tramado, assunto que tinha visto sempre em conversa de cela, e isso talvez devesse tê-lo feito recuar. Talvez até o esperasse, de vigia, em um lugar secreto do coração, não podia ser?

Mesmo entrecortando as palavras, o sentimento vinha maciço. Não era mesmo? Forçou-se mais. Tivera de se exercitar todo dia nessa arenga consigo, para não ir esquecendo. Insistia em falar coisa de viver, poucas que fossem, para que eu me ouvisse. Aquele lugar de onde eu falava seria eu? Minha alma vivia – acalmei-me. – Para sempre.

Um companheiro da cela colocou uma canção no radinho de pilhas, aliando gesto à fala sem força: – Comemorando teu aniversário, tá? – e aumentou o volume. Outro lhe empurrou uma revista velha. Deus não era longe, e decerto estava ali. Por que isso não servia para alegrar-me? Sorri, agradecido.

Sempre, de novo, alguma droga lhe era ofertada.

– Não quero – redizia, desfazendo propostas.

Já se metera em apanhas, compridas histórias de vida e morte, por esse não querer. Por que não queria? Conto já.

Era uma noite de ar parado na cela; o mofo das paredes sem cor já fazia doer o rosto e o corpo respondia encharcado de desistida saúde. Um companheiro da cela ao lado amanhecera morto. Nessa noite, todos traziam o medo na garganta, impedindo a voz, o choro, qualquer gesto antes simples. Seriam possíveis as retaliações e nunca se previa no que iam dar.

Procurei um canto da cela oposto ao da TV que desde muito se desejara ter ali e agora um companheiro de ala havia trazido por uns dias. Ah, os companheiros estavam encantados como criança com brinquedo novo.

– Ia ter algo de se ver, para não pensar – conseguiu dizer um.

Nesse momento circulou a droga e eu repiquei *não*, como já era meu costume. Aproveitei o feitiço da TV e, no canto oposto da cela aonde fui, cochilei e vi. Depois abri os olhos e continuei a ver. Ela – minha mãe, que morrera no dia do ninho dos pássaros e do que seria o nosso passeio livre. Ela, ali comigo.

Entendi que era conselho o que vinha por essa mão do amor de minha mãe. Lembrei-me dela e azurrei outro *não*, como o fiz com tudo que não fosse me levar a refazer o caminho invisível que ela me mostrava. Sua lembrança recordava o que eu não sabia dar nome. Cabelos bonitos, olhar doce, minha mãe declarou ter amor por mim e ainda:
– O infinito de Deus nos une.

Eu vira e ouvira de fato *aquilo*?

– Olha a tua visita – um moço da minha cela disse sobre mim, àquela noite da visão, puxando a faca e já em cima do meu corpo. Mas logo desistiu de consumar o ato.

Depois desse acontecido passei a considerar que minha mãe existia em algum lugar do universo. Agora a noite me parecia a dos meus anos verdes, como quando eu era criança e dormia como todo menino. Eu, um homem comum.

Era outro, quando a cela se abriu manhãzinha, no dia seguinte, e a moça vigia se dirigiu a mim, levando-me:
– Venha!

Temi ainda uma vez; seria a morte de alguém que eu não sabia? Quase sempre que havia mortes ou desespero, enlouquecimento e fugas, o que era preso no isolado era outro. Agora seria eu de novo? – ansiava saber. Mas em mim os pensamentos velhos que eu tinha já não me conduziam. O imaginável queria morar em rancho novo.

Desistira de entender a crueldade ou o desespero. Eu deveria viver sem nenhum movimento desses, em mim, que violasse o bem que minha mãe apontara – e isso era tudo por agora. Não era bom conhecedor de amor, mas pudera perceber o ensinado pela visagem da mãe.

Era assim que podia dizer de uma coisa tão outra do que conhecera até então e que agora assuntava, recordando.

Quando chegou ao parlatório, algemado, a moça ordenou ao guarda:

– Solta o rapaz.

Incontroladamente, ri. O defensor público tentou dar o resumo do meu caso:

– Já era para tu ter saído. Houve um homem que viu o crime contra o prefeito e confessou que não era você o causador. Desculpou-se não ter dado ciência disso antes. Com uma febre maleita, antes de morrer o dito que viu tudo narrou o que houve, testemunhando o crime e te isentando de culpa. Deu depoimento, contou fatos, quem sabe auxiliava tua defesa, alastrou. Mas ninguém examinava teu processo. Nos autos, que vi há pouco, consta que era o prefeito o homem que matou tua mãe. Isso engodava tudo; parecia vingança.

A testemunha que veio em seu favor era um trabalhador da roça, que na agonia da morte desculpou-se ter custado tanto nesse depoimento. Justificou o silêncio por ser um sem-terra cavoucando terra arrendada. Até pretendera depor em tua defesa, mas desistira logo; tinha filhos para criar, mal tinha o de comer e a família do prefeito tanto quanto a de seu oponente político era poderosa. Se falasse, alegou ele, ao invés de um seriam dois presos – ou mortos, para que arquivo não houvesse. Além do mais, o matador estava do lado do rival político do morto. A guerra continuava e os cabras mandados, trazendo notícia destes crimes seriam alvo de bala dos dois lados.

Continuei calado e o advogado, disposto a expor o que sabia, descreveu o engano, supondo que eu não entendera pela surpresa ou estivesse avariado:

– Um sujeito testemunhou a teu favor. Nas vascas da morte, confessou que uma vez te julgaram ter matado o prefeito e tu preso ficou até hoje, mas tal não ocorrera. Um matador se aproveitou de te ver com a faca do eito e do teu gesto de fuga; então, da moita atirou no graúdo pelas costas. O matador está protegido pelo oponente do prefeito, briga política que vem de longe, mas tu deves ter cuidado que eles podem querer fazer queima de arquivo – aconselhava o advogado do presídio.

– Compreendo bem o que o senhor quer me prevenir, respondi-lhe.

– Cuide-se – o advogado completou. – Examinando os processos, como já você tinha passado do tempo por falta de advogado, eu assumi tudo e agora você pode sair.

– Agora?

– Agora. Vou dar ordem para isso. Sei bem que só se deve avisar na hora, para que os outros não esquentem a cabeça contigo, por inveja e outras coisas do humano. Conselho: não destrave a memória, deixe passado o passado.

Olhei-o. E vi minha mãe do seu lado. As lágrimas escorriam, o advogado não entendia o que se passava, embaraçou-se; homem de poucas extravagâncias que devia ser, insistiu:

– Siga em paz. Está tudo pronto para a sua saída. Quero ver suas costas longe daqui. Na liberdade.

Meus pés seriam meus? Estaria eu em um espaço de sonho? Saindo dali, não havia aonde ir, mas a liberdade era sozinha uma vida. Não sabia pensar tanto mais. Era muito. Segui sem rumo. Iria aonde? Até onde as pernas não aguentassem mais.

E já quase dormindo vi de novo a mãe: – Agora é outra hora, filho. Será como aprender o mundo de novo, como eu faço agora nesse plano da vida.

Quando acordei, deitado em um esconderijo de um parque, sob uma árvore galhuda, cujos ramos vinham ao chão, o sol ia alto. Andei por um tempo que eu não avaliei ao certo, talvez meses. A pé avançava por matas e restingas, comendo grãos, fruta e peixes pequenos, indo parar em um lugar de desolação. Pedaços de gente morta e troncos e planta e bicho nos montes devastados pela declividade dos abarrancados se descompunham, ferida aberta ao vento. Nesse campo de mortos e vivos eu era ninguém. Mas havia alguns outros sobreviventes como eu.

Não se tinha interesse na história dos milhares de mortos anunciados, nem na dos que viveram o morticínio vivido com o abatimento das barragens. Era querido o esquecimento, politicamente estratégico para o golpe de estado, anunciado com estridência. Abandonava-se o monturo, assim era dito, com os restos de vida de gente, planta e animal que formavam estranha mistura. Mas ali eu estaria bem.

Camura era só um cognome. Mas era meu nome agora, que tudo era novo. Podia semear... A vida insistia e fora possível cavar lugar ali. Não precisaria destecer o linho.

Depois de me aprumar em algum costado de junco, vi: poderia ainda viver amor. Pouca água na quartinha já mataria minha sede.

Ver Inambê de longe, por trás de uma morada que eu alevantava dentre os restos de morte, ela em andanças pelo rio dos Pretos, banhando louças, já era um tanto mais que o sonhado. Não saberia dizer por que nessa hora em que Inambê o alumiava de renascimentos, ainda acordava em suores gelados, nessa terra dos trópicos, ao pensar que o matador que o lesara talvez estivesse agora em seu encalço.

Acordava e via: éramos muitos. Havia mais gente vivendo ali, após a ruinaria do morticínio de largas proporções, crime ambiental de implicações sociais graves. Cometido pela política dominante. Evidente que junto ao capital internacional e ao empresariado local, a destruição ocorrida era algo que ultrapassava uma bandeira. Era do feitio de uma mentalidade política que impunha durar sua opressão, acoitando milícias e o ódio de classe dos dominantes.

Para sustentar esse conluio, a polícia política do capital mundo produzia as versões sobre o que ocorrera como fosse acidente. E fazia do acontecido no descambar das mortes assunto encerrado até que o silenciado não lhe conviesse mais. Ao modo *coisa* se apaga memórias e o humano se quedava *coisado*. Riu.

De minha parte, vendo minha história, certamente eu seria mesmo visado – ou morto – porque era arquivo vivo. Mas, quem há-de de dizer que sabe quais horas Deus chama para o sujeito se dizer em outro lugar?

Capítulo III

Semeaduras: mankala em jogo
L (Laila)

– Vamos ver o girassol se enramando no tronco do lilazeiro? O redondo marrom encurva-se no amarelo. E o verde das ramagens ladeia a composição entrelinhada – descrevi a Ilel. A tarde enlanguescida chamava-nos às ondulações dos feixes de luz. Toras de madeira roliça, de que eram feitas as paredes, sempre deixavam brechas e o fluxo de cores solares extravasava pela abertura estreita. Ainda mais que havia um rasgo fazendo-se janela quase que de cima ao chão em um dos lados da parede. Isso dava ao vão que se eriçava nos juncos a condição de estar alumiado por luz natural a toda hora e em matizes devido às ramagens dos verdes e das flores.

Sem tardança, Ilel fizera no centro das passagens de entre um e outro arruado sua casa alta, ao modo das palafitas. Cavara seu lugar dentre os escombros restados do holocausto. Porque ali havia de ser assim. E era muito Ilel ter conseguido o feito de levantar seu lugar ao modo casa-árvore sobre juncos, utilizando apenas o movimento de um braço, pois que o outro estava imóvel. Depois aperfeiçoara o espaço, quando viera a ajuda decisiva de Camura, que um dia conhecera no gueto de Inambê, junto ao rio dos Pretos.

Para dar tonalidade apaziguada, uma vez que ia morar em cima das árvores, uma delas ficara como parte de sua construção, enfiada dentre as toras que sustentavam o vão alteado. Bonita, a árvore; troncos grossos com galhos enroscados em si, alta, em meio ao madeirame que segurava a casa erguida e que furava lá embaixo o chão ensopado da palafita.

Uma murada com os entroncados e ramagens separava o espaço da casa do que, por fora, entulhava-se na plural pasta de mortes e restos de construção, arrastadas sempre do alto a rolar decaindo. Empurrava-se a avalanche, fazia-se valetas para novo espacejamento, dava-se respiradouro ao enxame de vida virada coisa, compunha-se dia a dia uma morada. Semeava-se algumas verduras e flores, ervas trepadeiras e alguns frutos no espaço assubido, na área que arrodeava o trecho sala-casa coberto.

Ilel não achava ainda palavra. Passageiro que se desconhece, arredio, não se apercebia do corpo atravessado pelo limo da língua. Queria ir direto à coisa, sem dar conta da falta. Palavra, se se quer, arrosta o corpo ao presente. Mas assim truncada, faz-se rede de olhos derrapante. Contudo, ele lutava e, apesar de adiar o movimento em direção ao que caçava, fazia sua pesca.

– Olha os brotos germinados que plantamos! – apontei a Ilel, já indo tocá-los no cipoal de ramagens e troncos enrascados junto à amurada da sala-casa. – São sementes crioulas, completei.

Ah, a fantasmática do desejo achava campo para as flores avermelhadas e amarelas sobre o tenro verde derramarem sua paisagem em mim. As ramagens novas coloriam o arranjo das folhas e alumiadas pela luz solar matizava verdes. Deixava em mim bem guardada a dança das cores da avarandada casa de Ilel. Para quando de volta ao meu espaço em um apartamento em um condomínio barato, após as paisagens vistas do trem de linha, chegasse em minha casa novamente e abrisse o tear.

Distraído, Ilel ausentava-se de si. O silêncio se alastrava feito a crina e o casco do cavalo baio desenhado pelo giz pastel que eu lhe arranjara. Exposto na parede da sala-casa, o desenho do cavalo de crina castanha e extremidades pretas tinha olhos vivos e parecia flanquear fugas. Sentia-me feito árvore ante o lusco-fusco da parede-árvore quando Ilel toureava suas imagens, consumido pelo próprio ardil de suas ausências. Cravava a vida no maciço alheamento.

Sem dá-lo a perceber, eu me desapontava. – Pois o parceiro não semeia nem no próprio campo! – dizia-se no jogo do mankala quando o sujeito empaca. E o meu fado assentava-se no trabalho de cavoucar plantios no trato com as linguagens. Equilibrar delicadezas, adubagem, rega.

– Era o caso de imaginar florescências, antes de tê-las – eu refletia, querendo achar-me na pedagogia dos alembrados.

Linguagem medra em floradas. O girassol criava a função palavra dentro da seiva rugosa. Quando procurava o sol com o caule, era o ser dele, haste em sua ânsia, que se movimentava de modo inteiriço. Tal a voz de Ilel afundada na garganta, donde só se via seus olhos, girassóis pausados. O côncavo das mãos passava sobre o rosto, como passasse a página. Qual página estaria virando agora? – às vezes eu afinava o olhar para distingui-lo.

E havia o tempo passando. A natureza flor ia perdendo viço quando esmaecia a tarde, mas se a alma se pedia estar mais presente podia-se dizer que sementeiras germinavam. A função imaginar passava pelas horas, refeita: você não

reparou que a noite é criança? Casa de pássaro sobre monte imaginado, meu kalah, o reservatório das sementes, como se diz no jogo mankala, não estava vazio. Ilel via: cada sementeira feita no território do outro deitava alguma semente no nosso. – Ia ter com os girassóis? – espreitei-o.
– Não, ele respondeu. Eu não conseguiria amá-los, pareceu dizer com a ligeireza com que se imobilizou.
A natureza flor, contudo, era insistente.
– Já gastei muito tempo em meio a jogadas fatais. As minudências do desfecho de hoje não sei ainda – tartamudeou Ilel, surpreendendo-se consigo.
O não que Ilel trazia no corpo travado era uma resposta. A fala entranhada atocaiava o esquecimento com sua função crepuscular. Iria fechar o amarelo tarde que o girassol abrira com seu instinto flor?
– Golpeadas me distanciaram de tudo; agora aprendo com o reverso – Ilel conseguia falar, mastigando as sílabas uma a uma. Valia o esforço. A página antiga que ele tinha arrancado se entremostrava. Mas logo estancou, sem mais falar, aturdido.
– Sabe quando a gente guarda a folha da flor para entalhar no caderno? – brinquei.
O alazão, que estava ao lado do cavalo baio no desenho de giz estava pronto a sair pelo mundo. Mas não saía também. Havia ali uma conspiração contra a função palavra, só podia ser.
– Nossa conversa com o texto da página também diz calada e as entrelinhas são fosforescências. Luz de flor. Se se aprende a lê-las... – tentei lhe consolar.
Vagalumes que piscam quando a gente olha, as entrelinhas arregimentam um estado de emergência no

texto. Pois que a palavra às vezes fica em cima do muro, só espiando. E as entrelinhas interrompem essa maluquice e dizem: se é para significar, vamos. E tocam a ensaiar ficar no lugar da palavra, sem perceber que as duas é que dizem. Quando se entreolham encenam seu diálogo de coro e corifeu em plena função.

Com seu rosto todo caiado do branco do papel, depois de deixar de molho a palavra em cima do muro, ressurge de novo o jardim das entrelinhas.

– Cuidar de flores auxilia a reconhecer sementes – brinquei, indo aguá-las.

– Para sonhar frutos? – Ilel atacou, enfim, com um antecanto.

– Por que não? Por esse fio imaginado se engancha o que vai vir no miúdo dos dias – defini, na jogada precisa em terreno alheio.

Lembrei meu pai, pescador em tempo de vento, serões e de invernias. No período do paradeiro, quando os peixes se reproduziam e não se pescava, ele apostava na roça de quintal da nossa casa. Chama-se a essa ocasião também de tempo de pousio, momento em que se descansa do trabalho do mar e os peixes se multiplicam. Daí essa terra cultivada no seco levar nome de terra de pousio. Como se os pescadores, por vezes, se colocassem do mar, olhando a terra. Angular que dera a meu pai um lúcido modo de lidar com o estranho.

Assim, os pescadores traziam seus nomes da vida do mar à beira, como os da beira ao mar. Chamava-se, por exemplo, de pesca de curral ao espaço do mar de perto, onde se colocava estacas para marcar o lugar de se pescar.

Imagens de vida marítima laqueavam a saudade e eu fitava de esguela Ilel, na contraluz da tarde. Verdes folhagens esvoaçavam na réstia dos efeitos luminosos desses vitrais rústicos feitos de juncos. Quem está a juntar grãos no kalah, o reservatório das sementes, fica em atenção a deslocamentos. Pensamento de fronteira emprenha por essas horas em que nosso olhar margeia, tentando travessias.

– Começa-se de um ponto simples; distribui-se sementes até chegarmos à maestria das mudas, como se faz no jogo da mankala. O mundo imaginal vem primeiro, Ilel, e acende o seu traço arte como em qualquer jogada. A gente poderia iniciar pensando quais paisagens poderiam poitar no mar alto e logo a seguir se vem à beira habitar o sonho – continuei, preparando as jogadas no tabuleiro do mankala.

De relance flagrava o balanço dos pendões dos girassóis. Em sendo flor, se alguém nos sonhasse talvez nos despedíssemos da ruinaria que se amontoa em nossas costas. A vista passeava no desenho do cavalo baio e do alazão, que agora restavam mudos, sem galopar. Nem ao menos um se virava para o outro. Dialogar? Não se colocavam esse problema.

Não, eu não abrira a boa, somente pensara; era a função imaginar que eu estava exercitando. Rastros luminescentes poderiam alumiar a trava de Ilel, desejosa que eu estava que rompessem as margens que seguravam seu esquecimento. Eu cria numa díade sutilmente enlaçada – fala e movimento. Se uma desfaz seu nó, o outro se desentranha. O cavalo baio me levasse embora, com sua crina acastanhada, que por tanta despalavra já se punha em campo de silêncio junto ao alazão.

Pelos desenhos entroncados e pela despalavra de Ilel postei-me prestes a tourear até mesmo as sombras do meu trem de volta. Não, antes atracaria os propósitos de Ilel e sua conflitualidade, sem agravar-lhe as faltas. Cutucaria a linguagem no intuito de mover o corpo que a traspassava. Ele atendeu: – Presa à carne, a desmemória não é uma pena – mastigou sua soletragem, lentamente, mas de fio a pavio.

– O desenho é isca da palavra, respondi-lhe, feliz. Por suas imagens a gente se diz e em se dizendo toma mais de conta de nosso desejo. Elas possuem cores e linhas, volumes e planos, plasma do que poderia também indiciar um novo letramento.

A fala rodopiava sobre a flor lilás. Cumpria-se novamente sua natureza de flor. Enquanto isso, a linha do pião da fala e as entrelinhas vinham serrotear, dançantes. Logo elas debruçavam-se sobre mim, exigindo direitos. E punham minha alma em caça. Ri, feliz.

– É humilhante ver que tem uma hora que some tudo, porque o chão das palavras falha. O impalpável, porém, nos belisca. E, de todo modo, é o que se quer – persistiu Ilel, coçando o sal do desejo das imagens, enquanto montava o tabuleiro de mankala. – Já não temo o invisível.

Pausou seu movimento, mas logo repuxou o esforço da fala:

– Começa-se o mankala recolhendo sementes, não é? Faz parte do jogo que se receba primeiro as sementes. Depois, virão as jogadas – predisse Ilel. Mas logo ensimesmou-se.

– Ah, vamos ver os livros – apressei-me propor, sem admitir ter havido perda nos lances das jogadas.

Propus que procurássemos os livros significativos, separando-os por graus de interesse. Experimentando distâncias, dando braçadas e puxões Ilel alcançaria as prateleiras. O corpo ressentia-se de estar avariado, realmente acuado, mas ele acabara de romper um grande silenciamento. Eu ia tentando um botinho para chegar ao barco que se destrambelhara e não sabia regressar por inteiro. Deixava marcos no que poderia fazer sentido, arroteando percursos e semeaduras.

Coisa simples, bichinho de voar pegado à mão e perto, Ilel tentava novamente falar, com lentidão:

— Abro clareiras dentre as barragens destruídas. Território de logro e abandono, guerras declaradas ou veladas compuseram minha história, mesmo antes. Sobra pouco que vale lembrar disso. Ademais, você diz que devo buscar o que pode servir para viver. Mas se os olhos doem... A dificuldade com os movimentos tolhe, o esquecimento entrava...

— O que há feito mais exatamente adoecer seus olhos? — estiquei conversa, aprumando o olhar à caça do não visto ainda.

Ilel dizia que nessas horas uma índia voltava em mim, no olhar fundo. Nem errava.

— Meu trato com as ciências adoeceu-me — continuou ele, após significativo esforço. — O uso que se fez delas, que os colonialismos são uma teia inglória. Rechaçamos infinitos, insistimos em impedir a dança do devir, rendemos seu alumiado, que nos levaria a outros lugares. Por isso a decolonialidade é esse limite que se dá hoje aos desvarios das supremacias e da posse indébita de um saber não socializado. Se se fala de flor, a ética restou como uma pétala desbotada, sem cheiro, anódina. Abortada e sangrando dentro.

– Tem vez que pegamos a fazer mortalhas, ainda vivos, fiz ressoar meu refrão, obstinada. Ou não partejamos o que quer vir por nós.

Feito bala, suscitados pelo diálogo com Ilel compareceram febris os meus quintais da infância. Perquiria o espaço judiado do meu porto aldeia, terra roída pelas usanças vis dos passantes. Passantes, não; a saga do capital não possui casualidade. A gente chamava aos nossos quintais de terras de pousio, porque na aldeia se teimava viver. E porto porque ali atracavam pequenas embarcações, pois que era uma ponta de terra avançando no mar. Tão pequena! Dali se via o vasto mar. Mas vasto mesmo era o sonho de minha aldeia.

– Jogue, queira recolher algumas sementes ainda para o seu kalah – avançou Ilel.

Diante do paroxismo da dor do outro, criar motivos brevemente alegres era tático. Mas haviam de ser plurais. Um scherzo, coro polifônico. Ou tango? Samba? Ah, acalanto. Eu me ressonhava, brincante. Veloz, utilizava meu aprendizado de pegar carretilha nas dunas do porto, sobre areias amotinadas. De todo modo, Ilel criava veredas por onde com suas mãos de raízes poderia alcançar o adormecido. Eu me implicava em seu empenho de falante nativo e ganhava uma igualdade tácita.

– Há que se marcar novos pontos de mestrança, que sirvam de guia na largada – alembrei, transpondo a fala da despesca. Para a gente não se perder no alto mar, como fosse alheado. O ponto guia desse nosso recomeço, nessas casas-árvores e em meu porto aldeia tão conspurcado, mesmo fosse piscadela ao longe garantia acharmos nossa volta no barco.

– Minha tia-avó Rosario contava, retomei a conversa, que nos tempos passados nosso porto expunha carne salgada em varais, ao vento do mar. Depois do charque pegar gosto com o sal, o vento e o tempo, os pescadores comerciavam com outras embarcações. Mesmo em ancoradouro de arruado, porém, como a beira eram terras da Marinha tinha-se de dar a maior parte do pescado para os que diziam ser a farda da pátria – as autoridades locais. Era costume na pesca o domínio bruto feito pela desapropriação do fruto do mar da mão de quem pesca. Ainda hoje até mesmo as associações dos pescadores chamam-se Capatazias, nome que deriva de capataz, o braço direito do dono de escravizados. Em meio a isso, o mar ainda era o indiviso, meu pai dizia; uma terra-água que se desembosca de mão-garra-de-dono. Mas se resiste.

Voejei o olhar pela rolagem dos entulhos que vez em quando voltavam seu movimento de despencar alto abaixo.

– Os nomes carregam a função palavra na leira, ripostei. – Mas tem vez que ela se esconde. Não se vê o que ela quer, feito menina malina.

– Precisa-se coragem nessa garimpagem. Pretendi desaprender jogadas conhecidas, paguei um preço alto e hesito agora armar peças do tabuleiro de um jogo que eu não quero mais e não sei ainda recomeçar outro – atalhou Ilel.

– O colonizador se apropria de suas posses também pelos sentidos que dá à voz dos outros; ou que toma – afirmei, tendo mira. – A gente escolhe a posição em que quer ficar.

Ilel fingiu não ouvir ou de fato anotava em si o que fazia sentido do que eu lhe dizia – alimento ao seu kalah. O paradoxo: as lembranças em Ilel crispavam-se na onda da frase, mas logo se quedavam rolando para longe, amordaçadas pelas rotas tortuosas e suas turvações. Resistindo ao que lhe silenciava e toldava movimentos mais largos, ele desenhou um campo limpo, sem mais os galopes do cavalo baio nem sua carreira desabalada perdendo rumo.

Reavivava meu olhar ao leite leve da lua, tonalizando de prata as cores morrentes do nosso momento. Crepuscular? De sua parte, Ilel fundeava o olhar no furta-cor de tudo. Apagava todo o texto vez em quando. Os quadros da memória deviam estar planando perto dele, mas entrajavam-se do breu da noite, em repentino esvaziamento. Tinha por mim que alguma figura de mulher tremulava na sua lembrança, e eu, eu não, a índia, estava quase puxando o manto que a cobria.

– Prefere que eu coloque música? – propus. Tentava apaziguar sombras. Ilel assentiu.

Súbito, um solo de bandoneon espaceou pela sala. Ciganos nas estradas da infância que eu vira, em criança, no caminho sinuoso da fuga aos escravismos, nem eram um desenho de giz a mais. Eram minhas visagens conhecidas. Calei-me. Na noite perdida para a música, exercitava-me a ouvir imaginados. O silêncio era de ser de séculos. Continentes inteiros nos apartavam. Ou nos uniam? Ilel aportava em novo movimento de ausência.

Dias depois, vim novamente com os sóis da manhã. Precisava ancorar relembranças. O sol feito espiga esfolhava-se. A voz antiga era amada. O princípio espiritual medra nos bichos, árvores, gentes, rios e pedras, a murmurejar sua vida sem fim, ouvira meu pai bodejar de si para si. Uma atração mineral crescia nas expressões da vida e bicho e gente, lembrava meu pai dizer.

Tinha por mim, intuição insistente, que uma figura de afeto minava as resistências de Ilel. Levava-o a prosseguimentos insuspeitos e mesmo alheado ele puxava a isca.

Perspectivismo largo, o do mundo ameríndio do Sul apostava que todo ser vivente na Terra era espírito em romagem – afirmava meu pai, em recorrentes definições. – Podia-se descaroçar o que não valia e ficar com o cerne do fruto-sonho, que aí o coração das coisas moraria ali, ensinava meu pai, costurando a rede de pesca, eu perto dele.

Acordei de meu alembrado com Ileu respondendo à voz que eu trazia da minha ancestralidade: – Os encantes do mar é o que de mais real existe.

A surpresiva voz de Ilel se sobrepôs à polifonia das outras vozes que eu trouxera do meu porto aldeia:

– Tudo se banha agora de infinitas promessas, arrematou. E pôs-se em fuga novamente.

– Espíritos são tudo que há no mundo e mesmo apequenados, quando ainda mineral e planta e bicho, possuem seu princípio espiritual em caminhada estradeira no tempo, que tudo evolui. Às vezes não se vê que tudo leva muito tempo para fazer-se. Quando passam as eras, alcança-se sabença e tem-se o humano. O antes da alma viceja até chegar a habitar o corpo humanizado, com sua individualidade. Crescência infinita – prossegui, de mim para mim, caladamente.

Aninhada a música, o tacho com o mel não se derramara, ao contrário, se teria provisões para muitos dias.

– Deus habita nessa debulha de tudo – recordava meu pai, na sua hora da passagem, suspendendo a crença para o alto. Derrubava de vez a ignomínia dos montes e barragens aviltadas, em pretensa substituição à voz amorosa de tudo. Recordar meu pai no ensino era vê-lo desmorrer-se. Seu barco entrincheirara-se na beira durante o holocausto; tinha atracado do mar e dado com a sanha do poder acabando com tudo que se levara séculos para pôr em forma aldeia, com seus ajuntamentos.

– A risca, lá – e mostrei a Ilel com o dedo a linha do horizonte – aponta humildades devidas ao mar de tudo. – Para marcar a mira se tem as estacas, o vento, os coqueiros, a onda de baixo, as estrelas quando é noite; tudo são marcos para a chegança do trabalho no mar e toda pesca é bem-aventurança – retratava meu pai. – O que o humano não percebe é a exatidão do tempo e a ida e volta das marés, ribombando o roubado – insurgia-se, de repente meu pai, querendo mostrar as leis do oceano mar onde tudo se embebia de divindade. E continuei dizendo a Ilel que mesmo diante desse logro do descambar da vida do lugar, o mundo paterno entretinha-se em prosa de travessias e unidade: – Pois não há um fora de Deus, redizia. – Se o hoje é espedaçado, é vivo, com seus infinitos. Junto à minha mãe Iain, eu apostava em sobrevivências, concluí.

O dizer do meu porto fisgava frutos. E ainda depois da matança de milhares de mortos por um desabamento provocado pela governamentalidade dominante, a voz paterna redizia em minha cabeça: – Deus dava a liberdade para a gente gastar-se, consumir o viço da vida em sementeiras. Depois, tinha-se de colher do que se fizera. Agora ou alhures no tempo. – Os mortos-vivos revivem, que tudo da alma é um eterno vivo. A matéria, porém, desmilingue-se a toda hora – retemperava o pai, aguando o mundo indígena ainda aceso na sua alma, dando lição.

– Teceríamos revivescências, pondo calço nos deslizamentos – propusera minha mãe, que no trágico dessa hora pernoitava na casinha de Rosario, justo na hora dos desmoronamentos. Entre elas, o sentimento das semeaduras havia de vicejar sempre. – Tudo se sagra em primavera de eternidades – esperançava minha mãe.

Rosario, minha avó, catando areias ponteava esperanças, fazendo ver que as manhãs continuavam. Dava-se conta de nem identificar mais corpos de gente e bicho no arrastamento. Via-se agora uma só pasta inteiriçada que a partir do restado se faria remanescer. – O chora-lua canta e chora por mim, que hei de ter os olhos enxutos para cavar a vida.

Nem tão pássara como a minha, pensei, saindo do vivido e olhando Ilel surrupiando o calor da tarde. O frio vinha por dentro. Tão parecidos éramos em tantas coisas!

A galopada dos dias que se passavam ia dar, sim, na casa-palavra. Sanhaços, sabiás, canarinhos, macucos, lavadeiras e pintassilgos pousavam no lilazeiro – a árvore que era uma mãe do caminho. E em meio a uma porção de arbustos catados no pequeno quintal de Ilel assubido feito varanda, se aninhava uma flor a mais, surgida em silêncio de pólens. Era lilás, com pequenos corpúsculos rosa. Tudo conversava entardecendo, tocando o fundo falso do dia desamanhecido. A voz amada, contudo, precisava chegar ainda. Qual?

Espera é coisa sabedora. Os chuviscados da tarde eram névoas que por trás de si deixavam ver minha mãe Iain me esperando na chuva, ensopando-se nas águas e no frio, quando de minha volta ligeira ao nosso porto.

– O dia seguinte vai vir – repetia ela me abraçando como a um náufrago.

Sabê-lo seria continuar a não compactuar com o escravismo, o perverso das manobras políticas, o inominável dos holocaustos, ia dizer. O vento tosava os timbres e um acalanto veio de longe, apaziguando. Depois de cantar baixinho, Iain, a mãe, deu abraço me levando a rever o mar e o não falado que vertia da beira do nosso porto aldeia. Dissolvia o absurdo da hora irracional, ninando a filha crescida.

Enquanto revia e depois tangia recordados, Ilel desanoitecia a tarde querendo tardasse sua manta de sombras. A função brincante era da mesma natureza da flor. Pois apesar do excesso bruto, os girassóis e nós mesmos acordávamos a vida pássara dos dias e das noites.

– As camadas de matéria-prima e petróleo trazidas ao preço da fome dos trópicos espargiam um outro holocausto mudo no mundo pele – ironizou Ilel, ao falar da equívoca matemática das dominações. – Tantas verduras e pau brasil, como também o látex da borracha e o café, o gado e as sesmarias eternizando-se nas mentes dos homens de estado, o mel das matas e a canção das sementes, tudo deflorado na algaravia de possuições sem nome, arrancadas dos espaços ameríndios onde tudo era alma de vida milímetra... E você me pergunta por que o amor trava em nós – retrucou Ilel, acertando a frase sem paradas, abruptamente.

A chuva leve do fim de tarde molhou a palavra entre nós e a letra não riscou, chamou longe, cantando: "A dor é como os relâmpagos, queimando as pontas de espinho; assusta a gente no escuro, mas alumeia os caminhos". A voz antiga aparava faca de ponta na mão.

No compassado tempo de reconstruções, muitos dias mais se deram, eu escutando o clamor de uma sombra, congraçada aos mortos falantes; eu, não, a índia que em mim chamava a outra.

– Fazer o quê com um passado que não passa? – eu perguntara em pensamento à mãe Iain.

– Em toda história, as margens do que deixamos voltam, chamou-me Ilel ao presente.

Meu amigo percebera que tinha achado o que evitara? Água barrenta em uma torneira há muito tempo fechada quando se abre esvai-se a ferrugem. Pelo susto com a própria fala, Ilel tornara essa hora grave: – As gerações se sucedem e um ouro outro de Portugal e dos Brasis nocauteados são a potência com a qual temos de gestar corações de mundos – contracenava comigo Ilel, mordiscando palavra a palavra, talvez temendo apoucar a dor dos trópicos.

– Tanto havia sido violado pelos colonialismos no mundo inteiro, que eu me perguntava se teríamos mesmo de desentranhar algo da memória do já sido para recomeçar a civilização de novo lugar, insistiu, obstinado no avanço conseguido. – Para essa refrega ter-se-ia de ajuntar novas sementes no kalah. Lançaríamos mão de âncoras que servissem para fundear jangada quando a vida já estava em mar alto?

– Anterioridades sangram esperanças, mas sem elas não se embarca, meu pai me dizia – falei caçando Ilel com o olhar, na ida para a frente. A tarefa de viver postava-se no nosso encalço rente à flor lilás, com seus pequenos corpúsculos rosa, trançado ramagens.

Depois do pão da tarde, intentei dar uma última laçada. Mas precisava adiar, que o tempo de viver é diferente do tempo de sonhar. Sonhar se avantaja muito rápido. Viver com o corpo e sua armadura é mais custoso.

Capítulo IV

No infinito de Rosario: a cuia e as areias

R (Rosario)

Depois da devastação do porto teve gente que ficou quebrantada, negando-se a admitir ver o que de fato via na contextura sinistra. A maré parecia tragada pelo monstro dos monturos da praia e amanhecia como nada raiasse. Roubado o sol, os da beira do mar, as pálpebras na noite pesada, fechada, dormiam em pé recusando o pesadume dos destroços por cima de tudo que havia. Não que alegria fosse coisa roubável, como o porto, a aldeia e suas usanças. Não se podia botar o gosto de viver ao dispor dos outros, feito a gente fosse manejável isca da pescagem. Nem não se podia valer do vivente como se se pudesse colocar a alma a penar parada, posta para quarar no sol. Mas é que o desembesto desconheceu a natureza sagrada das gentes e do mar, aplicando-se em ruinarias de tal volume que o povo se assustara, pensando-se sobrante.

A desabada dos montes e barrancadas teve mão de muito homem com cobiça de posse e mando perverso. Sempre esse olho de crueldade por cima de nosso canto de praia. O costume de lutar, no entanto, não nos deixava sem querer avistar tino e beleza. E a gente passou a empurrar na maré de ressaca o que não servia para viver.

Chegando Laila com Ilel, depois de certo tempo do acontecido, nos assentamos na beira da minha casinha no pé da duna, pegando vento de mar. Meu irmão Argeu, tio de Laila, minha filha Iain, sua mãe, como chegantes vieram prosar na beira. Argeu ponteou com viola o começo e logo parou, sem conseguir mais. O desejo do encontro era maior que qualquer desandar do passado. Fazendo esforço, então, tentou falar não do que ocorrera exatamente, mas do resistir.

– Todo ser tem suas horas. Aprender o que não se sabe é lei. Se a gente ficar bebendo água suja, quando entra no mar enjoa; se não se molha na chuva, não prepara comida para a quimanga nem cria ninguém, nessa descompostura dá alimento falso à alma. Onde não houve nenhuma semeadura a pessoa não nem nada sabe da imensidão das sementes – falava Argeu, olhando para Laila e Ilel, que não tiravam a vista do campo aquartelado de monturos.

– Talvez que por não ter o gosto de azeitar sementeiras, um monte de gente desvanece. Passa a roubar no kalah do outro para destruir o jogo, as sementes, o reservatório delas e tudo o que se poderia fazer juntos. A política dos graúdos devia aprender com a política das pequenas coisas. O pouco com entreajuda não há de ser matriz do destrambelho, arrisquei.

E organizei mais o prumo da contação:

– De princípio, quando ouvi o estouro maior, parecendo uma bomba de pedras gigantescas em repetida explosão, achei que era a destruição da terra pelo fogo, qual o povo antigo falava. Apressei-me a correr por todo lado, encurralada, mas espiando se carecia dar auxílio a alguém. Os fins da Terra eram profetizáveis? Ora, a vida continuava a existir no sempre e nas estrelas outras, o oceano mar do universo de Deus. Podia-se muito bem ir e voltar transmudada. Camaleão se escondendo em folha, assim era o esquecimento passado – estava ali e não, para que se não temesse perigos e aprendesse canto novo. Não havia as eternidades?

Marejando os olhos, fitei Laila, aloprando, talvez: – Quando chegar minha hora que eu possa ir coberta de areias do mar e algas do sargaço, pedi, já encomendando como queria que fizessem comigo no dia da morrência do corpo.

Depois de um tempo olhando o vão que dava para ver o mar, fomos pegar a quimanga – um cesto achatado de guarda-peixe para a ida à pesca, onde se deixa feita provisão de sustança para muitos dias de pescagem, como se dizia. E comemos um pouco de piabinha frita, para recontar melhor o havido, já mais em paz pela companhia de todos. Quando eu voltava a falar do acontecido, porém, a voz saía grave, eu vendo que não era mais a Rosario dos lábios carnudos que cantava toada praiana na beira do mar, mas a mulher de um tempo outro, agora uma velha de cuia e areias. Onde a estrela do mar que eu era, em que encantamento se escondera?

Laila sustentava a atenção com lágrima não caída. Mesmo sendo conselho arte que enxerga o faltante, coisa pouca valia nessa hora. Recolhi cacos:

– A ruinaria – gente, bicho, planta e flor destruída – era um desabamento de mundos construídos palmo a palmo. Quem há-de saber quanto nos custou tanta trabalheira para dar conta de vivermos ajuntados aqui em beira de porto e montes, aninhados nos altos e nos baixios ao redor? Quem há de contar quanto tempo se viveu conduzindo as aguadas no vale, fazendo o caminho das valetas, conhecendo os tempos dos ventos, das ondas, das marés, os solstícios de inverno e verão, o tempo da prenha dos peixes, o paradeiro, os momentos de plantar na vazante e dar pousio à pesca do mar? Quem saberia com quantos paus se faz uma jangada de piúba, tangida por mão de gente? Conheceriam o arranjo da escota, que acocha a engenhoca que prende a vela para o barco não se ariar, desgovernado? – fui indo varando mar no alembrado, narrando da pesca, as continuidades de fala levando para a amplidão.

Laila e todos envergaram a cabeça com respeito na escuta. Com pouco a conversa voltou.

– Os pássaros não mais cantaram, vó Rosario? – Laila retomou o balanço da conversa.

– De primeiro pareciam enlouquecidos. Era um barulho de estrondo finíssimo que enganchava notas. Eu pensei se ficaria surda. Os sons do mundo como fosse desabando voltava sem dar descanso, dia e noite, noite e dia. Estaria cega também? Por que tudo parava naquela mesma paisagem insana? A visão de uma cor só na pasta gigantesca parecendo uma imagem única, parada, doía e eu cuidava de que não pegasse doença funda do sentimento. Os velhos homens e mulheres do mar dali diziam que a perda da alma acontece quando a pessoa se alheia tanto de si que uma penada vem tentar morar uns tempos na ambiência do ser. A dita, azougando o sujeito tenta controlá-lo e empurrá-lo para seus desejos, fazendo definhar sua força.

Por que remoer o passadio desses dias de fera, a matança desenfreada de tudo que era ser vivente, o ignorar dos que vivem os territórios saqueados? A avalanche dos rios trazendo gravetos, toras e troncos grandes, verdes árvores e arbustos de toda a mata, empoçados de pântano e águas escuras, tingidas da sangueira vermelha dos corpos mortos e do âmbar dos paus e madeirames ainda era a cor que se via. Animais miúdos como os graúdos, mortos ou ainda uivando de dor, como também pessoas, com seus corpos já tendo virado restos de coisas despedaçadas, tudo era empasto de sangue, o limo da terra se misturando à salgalhada cruel. A matança de um povo era uma intromissão na vida, no futuro agasalhado por cada um, tentei o arremate da hora, no esforço de não lagrimar sobre o tenro ponto que estava a descoberto.

E fui levar Laila e Ilel para ver a tarde caindo nos longes do mar. Segui na via do mar de escolhos, ensopado da viscosidade dos campos e vidas derruídas, mas dei no espaço onde a lua se presenciava, antes da noite apear de todo. Laila nos chamou para uma reverência:

– Língua de luar é bonito! – ela sussurrou. Começamos a reagir.

– Rosário, confirmou Ilel, ainda hoje onde moro é todo tempo o despencado roncando ao lado.

Guardei comigo a força de Ilel e pensei que não estando só, nosso problema é desafio para muitos, daí não haver tempo para lamentos. Voltamos, eu, Laila e Ilel, à minha casinha perto da duna, aonde Argeu e Iain já estavam com um peixinho frito esperando a gente. Fizemos roda.

– Ficamos sobreviventes com a sentença: como se era de viver agora? – retomei. Aqueles cavaleiros verdes, como digo, armaram um assubido no alto: sobre a monstruosa cena do despencar dos montes e barragens, com paus compridos e juncos, mastros e bastões pinçados das ruínas fincaram um tracejado largo de vida que teimava.

– Quando fui ajudar aqueles cavaleiros a fazer suas casas na altura das palmas das árvores, esqueci o terrificante; fiquei com a música do vento que assobia, foi a vez de tio Argeu contar.

– Entramos a ver como se faz puxadinhos de casas-ruas-árvores – indicou mãe Iain, apontando o rumo. – De começo, mesmo que eu não olhasse a vida desistida de viver, parecia alma penada, a roer a espinhela de peixe morto, as carnes roladas da maré no seu movimento ondulante.

Iain e Argeu continuavam assando as piabinhas no correr da prosa.

Laila percebia que eu não mudara muito. As imagens da ruindade tropeçavam, querendo tomar o lugar da retomada, mas não. Encurvava, mas não me rendia. Reagia:

– Cada arruado ou cidadezinha era um modo de ser que nunca há de existir igual. A gente então fizesse valer os do lugar daqui e os outros, conta por conta, que arruados mais haveria, nas suas diferentes formas de rosa e mariposa, galo campina ou peixe, que a tudo espiavam com alegrias de encante – repeti, tangendo o chorado longe e dando recado vivo como herança. – O povo daqui do porto-aldeia aprendeu a se levantar com olho enxuto.

Nesse exato tempo o ímpeto do vento leste empurrou vela na direção da terra. Com paus de piúba o pessoal todo conseguiu recompor duas jangadas. Uma ficava feito um botinho, perto das marambaias, lugar de aparar o cardume; a outra vinha de mansinho para a beira, onde se sentia a alfazema do sargaço e o cheiro das algas que ali se apinhavam. Cada dia uns ficavam de ir ao mar trazer o cesto de peixes ou qualquer unzinho para repartir na beira. Porque as duas jangadas eram de ser usadas por todos que iam ao mar, um ou dois de cada vez se servindo da embarcação em comum. Chegado o peixe se repartia, já que toda família tinha seu dia de mar.

– Sempre os velhos do mar amaram suas águas. Nos tempos passados – eu ouvia você contar, avó Rosario –, os antigos tinham tido a sabedoria de ensinar do infinito no pequeno e no grande, um dentro do outro, em semelhanças – ia falando Laila. Por isso era grave violar uma população inteira. Ontem, vindo para cá, eu perguntava a Ilel o que é o extremo. Ele respondeu: – Destruição em escala mundo.

– Seu avô, Laila, que partira para a Amazônia buscar o látex, continuei a prosa, depois que veio do garimpo cavar ouro nas bateias, achava que as adivinhas de futuro feitas pelas profecias eram aviso: sinal para a gente fazer a evitação do que a maldade ia causar para todos, que o porvir era para toda a gente. – Ouça, Laila, no profetizado sobre os fins de mundos sempre se soubera dos infinitos, mas se sabia que no caminho da vida a luta era muita, que haveria prepotência e ambição, orgulho e perversidade, o desdobro – continuei. Começava a desviar a trilha da narrativa do desastrado assunto para as fazeduras do recomeço.

A cidade é só o brilho dela quando o coração está cego, cantou e tocou o ponteio de Argeu. Depois que o coração da gente amainou. Laila deu conclusão da roda, que era tempo de em recontando prosseguir a vida. – O que de nós ficara perdido? Nós mesmos? – assuntou Laila. – Não.

Não sei se pelo peso dos anos, durante muitos dias e até agora fico reouvindo que estamos vivos e passo a ficar em prece pelo lado malino de tudo, que abrandasse. Diante da natureza ferida como uma mãe, a casca de tudo asselvajada e gigante, ondeando suas mortes nos campos cultivados, a rua-casa-árvore a unhar saudades do futuro eram aventurança. A pergunta de Laila me pausara. – O que nos poderiam tomar ou levar mais e que era nosso?

– O passar do tempo era lento, aqui, porque se aguava a terra com os olhos molhados. Até cada fruto pegar madureza. Antes do acontecido, o que se plantava no ao redor da morada ou em terra de brejo próxima de aguadas ainda era arte do povo do mar, quando minguava peixe. O plantio se fazia na roça pouca, perto, pertinho de nossa morada. Ao redor da casa a roça de beira crescia mais remansosa. Era assim. Mas como refazer tudo isso? Tudo havia de ser perdido em deslembrança? – eu perguntava a Laila. Ilel e os mais ouviam.

Argeu adiantou-se: – Para nós aqui da aldeia do porto tudo sempre carece de receber nossa mão cuidosa. O trabalho com as mãos dava no que a fala prosava e o que a fala prosava dava na mão. Sentido e partilha de vida se cruzavam, não havendo o vazio no meio e os confins de cada um por um lado.

– Costume é cobra criada e amansada. Mas costume não é só passado, cada tempo cria seu novo no costume e um se enfia no outro, retomei daí.

Iain atou alguns fios que a gente desenovelava:

– Pois se o tempo era cheio dos eternos, nada estancara. O ameríndio antigamente percebia mundo espiritual em tudo, no invisível e não. Se tudo isso a gente aprendera, agora a vida toma a lição. Precisava-se pensar nossa organização de vida em comum, não é isso o que está posto pelo havido? Pois juntando toda sabença, a gente já está arranjando força para fazer moradias e adubar a terra com a restalha do desabado das barragens. De tal modo que cada trecho por aqui revive. A beira, os altos das árvores e os baixios da vazante vão se alevantando com ripas, junco ou algo apanhado nesse rescaldo. Triste foi o ontem, mas hoje já olho procura o mínimo viço.

Ilel foi até o mar, a ver se arrumava algum trisco de água limpa. Continuei:

– E a gente pode ver hoje, Laila, um arruado dentre e por sobre árvores ali; no porto onde fico e nos canalículos dos baixios viceja horta alteada. Tudo se arranchando e fazendo vigorar o princípio da casa e da rua – dizia e ao mesmo tempo apontava o rumo de uma a uma das coisas renascentes, nessa contação à minha neta eu mesma me alegrando...

Iain ajudava, concretizando a visão dos avanços tidos:
– Os limos das plantas de água ainda podem ser catados no monturo para servir de adubo, que aqui se vira sempre os mais antigos da aldeia adubar com moliço.

Eu e Laila, então, fomos até Ilel que olhava as barcaças, o mar e a beira, alternadamente. Atracara umas poucas embarcações de piúba, dois paus ou três, que chegavam da pesca com algumas agulhinhas, um peixe pequeno que aqui tinha em quantidades. Haviam se passado muitos dias para se conseguir o pouco, que dentro do mar a vida também minguava com a nuvem do lixo das cidades emporcalhando. Com isso, tornava em nós a pergunta que se caçava com visgo de dor ainda: o que seria o suficiente naquela hora?

Ilel havia ido ver o rolar das jangadas na beira e depois de cumprimentar os pescadores trouxe mais algumas agulhinhas, voltando para a minha casinha. Aproveitei o som do balançar das ondas anunciando com mais força a noite e fiz maior o fogo para a fritura que Argeu e Iain já estavam preparando. Assando mais agulhinhas continuamos aviando mais dois dedos de prosa. A alegriazinha do presente vinha aos poucos, mas cobria-nos como o manto da noite.

    Dando ouvidos ao que desanoitece, poitei minha vela, em ritmo anunciante. Soprava a brasa do fogo para pegar mais e consertava o peixe, salgando-o e pondo-o a fritar. Ainda as notícias à Ilel e à Laila eu narrava, eles já arranchados na esteira e rede, respectivamente.

    Botei a conversa para um outro prumo, centro de irradiação do novo, qual o amor é sempre:

– Até dia desses eu ainda trazia no peito o ribombar das ribanceiras e montes como tivesse acabado de cair os montes-detrás-dos-montes, as enxurradas de matanças, quando finquei olhos no repuxo das águas marinhas, depois da preamar. Era um dia de maré descendente, que movimentava as águas para ganharem rumo na direção da risca ao fundo, traço onde a vista junta céu e mar. Cheia a beira e a maré alta, eu estava andando e olhando as ribanceiras de um lado e o mar de outro, quando dei fé num homem que vinha agarrado a uma lasca de piúba. Ora, o pau da piúba era de madeira segura – por que o homem desatracara de cima dele, fazendo esforço de chegar à areia da beira carregando o barco nas costas? Apurei mais a vista e esperei que o homem vindo das águas aportasse.

    Laila e Ilel modificaram a atenção, que antes flutuava com o vento salgado da noite. Deixei o suspense no ar enquanto dava conta da fritura e logo terminei o que fazia, pelo interesse dos olhos deles ansiando continuidades:

– Esfriara a noite, nesse dia mais que todos os de antes e a rajada de vento batia forte, as arrufadas de areias surrando o corpo. A poeira de açoites em corredeiras doía na pele e eu convidei ao chegante para pernoitar em minha casa, quando ele perguntou, vindo em minha direção até muito perto, se podia alguém arranchar um homem sozinho, que viera de longe e sem nenhum dinheiro.

– Criasse destino novo, pois não. Viesse, sustentei.

O homem que afirmava chamar-se Camura passou quinze dias com uma febre maleita e o corpo rijo de dor, de tal feita, que me impeliu a esquecer os campos destroçados e firmar a fala apenas na armação de vida que nos ajuntava.

Camura viera de um lugar longe, por mar, para não ser morto, pois antes fora preso por tanto tempo que não sabia o paradeiro da família. Nem poderia ter querido saber, porque intriga política, corrupção e crime faz calar os arquivos que são olheiros e viseiros – e este parecia ser o caso. Botava, assim, pedra sobre o passado e entregava o não feito e o feito a Deus. Tinha sabido dos desabamentos dos barrancos, feitos com propósito político escabroso, parte do jogo da política do país. E talvez em meio a tanta coisa destroçada pudesse estar vivo e passar desapercebido, declarou.

Sua afoiteza tornaria possível arranjar um lugar para viver? – matutei, mas afirmei apenas: – É certo o desejo, mas não deixe rastro para perseguidor algum, aconselhei a Camura.

Algo me dizia que este homem desfiaria comigo alguma consolança. Lembrava-me que agora precisaria duas coisas: entregar a Deus o que se fora no tempo, que tudo leva, e pedir afoiteza para plantar o novo da vida onde pudesse. O terceiro ponto eu não revelei tão já a Camura: – A gente ia ter de tecer conta por conta as entreajudas; para que por baixo dos escombros o arruado de nossas vidas fizesse outra cidade invisível.

O tempo ajudava Camura a deitar nas carnes as cores. De dia, eu continuava minha faina de tirar areia da duna que invadia a casa e mais as tarefas que se sabe: cuidar das aguadas, dos plantios pouco, dos bichos do cercadinho que fiz ali perto, e vez ou outra pescar jereré no mangue.

Camura achou gosto em aprender com a gente uma forma de pegar ostra-do-mangue, que apura na maré do manguezal sem desassossego, atracada no visgo. A história é que, na época das vazantes, quando os rios ficam com menos água as tartarugas punham ovos e o chora lua canta sua canção pássara. Mas ninguém passava fome era mais por causa da ostra do mangue. Não se via mais gente desunerar. Isso tudo fora tecido na atenção ao que se podia puxar de bom do recordado e no que se podia ainda inventar. A partilha, em sua costura de ato a ato era feita junto aos Cavaleiros de Palmas, os assubidos nos paus de juncos e árvores e junto ao pessoal da vazante, tanto na beira do porto como no afundado dela.

Um dia, a tarde tardava ir, as areias com vento davam no corpo, no rosto, nos olhos, na pele inteira sua surra de pedrinhas minúsculas e eu sentada no chão, puxando com a cuia a areia invasora no trecho do avarandado. Ali. Camura levantou-se e se plantou por longo tempo ao meu lado, olhando o que eu fazia. Contemplava outridades de certo aplainadas depois de muito pensar.

Perguntei-lhe se achava que eu fazia o certo ajuntando com minha cuia as areias moventes. Diziam-me que isso era mesmo que colocar a água do mar em um buraquinho, não tinha procedência de verdade. Depois de pensar e me olhar algum tempo Camura falou baixinho, em doçuras de filho:

– O seu cuidado pode não ter serventia para o mundo, mas para a alma pode muito bem ter. Tem gesto que não tem serventia no tempo de agora, mas tem para as eternidades.

Camura era ensinante de amor, pensei. Quem não há-de querer ser compreendida? E ele continuou o assunto me dizendo que iria embora dia seguinte, pois tinha de altear seu vão de casa nos assubidos do mangue, andando da beira para lá chegar entre os pântanos. Contou-me que perguntara ao pessoal das sobrecasas que rumo devia tomar na andança. Ouvira os mapas falados de cada um, ensinando aonde podia morar e como aproveitar cada minúcia lá nos longes aonde ia. Tempo e querer havia para isso. Reparasse Camura o que era de boniteza e de valor para fazer sua sobrevivência. Levantasse ali seu lugar. Faria a vida lá, região de barro, arte dele.

Era pessoa de consolanças precisas, o Camura. Disse que nunca ia se esquecer de mim, do rosário das paisagens do mar, das areias e dos barcos em chegança, nem das casas avoadas sobre as árvores, com seus cavaleiros; iria escavacar na noite a lembrança de quem lhe fora mãe do mundo. Uma Rosario de beira da praia, esperançando – ele dizia, em ressuscitações do achado. Talvez fosse possível, nunca se pode saber, vir muitas vezes vê-la, que o tempo vira sua roda como quer; e talvez viesse a cuidar dela como fizera ela com ele, se acontecesse caso de precisão, não estava maldando – ajuntava Camura.

Chorei por todas as noites que eu teria de carpir. Mas soube que ele voltaria e que ela, Rosario, o salvava e salvaria do que ele nem sabia ainda. Intuía.

Algum dia depois chegara pelo porto embarcação diferente, despejando um homem vestido com roupagem de gente graúda, mas com pouca instrução de sabedoria, procurando um moço que diziam em fuga. O moço que podia ser distinto, mas não era, não parecia pessoa com ajuizamentos nos conformes, como se viu logo, pois já foi dizendo que o desmoronamento das barragens era só um gostinho da guerra que iam fazer. O mais vinha depois. A política dos grandes botava lei de ferro, esperassem. E explodiu muita fala malina, jogando malvadeza para todo lado, coisa de tal crueldade que o juízo do pessoal daqui nem podia aquilatar.

O moço das gentes graúdas chegou sem pedir licença, entrou fazendo desfeita, ameaçando quem não falasse de estar em falta com os mandantes do poder e outros desacatos tais. Atiçando gente do porto que capitulou, porque isso era o que fazia do humano uma ida com retornos avaros, a arenga logo acertou com o paradeiro do moço procurado. Disseram que o moço fora hospedado em minha casa e até o nome dele apalavraram: Camura.

Continuei com minha cuia, trazendo a terra da duna que invadia meu canto de mundo e pelo entendido Camura sentiu meu costume como um gesto de salvamento. Quando o moço viu que eu não falava, não lhe respondia, fazia esse gesto repetido e manso de pegar areia caída da duna na cuia, retirando-a de volta para fora de sua casa, calculou-me avariando, rodopiou nos pés e foi-se embora. Iria pelo caminho que sabia Camura ter seguido. Era moço viajado.

Só então, saí de meu calado: – Se sabia o rumo que procurava, por que perguntava?

– Para me certificar e a bala ser certeira, respondeu o moço da arminha da polícia política e que se vingava a mando – que isso percebi desde a primeira brutalidade.

Não custou muito a vida do moço. Desprezara os que moravam nas casas aladas, como lhe contaram os cavaleiros das casas nas palmas e que teriam talvez dado, sem maldar, o mapa falado dos perigos, das moitas de agarrar-se no mangue, das formas de viver nas solidões e enfrentar as pegas dos bichos. Não escutara aviso de bondade, nem dos altos nem dos baixios, nem aceitara ao menos prosar sobre como eram os galhos e as veredas que salvam de redemoinhos, em especial do Muiúna.

Como era época de enchentes, o Muiúna, redemoinho que aparecia na curva extrema das águas do rio, fazia-se comparecer com toda sua força, agora certamente arregimentando os depósitos dos montes aquebrantados, me explicaram. O moço contratado pelo cerco de Sumaúma, que nem era tão moço nem escutador, mas que destratava o povo daqui, soube-se que foi pego pelo Muiúna, que ele desconhecia.

No outro dia se vira seus restos carregados na avalanche das águas que vinham do alto, velozes como balas, passando pela aldeia alada, como se dizia ali.

Foi o que se soube, pois Camura veio me ver em sonho, dando notícia, dizendo que chegara bem, em lugar bom de plantar algum recomeço. Deu notícia também de que nem vira o Muiúna; seguira o mapa falado e chegara com fortaleza alegre em um canto onde faria jeito de ficar.

E havia uma moça... Inambê. Que era o sol da paisagem nova...
    Justeza é coisa cavilosa; tem suas artes.

Capítulo V
E no avarandado, desanoitece
ILeL

– No mankala, semente em campo novo chama outras. Tentando dar alento ao meu movimento, me vi em ânsias de ir. Não é o caso de organizar uma cidade por baixo do desbordo da outra, que houvera? – assim a índia me pergunta. Se a cidade submersa volta a cantar, que cante! Laila postou-se em campo de jogo. Pensava em refazer o esteio da ordenação paterna, avisada que estava pelo que sentia e pelo que pensara com o pessoal do porto. Para isso levaria o que aprendera das linguagens e a impetuosidade da índia que a ladeava, lhe levando mais lá. Garimpava assim, para além do meu ontem. O esperançar de coisas pequenas e grávidas, às vezes anda em sentido anverso, mas anda. Aprendendo nos contrários.

Por essa hora o céu persistia violeta. Escurecia a florada lilás. Eu encontrara o invisível presente.

– O querer me parece dever ser colhido como estrelas. Anterior a qualquer fruto. Imaginando o ensonhado, semeia-se-lhe. O caso era se lançar redes de pescagem sem perder tempo de pressagiar os contra. Nosso reservatório vai desataviando fogos de outra natureza – atraquei, dando sentido ao enevoado que volitava ali. Pedi a Laila a confirmação com os olhos, mas ela deu voz a mim. Pusera-se na mira, comigo, de algum novo sentido por viver.

Coloquei mais chá de flores e pão de arroz na taça do nosso silêncio. O esforço de responder Laila não tardou vir;

ela cutucava meu silêncio quando era um adiamento. Um represamento onde eu tardava em mim.

– Casinha de colina, azulejos nas varandas, alguma Senhora da Amargura estendendo os braços na entrada e se teceria um fado – retomei. – Batalhas de terra e mar passaram e deram lugar às do fogo químico europeu e da norte-América; isso aliado ao braço da ciência é pólvora. Pôs-se em desabalada carreira uma ética do humano. Mesmo que ainda houvesse a poesia do mar, temo de ver que a taça das iniquidades transborda.

– Mas há como resistir. Note: o que nos parece sobejar cavalga entrelugares. Temos aqui as gentes sobreviventes aos desabamentos, respondeu-me Laila. Olha ao redor... Aqui estamos nós. Sós?

A sombra dos mortos-vivos daquela tarde ficou por ali sem arengas.

Pois depois, em outro dia, saindo do mutismo de cabra cega em que imergira, puxei conversa:

– Pássaros aprisionados cantam; nem tão triste como eu calado, Laila. Talvez eu tivesse destino de albatroz do espaço que, calado, voa tão alto que nem se alcança pegá-lo para matar.

Depois da afoiteza inicial logo mergulhou em sua abstenção de palavra.

Mudei a cena. Estendi a fruta do dragão na mesa de Ilel, a pitaya, que trouxera para repartir sua doçura e seus verdes e vermelhos.

– Cor cura – Laila brincou. O ofício de reparar o desarrazoado desmonte de mim mesmo era ajudado por pequenas costuras e tecelagens de Laila, que ela fazia enquanto eu pintava. O traçado recomeçante era tênue como delir nódoas em pano fino. Havia de ser delicado.

Recompus o desenho na mesa com os ramos da florada. Estava decidido a não cair no poço do si mesmo. Percebia, contudo, que o outro que eu fora lhe espreitava:

– Minha mãe recambiou para mim o que entendeu dos ajuizamentos inscritos nos antigos pergaminhos do judaísmo. Tinha ascendência judia. Cedo me enviou para estudar o hebraico, na terra de um par de meus avós, Coimbra. Mas a colonização da América atraía por sua incandescência de gozo fácil. Sugava-se dela o leite humano; com ele azeitava-se a máquina do lucro e a das manobras econômicas, políticas. Um dia, porém, colhe-se revoltas na algibeira; descarrilham-se os vagões dos cerais ceifados – ruminei, desengrolando termo a termo a crítica que decerto se engastara em seu corpo. – E sem que se possa refrear, volta o cipó de aroeira com que se lanhara o lombo alheio, vive-se o papel que se dera ao outro.

– Isso são leis de Deus, replicou Laila.

Percebendo a alegre cumplicidade de Laila, atirei-me a outro rompante:

– O feitio do ódio de classe e de raça sustentou em muito a reinante expropriação do Outro, na moldagem de uma Europa soberba. Depois, uma norte-América cega de usura e prepotência. Cobra criada, como se diz aqui. Mas dentro das próprias pátrias havia abismos de pensamento díspares. Mas você parece me ensinar que a governamentalidade dominante não é tudo o que se pode dizer sobre um país. Há a resistência que medra por raízes fundas, de terra e de ar.

A manhã estava mais faminta de sóis. Falas desembrenharam-se da mata onde estiveram:

– Quando ia a Portugal rever meus pais e seus envelhecidos papéis, envilecidos pela sanha da soberbia de tantos troncos decepados, reparava um outro em mim, referto pelos brasis. E eu ainda parecia a eles aquele português vindo com as caravelas da mais valia! Como dizer que eu virara de lado? De começo, eu era um; depois... outro. O Brasil é um lado do coração do mundo que nunca adormece – e eu o escolhera para viver.

– Triste nem era o fado, chasqueou Laila.

Parti a pitaya, a "fruta do dragão" e distribuí pedaços do vermelho e verde para Laila e para mim, continuando um pouco depois: – A acumulação do capital forja mutação na alma coletiva. E é aí que a exceção é regra. Arfava, ao completar: – E é então que nos despossuímos do que nos dera asas para conhecer. Aturiá, aquele arbusto ali de ramos longos e retorcidos, não se entorta tanto. Mas o amor...

Sustei a frase. Agora o olhar deixava florar violetas, traços sugeridos pelo pintado esmalte das tigelas. Dava para pular com eles as entrelinhas e fazer um passeio. Tudo parecia acelerar-se, pegando a intrepidez do cavalo baio, que agora chamava o alazão para irem-se. Postas à mesa, as xícaras habitavam a doçura das flores, a fruta nativa aberta convidava cores novas... Miragem exata. De costas para mim, Laila lavava as mãos em uma terrina grande, com desenho incrustado no barro, arte que eu fizera com Camura.

Servimo-nos de café, pão e depois da fruta pitaya. Pouco, mas suficiente.

— Taí uma frase brasileira, riu Laila. Rimos. Não abri mais a porta aos alembrados, pois era bom que nessa hora provássemos o comum. Debulhássemos a leveza dos tempos, sabores e dos cheiros perto-longe. Laila olhando meus desenhos admirou-os e disse que ficaria com alguns dos esboços do meu imaginado. Ia tecer figurações novas a partir dessa sugestão de linhas e cores. Eu voltava à carga, requisitando auscultar o passado, para seguir daí:

— Evidente que temos de rever na nossa formação a espoliação do outro, pois não há mais tempo de regatear aprender — arrolei, mordiscando palavra a palavra. — Foi a dita superioridade farisaica, ora ariana, expandida em escravismos, calcada em servidões diversas que violentara a referência maior de um Cristo de ética inigualável, retomei, voltando ao tronco de minha formação, que agora fertilizava de outro modo.

Servindo à Laila mais chá de flores nas tigelas de fios pintados, persegui o fio de antes:

— Amputava-se o sonho da Mesoamérica índia e a do Sul, por que? Forjava-se nelas a reprodução de supremacias continuava-se desapossando o Outro da sua diferença. E dentre os golpes das sucessivas ditaduras latinas o ensonhado veio interétnico do Brasil corria por cantos que não se lia. Dizer das mestiçagens que elas são cordialidade tosca não seria mais um bote que se laça ao nosso país, fazendo-o desistir de ser múltiplo? A quem serve a desesperança?

— A sua desesperança? — atracou Laila, súbito, me surpreendendo. Estanquei. Tinha aprendido sobre linguagens, com a índia, que o plural se destrava no singular e vice-versa.

Ilel nem tropeçou mais em suas próprias ausências e logo voltou:

— Laila, as escravidões se adiantam em tornar o humano um bicho possuído. Perto de nós a América do Norte não se isentou de sua superlativa hediondez com o escravismo negro. Também forjou guerras ao sul do mundo inteiro, para dar vazão a suas armas, que reafirmavam o saque das riquezas e matérias-primas feito mediante o continuado que colonial. No pretenso brilho do apregoado consumo e conforto, regidos pela mais valia, vendia-se a estampa da indústria da morte, sem nenhum pudor. As juventudes que ardessem em chamas. O etnocídio, essa morte do Outro nas culturas, era naturalizado. Onde o nome do Pai?

— Mas há sonhos que mesmo em tempos adversos se costura, mapeia de novo, Ilel. Por baixo do pano das cenas da história, os vencidos ou os mortos-vivos sempre voltam — afirmou Laila, junto às ênfases da tarde.

Depois, sem o escudo de uma cegueira arcaica, reclinei-me em uns ramos à guisa de cadeira e ouvi. Era o canto da araruna perto da araçá azul, fruta roxa, entremostrada no galho. O pássaro arrulhava, volteando sobre a fruta doce, certamente achando que não havia mais tempo, que não nunca saberia mais.

— Campo que fosse flor era flor; sendo nós semeadores por que não se semearia? Com as pétalas se faz o cálice para a corola das flores... Podia-se reaprender a vida com o simples? A condição humana não nos impelia sempre para sonhar o não sido ainda? — Laila observou-me. Ao que repliquei, em concordâncias: — O amor é mais leve, ensinara o Cristo planetário. Não estamos fartos de negociatas espúrias?

Decorridos alguns meses, deserta de ímpetos apressados, pensava firmar sossego. O desígnio maior requer tempo de construção. Os galopes do cavalo baio, as caçadas às ramagens, o chá de folhas e flores eram doçuras que velavam o recomeço. Via-se agora por ali uma galinha-d´água levantando voo no enlameado charco.

Tentamos juntos fazer um novo pão de arroz no fogaréu de galhadas enxutas; cortava-se a massa depois em fatias com um "espero que ainda saiba o ponto".

Imprimira na madeira, ao lado de uma fruta do dragão, os desenhos que fizera dos cavalos em expectação de partida. Ficara bonito, rimos. Mesa posta é bonito.

Uma saudade sem tempo nem lugar sarapintava aqui e ali.

– O café da tarde costura universos de gerações, acarinhou Laila, continuando a tonalidade posta por mim. E de todo modo saudade é saudade, aditou.

Em algum lugar que a reminiscência podia recontar se tivera o amor perto.

Atravessáramos a sede ancestral dos trópicos. Um bem-te-vi se aboletara perto, bebericando sua água. A ramagem verde espalmava-se, prestando-se a sustentar o destino da flor e fruto. Supliciava-se não, esbanjava-se, por renascente. Pensei dizer-me um pouco a Ilel, porque ardiam os girassóis e o cavalo baio pegara carreira. Igualdades cavavam confissões.

– Ah, as gordas mulheres do meu lugar, quando a aldeia era uma aldeia! – contava Laila. – Bonito ser gorda, trazer as carnes para embalar crianças, dar mama às crias, ter peitos fartos para os arroubamentos do amor. Escanchavam-se as crianças dentre as pernas, sentando-as para penteá-las e pôr fitas nos cabelos e logo se punham a olhar o além-mar.

– Amulherar era entretecer agrados no tecido sonho – dizia-se, quando nos momentos de feriar. As mulheres tinham um impulso arcaico de ninho e assim se fazia o íntimo. Não era uma aldeota, o meu pequeno porto? No discurso do lugar, para sobrevivermos nele se haveria de escutar os sobreviventes. E agora mais que nunca, ávida, a sobrevida insistia. Apesar do roubo da vida em comum e do sentido. As palavras gastam-se de ser o que podiam... sonhar. Mas ganham logo fôlego, refazem trilhas, quando puxamos de volta sua fiação.

Levantei-me da mesa posta, fui ver o lilazeiro, continuando a decisiva hora de acertos; não queria deixar de dizer a Laila que eu desejava responder ao desafio de viver, com o ímpeto dos sonhos, que ela me punha a olhos tão nus.

– Sei que existem reentrâncias, continuei, alteando voz, reparando as sementes jogadas nos dois kalah do mankala, reservatórios onde também estavam os adversários. Um kalah já estava desapossado, quando se entregara o porto aldeia à avassaladora rapinagem do econômico-político; outro, tentava coivarar a liberdade de reinventar o lugar, como você diz, Laila.

– Depois das mortandades causadas, Ilel, o malfeito já tendo espalhado sua absurdidade, era o caso de catar o que desse para viver. Como dizer o que eu desejo? Deixo-o na danada da entrelinha. Penso que nessa hora do agora, por baixo do amortalhado se afivelam arruados como contas que podemos ajuntar uma por uma, dando-lhes feição maior de vida repartida. Ajustaremos entreajudas. Não é só o porto aldeia que se quer vivo.

— A Senhora da Amargura nos ajudasse, ri. Faríamos das contas de cada arruado um rosário só, por onde se estenderia o recomeço. É isso que você propõe, Laila?

— Algo assim está no ar, Ilel. Acontecendo. Eu corro, aproveitando a hora. De tanto semear no campo do outro, acendi o desejo como arte do possível. E não me contendo mais fui buscar os pontos de abandono e juntar as casas-ruas que despontavam, anunciando uma teia de cidade invisível, mas que nós enxergávamos muito bem. Nós quem?

Veja. De primeiro, subi nas casas-árvores, arribadas sobre palmas e juncos moventes: era o arruado dos Cavaleiros de Palmas, como a avó Rosario chamava aos vãos suspensos sobre terras, rios e águas, onde sobrevivia gente e planta e bicho e monte devastados. Sobreviventes ali restavam, invisíveis mortos-vivos, além do mar do porto aldeia; e fui cerzindo os buracos, costurando o halo das casas aladas, feitas por sobre os escombros gigantescos.

— De todo modo a vida insiste, entremostrada, é o que você diz, afirmei. Era possível ainda, arrisquei, adejando sentimento. — Resistiríamos começando com as sementes crioulas feito bandeira do visível, fazendo do devastado um território outro ensonhado.

— A infâmia do holocausto seria adubo de nossa resistência e, nela, o nosso porvir poderiam cavalgar imensidões — dissemo-nos um ao outro, combinados, olhando o galope do cavalo baio.

Tudo em volta pareceu acordar. Passamos a organizar o que se catava a dedo no antigo e o que estaríamos a chamar agora de futuro do presente.

Percebia que para além do esquecimento se poderia lavrar o chão para outra sementeira, assentia com o olhar à Laila. Ela ficara feliz, reafirmando nossa organização dos arruados, que faríamos com a ajuda dos sobreviventes. Ria, ao dizer:

– Cria-se destino, felicitara-me tio Argeu, ao me ver chegando ao porto. E logo seguiu comigo abrindo velas ao mar e a portas ao mundo alado dos cavaleiros verdes, para que o povo todo dali participasse desse recomeço. Propôs-se ajudar, como também Iain, minha mãe.

Olhei ao redor: nem estava morta a florzinha amarela que dava na beira da sacada tosca; e sequer se despetalava ou amarelecia pelos cantos. A sempre-viva agora montava a correr no cavalo baio. Encurvava-se no vento e logo a haste se erguia.

– Era o caso de ficar de pé e por inteiro – confessei a Laila, resoluto. – O mar podia querer dissolvências de outra natureza, mas as luminuras do avarandado possuíam sua bela natureza flor, pensei, com o olhar índio de Laila me sorrindo.

O coração de tudo falava agora por entre lugares – pensei comigo.

Não havia mais noite que segurasse a manhã que eu entregava agora a Laila e a mim mesmo. E quando ia vez ou outra para o seu porto aldeia, em pousio de dias, como confessei mais depois a ela, sempre iria consigo, a dar atenção a esse fio de ação entretecido juntos.

87

Laila chamara-me, de começo, ao arruado próximo, que era costume novo no fim da tarde todos arregimentarem as sementes crioulas nos recipientes reservados para isso. Era bonito ver todo o pessoal dos arruados cuidando para não perder as sementes dos nossos plantios. Já era um movimento constante, o desses nossos arruados. E todos auxiliavam na faina coletiva de guardar semente para o outro ano, noutro tempo de plantar, deixando significativa quantidade como reserva. O costume novo riscava novos traços na alma coletiva, imprimindo as marcas da singularidade das culturas que se avizinhavam.

Rosario, sua avó, como eu vira, morava no longe do porto, já no ermo das dunas, próximas ao local assubido dos Cavaleiros de Palmas. Seu passadio era aprumar-se nas horas longas do dia com a cuia, sentada na varandinha da frente, jogando as areias da duna de volta para que não invadissem sua casa. Movimento aparentemente sem valia, porque as dunas transmudam o areal devido aos ventos, dizia-se a ela. Rosario, porém, vivia no aclive e com seu trabalho ensaiava planuras de se avistar ao longe.

O embarramento da areia grossa dentre os paus da sua casa de taipa não limitava os sentimentos de Rosario; nem as passadas que dava deixava que fossem apequenadas. O gesto da cuia era código do invisível e com as divinas procedências reverenciava a vida, dizia. Desse modo fazia-se valer o gosto renascente, cuidando de dar sentido aos dias.

Uma vez, depois do desmonte do porto, pediu a mim, como avó que era minha, que quando cerrasse os olhos, nas horas de Deus, a enterrassem defronte à janela: dali veria a duna erguida feito palmeira e o chão limpo da casa avarandando o sol. O mar e o porto e a aldeia seriam uma lenda boa. Testemunho de uma faina que saberia continuar em outro plano da vida. Outro caderno.

Agora havia poucas dunas. Seria? O afastamento da aldeia foi indo mais para o fundo, logrando ser não visto. É que antes do desdouro feito com os montes houve um tempo, esse de que se fala, em que a aldeia era nossa e o porto não era mais. Ainda que pequeniníssimo, arremedo de vida portuária maior, desaguadouro das pequenas embarcações e jangadas dali de perto, o porto fora sendo despossuído da gente do lugar. A aldeia nem pranteava ofensa, retirava-se em humildades, saindo da beira, enfurnando-se.

O porto desapossado, ficara sendo vitrine a empurrar nossas casas para os longes, como se a gente fosse ninguém. Daí que negando o lugar como nosso território de vida nos empurravam a recuos, dando-nos uma não existência e pegando lucro nessa operação, explicava Argeu, o tio de Laila.

Assim se fizera a aldeia: adentrando o contra mar. Rosario, na hora mais dura do recomeço segurava a cuia cheia de areias da duna que avançava no exíguo espaço da sua casa. Dava sentença firme aos que causaram o dano gigante e como bem dizia:

— Desconhecem que na montaria o dia pode vir de contrário, carregando a saudade de nossa humanidade. Trazendo nós mesmos em novos corpos, ensinava Rosario, volta cada um ao já sido, para dar conta do desejo próprio e do outro em igualdades.

— Assombração é esse avesso que vem na montaria, Ilel, porque os espíritos e suas ensinanças são de Deus.

Rosário não era visagem, ainda, neste dia azado. Quando o porto era.

Capítulo VI
Assim vi Inambê – revoada pássara
C (Camura)

Posto em liberdade iria mesmo aonde? – fora a pergunta da saída do presídio. O passado continuava atravessando as horas com seu coice. Chegando aos territórios do holocausto, vira o empenho do poder em dar por esquecido o havido, por aquela hora. Eu teria de aproveitar a invisibilidade imposta desse modo para ficar, pelo menos por algum tempo, longe da ferocidade dos donos do poder. Ah, se conseguisse viver nesse não lugar.

Fora duro rastejar no chão para conseguir do mangue o de comer. Vindo de primeiro pelas bandas de um porto desmontado, para fugir a alguma possível perseguição, pois devia ser sabido que fora solto e a política local estava então implicada até as unhas, eu ia dizendo que fiz grande volteado, embora tudo fossem lugares despossuídos pela avalanche que se precipitara forjando despenhadeiros. Como fora áspero o caminho, muita lição de como conviver com essa tempestade estranha e permanente dos montes caídos foi aprendida. E, no fundamental, encontrara uma mãe do caminho, Rosario.

Agora em um lugar escolhido para viver livre, disputava a palmo com os guaiamuns, as pixoletas, os siris, que fugiam com rapidez inimaginável quando eu me jogava rolando por longos trajetos de terra e lama, de cima abaixo no declive. Cortava-me nos rolamentos, a vegetação espinhenta e os cactos de muita água ferindo minha pele, no arranco esfaimado. Era arriscoso o sujeito despencar-se do alto do despenhadeiro ondeante, que descambava por todo lado, formando monstruosos despejos de pasta humana e húmus. De rastros no chão, feito gabiru roendo o pouco que achava, arranhava os dentes nos detritos feitos pelo caimento das barragens e montes. Azunhava o que pudesse servir para comer.

Difícil destrinchar o que era possível se comer em meio à estranha compostagem de bicho, gente e planta mortos que na vertiginosa precipitação dos montes rolavam ainda com as águas, embora agora parando uma hora e outra. Muitas vezes nos desatracávamos dos ramos e galhos de cipó e de modo surpresivo nos percebíamos caindo de alturas imensas, junto ao emboléu rolante. Nessas horas o bicho homem vencia, pois era de se ter o juízo ajustado nas alegrias de estar vivo. Fora assim, nesse corpo a corpo grotesco, que se aprendeu a achar o de comer.

Resíduos agigantavam-se, escorriam formando um esgarro, baba da mistura que desabava sempre. Desse tempo desvalido, após a devastação causada por ganchos de fera em mãos de mando, propagava-se no ambiente muita asinha de bichos voadores; ressumava da terra os miudinhos de beira d'água e do mangue que nos terrenos próximos havia. Vertiam do barro lamacento os olhos apertados dos siris-gabola e dos caranguejos, quais cabras de pálpebras ridentes. Um bando de pássaros em corredeiras aéreas, missão de avoantes, devido à quebradura violenta dos montes e barragens migrou para lugares de águas amenas. O furor afugentara corpos e campos, fazendo com que o desembesto parecesse artes da natureza ou tempo de cio. Mas não era.

O golpe mortífero, a sugerir o holocausto como tendo sido desdobro casual era apregoado a quatro ventos.

Enquanto isso os sobreviventes se avizinhavam uns dos outros. Na derrocada, bichos avoados, de chão ou os que se engalanavam nas ramagens; os que viveram sombreados nas palmeiras, os penados, emplumados e as aves pernaltas, os miúdos que rastejavam no raso ou em água pouca, situados nos mangues ou beira rios, braços de mar ou matas adentro, ilhotas ou pontas de mar todos se viram, de repente, arrancados do útero da Terra.

Nos primeiros dias, quando ficara escutando o pulso dos ventos, assuntando como se poderia viver ali, ouvira um uivo estranho. Pássaro ou raposa? Não se sabia. Segui o uivo e joguei-me ao lugar calculado, mas já o bicho pinicava seu som estridente noutro lugar. Corri daqui e dali com velocidade para surpreendê-lo e nada. Nesse jogo o tempo não me dizia seu cálculo. Por fim, subi no alto e vim bolando. Correntes de cascalho, areia e argila vinham com a enxurrada por sobre uma torrente de troncos e juncos; os bichos e plantas e restos de gente morta se empapuçavam nas águas abatidas, violentadas – e se tudo se encrespava na erosão causada, o gosto de viver, contudo, retinia, insistente.

Amor dá essa sustança. Mesmo que visse na enxurrada mortos vivos empalhados, engrolava uma prece e dava a passada seguinte. O que se cuidava com mão de amante, reverdecia, ainda que guenzo. Ensaio trêmulo, apoucado. Desse modo ia tirando vida dos abrolhos, das terras derribadas que despencavam ainda. E se havia o escolho do sentimento devastado, quando a vida é danificada desse modo, os olhos em Inambê tisnavam os recordos passados para dar vez à assunção do presente.

Aprendia o esperançar no meio do que parecia impossível e no ofício de agarrar vida na barranqueira. Olhos de bichos nos longes e juncos sobre águas mais maneiras escorrendo perto faziam companhia e pouco a pouco já se podia notar a lua amainando o breu das coisas. E isso já era algo de se ver. Lampejavam novidades, que o apaixonamento por Inambê atiçava.

Feito um bicho lanceando bote, porém, tinha vez que sobrenadava em mim o outro, o aprisionado. Não lamuriava, nem jurava vingança com relação ao que me sucedera, tampouco se enlinhava em queixa. Ansiava o vão do esquecimento. Quando menos esperava, o pavor de estar sozinho na cela assomava no dia, alembrado. Então, eu empurrava longe o langor do apaixonamento por Inambê e entrava na minha concha, feito ostra-do-mangue. Triste.

Pelos montes desabridos cascaviava um e outro tronco de fazer a casa de pau a pique e deixava aceso um fogo constante, para aquecimento do lugar. Catava frutas no terreno brejado para o de comer e em um momento depois tentava o plantio do arroz no alagadiço. Lançava sementes. Ao ver Inambê nas extremas se achegava uma revoada pássara assobiando amor. Não devo deixar de dizer, porém, que mesmo alcovitando ternura cantante eu trazia certo visgo na alma que me deixava por vezes alheado. Isso acontecia quando, estranhamente, mais me enredava no desejo de semear no campo do outro: as fazeduras do amor são tão contrárias!

Ali, como aqui, onde Inambê morava ou onde eu fizera rancho de morada, o íntimo do seu olhar para mim chamava novidades, sua pisada de mulher feita sugerindo pertencimentos. Tudo se sustinha em querências – e a vida seguia, altaneira. Mesmo que as correntezas das águas por vezes tocassem o trecho próximo da varanda que eu fizera para os tornos da escultura que eu fazia o dia inteiro, os ressaibos da aluvião que desbordava não mais invadiam minha casa.

Iria valer-se do quê? – perguntara-me, de princípio. E me acertara com artes do barro, esculturando. O lugar do povo de Inambê, remanescente de antigo quilombo, recepcionava a convulsão da terra com amostrada gana de viver. Espojavam-se as águas sob o arrebentamento e se chovia forte os negros faziam lajedos para conter o que de vida vinha abaixo. Misturava-se, mas nós separávamos o material depositado pela barragem violada. Para ir fazendo nossos ranchos de algum modo e, logo, os espaços de criar arte e conduzir sobrevivências.

Mas se havia horas de calmaria, repentinamente restos de mata indevassados, vegetação puxadas dos fundos dos rios por ali boiavam, escorregadias, mesmo quando tudo já parecia estar contendo a volúpia do havido. O trabalho de utilizar o que sobrava das árvores ceifadas, escapulidas pelos terrenos ao modo de leva tempestuosa, que tudo empurrava no seu movimento, era praticamente contínuo. Na avalanche, era comum ainda ver o povo do rio dos Pretos retirar os restos que descarrilhavam dos montes, engastados no entulho, para fazer compostagem que fertilizava plantios e uma espécie de fogão cujo gás vinha desse ajuntado.

Ah, agora eu percebia de onde o uivo: era o rasga mortalha, um doce passarinho branco de um trinado tristíssimo, que se sobressaía dos demais, no seu inconfundível som de acento trágico. Tinha sido aviso de amor? Contido, eu avistava, colada à parentela, saltar Inambê nos confins daquele resto de mundo, tentando assegurar aos pássaros e demais bichos e plantas a parceria humana conspurcada pelas mortandades vividas. Ela me olhava, eu a ela também.

Sustentados pela longa aprendizagem com o mundo espiritual, com quem travavam relação metódica, nutridora da confiança no imortal da vida, não se havia de espinotear no difícil momento. O holocausto que se invisibilizara, abatendo gentes e meio era o próprio suor da governamentalidade dominante, gestora do país e alinhada aos interesses da acumulação. Mas nós, como também os pássaros, aprendíamos a distinguir o que podia ser vida.

De início, sem identificar quem dos homens lhes mandavam embora, as aves continuavam com seu susto intenso, expresso na algaravia de sons altíssimos emitidos sem pausa para o ouvido; voavam qual bando sinistro e voltavam logo, alucinando. Os parentes de longe e os de perto do lugarejo de Inambê se reuniam para pensar o que fazer. E fora nessa hora que eu chegara pertíssimo, pela primeira vez, de Inambê. Dilatado grito coletivo de busca de salvamento rescendia do campo, túrgido. E lá estávamos nós, em ajudas, regando o por vir.

Evidente que o Estado acabara por enviar um policiamento. Para manter a ordem, como diziam. E nossa pobreza – por esse momento, eu já estava ao lado da gente de Inambê – era aumentada pela quantidade de comida que tínhamos de distribuir com um pequeno destacamento policial que vasculhava nossos espaços, dentre palhas e troncos com argamassa de barro. Desgostados da ação sem sentido, mas impedidos de voltar àquele momento a suas casas, os policiais apareciam como estacas mudas, salientes, e aturdiam, por serem mais bocas para comer, diziam as crianças. Às vezes, arrancavam pequenos frutos da mangaba ou algum coquinho do mato que se arranjava, a custo.

Os bichinhos do mangue, também atocaiados pelo desastre havido, em desespero rastejavam por terrenos próximos e foi essa mariscagem que nos socorreu da fome, já aumentada pela rapinagem do destacamento policial enviado. Enxergava-se os negros rastejando nos restos dos entulhos à cata do de comer, ao lado daqueles varapaus rígidos, em pé. E vinha a hora em que o barulho dos pássaros que um dia fora dulcíssimo, em bandos agora amedrontados também pelos tiros da soldadesca, era quase ensurdecedor.

Os policiais não ficavam mais atemorizados porque rezávamos à noite, hora mais tensa, de mãos dadas e incluíamos-lhes nas nossas rodas, eivadas de sucos de folhagens e quase nenhuma voz. Nessa hora eu divisava os pássaros todos, agora figuras de barro moldadas pelas mãos de Inambê.

O gueto reinventava-se no que podia estar vivo. A *ora pro nobis* era uma plantinha tenra, que dela se fazia o chá e por dar sustança era nossa carne. Frequentemente, a intemperança dos policiais toldava nossa paciência, porquanto a toda hora eles queriam comer, amolengar-se nos espaços e invadir intimidades. Uma vez um correu a agarrar uma mocinha mal saída da infância, e eu puxei-a comigo, enfrentando. Rolei pela lama, em socorro à moça, e porque era noite fui sair do outro lado, já perto do meu arranchado; depois voltei, já com todos dormindo. No outro dia se fez uma resistência silenciosa. Ninguém falava nada com o destacamento.

O sussurrar das preces coletivas fazia uma ligadura com o murmurejar das águas dali, turvas que fossem. A sonoridade incomum levava, então, a soldadesca a recuar em seus despropósitos. Corpo a corpo, hora a hora mantínhamos os respeitos dos policiais, recobrindo sua incontinência formada no mando. Por esse tempo fiquei muito no gueto de Inambê, em tarefas do tipo.

Depois do momento mais dificultoso, o destacamento policial foi levado a outros sorvedouros. Todos nós do lugar devastado sabíamos que teríamos de esquecer o holocausto antes silencioso. E sabíamos que depois seria outra vez escancarado, com novas justificações para mortalidades de coletivos simples. E se tudo para nós teve recomeço nessa clave familiar e de vizinhanças renovadas, envolta em paciências, novo turbilhão, porém, aflorou, demandando outras providências. Um alagadiço onde Inambê morava, com o movimento dos desabamentos e algumas chuvas estourara, derramando águas novamente por todo o lugar. Com muito esforço e fazendo valas dirigimos as águas, que continuaram seu curso aclive abaixo. Como era um terreno próximo a uma área de apicum, as águas fertilizaram o mangue e um grupo de estropiados veio fazer vida como catadores de caranguejos, siris e bichinhos do mangue naquela terra ondeante de mortos-vivos e águas surpresivas.

Passada a fúria maior do ambiente danificado, os chegantes levantaram suas palafitas – arparam casas sobre terrenos brejados, erigidas a grande altitude sobre tábuas de espessura larga, capazes de fincarem-se no terreno aguado. Nessas bases, casebres de madeira foram assubidos em grande altura e os sobreviventes que aí arranchados passaram a viver como povos ribeirinhos.

Do rio, a vida vinha. Informe que fosse. Os que acorriam ao lugar não crispavam as mãos ante a gosma do barro e do rolamento da restalha em constante declive. Punham-se a debulhar o quase nada, o que conferia à tragédia do ambiente diferente tonalidade. Vestidos como viandantes pobres das ruas citadinas onde haviam perambulado, dentro de pouco tempo eram mestres na compreensão do refluir das águas, sabedores dos tempos de plantar nas vazantes e nos quadrantes de roça alta que improvisavam.

Os movimentos de semear em lugar íngreme compassavam com o de nossas vidas, feitas de acirrados contrários. Juntos no desfastio de arrancar o de comer com as unhas nas terras aguadas, recobrávamos forças repartindo o quase nada, que dizíamos ser "suficiente". E porque pequenos arroios fendiam o chão, mesmo após o rebentar dos montes, a turgescência das águas novas um pouco que limpava as outras, dando a todos uma alegria há muito não sentida. Nessas horas faziam-se rodas e Inambê pegava uma gaita, tocava. Eu a olhava, ela a mim.

Um grupo das mulheres catadoras de caranguejos que ficou a morar entre meu rancho e o gueto, em dia de feriar fazia o merol na beira mangue. Punham sobre as pedras pedaços de pano velho, puído, encardidos pelo gasto do tempo. Às vezes o pano partia, desmanchando. Assentadas sobre as mantas, as mulheres comiam caranguejos, depois de uma caça de horas aos bichinhos que catavam. Alegremente e aos magotes iam e vinham alardeando cantorias.

– O útero da terra, o mangue, é sagrado e carece de reverências graciosas, diziam. Inambê me chamara a remirar com as mulheres o merol. Elas chegavam com chapéus por sobre lenços coloridos que traziam na cabeça. As plantas sustentadas pelo amparo das raízes-escoras punham um traço de cor nos juncos. Podia-se ver agora que no mangue espécies diversas de pequenos arbustos, com verdes matizados e outras cores marcavam a paisagem, chapiscada com os vermelhos dos caranguejos e guaiamuns. Sobrevivendo ao pasmo primeiro, íamos ao insondável mundo comum, empenhados nos trabalhos diversos dos que fazia de nós mulheres e homens-hora, como se dizia ali.

Asserenado o desenho viajante e ensurdecedor das aves, ativado pelo desborcar dos aguaceiros e arrancadas, tudo principiava a assentar-se. E pudemos pensar com mais vagar em criar destino, naquele momento social de eclipse da razão, calçado na guerra silenciosa que se alastrava. O obscurecimento moral da política do país era grave. Golpeava a resistência de qualquer sentido coletivo. E nós teríamos sempre de catar algum para viver.

Chegou um momento, porém, que aquela invisibilidade nosso ajudou de algum modo. Na noite densa, o silêncio era de pedra. Acordávamos não com os ecos do aviltamento mais. Os mortos-vivos dos quilombos viviam de outro modo, ainda ali. E nos chamavam para resistir e expedir consolanças – como as mulheres faziam em suas minuciosas entregas.

Já aí eu entrara por essa porta estranha da poesia dos dedos, a viver como sonhante amador desde que conhecera Inambê.

Capítulo VII
Luminura e traço – o caráter recomeçante da memória e seu esperançar

L (Laila)

A destruição do meu porto aldeia era oficialmente um fato consumado. Porém, sabia-se da existência de alguns sobreviventes dentre milhares de mortos soterrados pela ignomínia provocada nas barragens e montes, apregoava o discurso do mercado aliado ao do Estado. Certo era que havia os que resistiam feito mortos-vivos, que isso sabíamos nós e nossa gramática era outra. Muitos eram ainda fantasmas do que foram antes, desconheciam a própria voz, as fontes próximas, o nascedouro das solidariedades miúdas. A natureza se transmudava na precipitação abismal. Espantalhos estranhos, atavam-se ainda a guardar o lugar das sementes, nos replantios que viriam.

Memória é uma parte instruída do juízo e se ata com sagacidades insuspeitas. Só aos poucos os que eram chamados por minha avó Rosario de cavaleiros verdes foram aventurando viver nas ruas-casas-árvores, dentre palmas, sobre o torvelinho que ainda coleava junto à aldeia. Nessa beira do mar, o resfolegar de quem escapa e cospe os multiformes destroços despejados nele se movimentava no ritmo das marés.

As frutas dentre os abrolhos ardiam pelos pássaros que não as bicavam. Os bichos pinicavam lamúrias, assustadiços. As gentes encorpadas na sua sobrevida pareciam surdas e cegas, olhadas por uma baleia de olhos tristes. Mas era alentador observar os cavaleiros sobre as palmas, esbulhando sementes crioulas no alto das construções feitas sobre o monturo que não parara, voltava agora vez em quando sua onda sinuosa.

A faina perseverante de Rosario ligando luminuras, na metáfora de seu catar areias com a cuia resplendia com força ensinante, como anunciara Camura. Apercebera-me que o meu gosto de viver pintava paisagens que atingiam Ilel em cheio, como também a outros que resistiam em viver ali ou descobriam o espaço que virara um precipitado a cair na torrente de águas e construções feridas. Puxava fios, então, para ver algum desenho de semeadura mais larga, coletiva.

– Devo refazer meu porto aldeia, junto aos outros vilarejos sobreviventes, dizia a Ilel. Os fantasmas do ontem arrimam uma espécie de sobresonho. Há reservatórios de sementes crioulas nos arruados e vilarejos. Poderíamos com esse arrimo estar fora do boicote das empresas dos agrotóxicos, que nos fariam dependentes do que não se iria querer. Precisávamos nos preparar para que nossos parcos lugares não fossem cobiçados, nossos braços não olhados como fonte para os escravismos modernos. Seria preciso evitar que contra nós se impetrasse alguma execução jurídica contra nossas vidas. De todo modo, deveríamos usar a invisibilidade imposta por eles, a nosso favor – apressei-me dizer a Ilel, disposta a apressar o ritmo das jogadas.

No jogo do mankala, se as sementes caem em casa vazia é válido capturar as outras das casas perto. Desfiando conversas dentre cuidados com flores e desenhos a pastel, ora aguando juncos com ramagens, eu e Ilel parecíamos dispostos a recolher o que da tarde passeava em nossas mãos. Os princípios do desenho eram traços e cores, linha e volumes, ponto e planos e parecia que nesses atos mínimos se dizia do recomeço. A criação da arte luziluzia seu fio de luz na vida imaginada. E atiçava o caráter recomeçante da memória, quando se banha do esperançar. Luminescência boa.

Continuando ritmadamente ajuntando sementes no meu kalah e instigando Ilel e outros a fazer o mesmo, avantajava-se meu pensamento nas jogadas. Era meu plano a retomada de certa unidade de vistas e ação junto aos sobreviventes da derrocada das barragens e montes.

Sonhar o lugar era uma forma de pertencimento. Concretamente, cada um desses arruados alados e vilarejos tinham um pulso, havendo, portanto, diferentes ritmos e formas da mão e pensamento ligarem-se ao trabalho. A aposta nas sementes crioulas situava-se aí e a persistência de guardá-las para uso em comum era ideia de muitos. Se ajuntava nisso mais saberes. Não transgênicas, as sementes crioulas davam ritmo e forma a possíveis que se podia semear. Para mim não se referiam apenas à questão do plantio, mas ao movimento de uma vida singular. O cio dos bichos, o cultivo das sementeiras e a temporada das frutas mostrava o que é tempo de muda e eu respondia a isso saindo da penumbra de nossas casas árvores. Tivéssemos compaixão do que era tenro e ansiava mostrar-se, alegrando-se e dando atenção ao cotidiano.

Se via que aglutinar esforços para pensarmos elementos do mundo da existência que eram comuns a todos, alimentava sonhos possíveis e recomeçantes passos. Dever-se-ia, porém, agir antes que a sanha do capital esvaziasse o reservatório onde se guardava a força dos refazimentos e o sentimento de mundo que não sucumbiram ao morticínio.

Para as jogadas novas seria preciso possuí-las de primeiro ao modo do sonho, eu pensava. Na arte era assim. Na vida, vê-se que o sonho nos caça quando somos alvejados pelo desejo do outro. O campo do ser era a carne perene dos sonhos e havia de se compartir essa mirada. Então, havia ou não havia de não se ser só? – prosseguia refletindo, agora perguntando alto. Ilel se espantava com o que chamou de minha impetuosa perícia de viver e parecia-me que cada vez mais envolvia-se com meus chamados para a ajuda aos pequeníssimos arruados.

Contei-lhe de Marco, um dos cavaleiros verdes, que se ensaiava nas artes do trapézio, no meio dos altos ramos. Dizia-me: – O que dói pode curar, falam nossos antepassados. Eu pensava, dizia a Ilel, na força da arte em seu nascedouro, ajudando a arrancar o sentido novo da vida. O espiritual, pela força mesma da imortalidade do ser, erguia a crença para os portais do saber. Decerto saber-se passante e aprendiz ao logo de vidas e vidas que se tem, precata-nos da usura e do roubo do que é de ser repartido.

O breu desvanecia no giz pastel e o sentido novo, alegrado, se poderia dar-lhes de comer na mão. Ilel atinou que partituras íntimas velavam por mim e que da parte dele estava destravando a encoberta soberbia usurpadora do outro. Troteava reconhecimentos; no que era oculto coivarava sombras. Dizia-me que fitava o que fazia sentido para a memória não usurpar o presente. Em vista desse cuidado, desenovelava a fiação do vivido aos poucos. Longilínea meada.

Na casa-árvore de Ilel, de um vão assubido entre troncos via-se o tempo violado. Entretanto, logo defronte se tomava contato com o momento flor do lilazeiro, no avarandado espaço. Outras ramagens enrodilhavam-se na árvore dentro da sala e a braços com o vão inteiro de sua morada. O triste se tornava cálido e entre nós fazia serão.

Ilel avançava decifrações oclusas na pauta do corpo, mas retraía-se em pegar uma asinha para voejar. Examinava-me primeiro. E na leve luminescência azul que se decompunha em violeta face ao carmim, entretinha-se. Mandava ir embora o já sido e punha-se a chamar a flor de alguma esperança, em voz nem tão audível a si próprio. Acotovelava-se nos trabalhos e dias comigo, mas faltava-se de ir aonde só poderia fazê-lo sozinho. Eu dava partida nas jogadas:

– A vela, quando era noite do porto, a mãe acendia pondo a mão para aparar ventos, arrodeei. Vamos juntos. Há rumor de passos na tarde, avisa a índia por mim. – O que seria preciso mais, Ilel, para saíres da condenação imposta a si? Por que consentir excitar uma culpa sem remédio? O ramo judaico não era a única alça de se pegar o crístico amor. Interessa a quem roubar o que faz da vida também uma aprendizagem da arte imaginal? E do amor pelo coletivo?

Ilel hesitava responder, mas lia no meu alvoroço uma chamada para sair do lugar. Acordava? Não posso deixar de ousar dizer que também em mim havia uma outra – e o bem certo era que quem eu não fora ainda se pedia para assomar à luz do dia. Enquanto eu tomava pé no diálogo, pedaços da indianidade antiga faziam sua oca em mim.

– Dentre as extorsões do colonialismo se deslindava ambiguamente um fundo, amordaçado que fosse, mas prenhe do movimento desejante da cultura do Outro. No entanto, na vida pessoal o íntimo se excitava na usurpação e eu amara gastando a energia que seria posta para sonhar junto. Nesse entrelugar eu agora pergunto sobre os possíveis da transmissão – Ilel retomava sua refazenda, já arrulhando sementes.

Eu continuava minha escritura à sua frente. Esperava.

Aproveitei uns dias e voltei sozinha ao meu porto aldeia. Precisava repaginar algumas coisas escritas. Minha mãe me esperava. Meu pai não sobrevivera ao trágico, nem mais ninguém dos irmãos meus, nem outros tantos conhecidos seres amados que o etnocídio levara. Ficara o tio Argeu, a avó Rosario e a parentela mundo. O mormaço da tarde marítima nos despojava da pele, permitindo descolar do conhecido.

Íamos eu e minha mãe para a beira, na hora da chegada dos barcos que voltavam da pesca de agulhinha, que é feita nos longes do mar. Depois, demos passadas largas para ir à pesca de jereré, no mangue um pouco mais recuado, vez de alguma mariscagem.

Tio Argeu, feliz com a minha presença, pôs esteiras para prosarmos na varanda, sentindo o vento terral. Minha mãe apascentava-se e até ria, como há muito não a via fazer.

– As sementes crioulas estavam alimentando os novos dias. O que parecia quase nada florescia, desde as vazantes das ravinas afundadas para dentro do porto. As nascentes davam água nova e dos arranchados vinham alguns frutos das sementeiras plantadas no alto dos varapaus e das palmas.

Minha mãe Iain interrompeu-se para fazer um foguinho a um canto do avarandado espaço, que mal nos cabia. A mais, era hora de espantar mosquitos e asinhas delezinhos; nada parecia se prestar para afugentar os insetos voadores que lastravam feito enxurrada, aquela nuvem invadindo os nacos que a gente agarrava. – Se o desmatamento desequilibrara as vidinhas, fizemos fogo para tangê-las, Laila, cascaviou a poesia de minha mãe Iain, balançando-se na rede. Conversávamos:

– Tem-se de saber outras coisas para viver a partir desses assombros; conhecer os ciclos de vida que mudaram, agora, após a mortandade que gravita no pântano. Aprender é o sempre de quem cava a sobrevivência considerando o trato com a terra e o mar ao redor, e seus frutos.

Rosario advogou o que minha mãe apontara:

– Muitos da gente antes morríamos de doenças sem sabença de quê. Coisa da vida mesmo, as mulheres murmuravam, mas sem dar lugar a críticas maiores a uma natureza tão prestimosa. E a gente depois do sofrido não tinha tempo de pensar em coisa vencida pelo tempo. Mas agora os estragos são de um desgoverno do tamanho do mundo que estão exigindo precisões outras e saberes novos. Se era da natureza do ato de semear viver o risco de não saber quais sementes vingariam, de nossa parte tinha-se de aprimorar o conhecimento dos replantios.

Eu sentia minha mãe de olhos fundos do chorado agora se abeirando de novidades alegres. E tio Argeu, o mais novo irmão de meu pai, se juntara a nós, para minudências, animando-se com a perícia dos que viviam nos altíssimos lugares das árvores casa, nas ruas aéreas perto das dunas onde Rosario vivia e interessou-se em conhecer o próprio espaço de Ilel.

– Cavaleiros de palmas não é um nome exato, Laila? – riu minha mãe. – Na parede, entalhados, os vidros coloridos das garrafas tornavam-se recipientes de guardar sementes crioulas. Tem espécies nesses guardados que já não se encontrava fácil e com o revolteado das águas e montes saíram de um fundo-fundo, informava minha mãe.

– Nem havia essas espécies mais dentre os sertanejos nem vazanteiros, nem entre os quilombolas e os povos do mangue, nem mesmo entre os povos ribeirinhos, os ilhéus ou os do mar. Então, me impus essa tarefa de guardador das sementes que apareciam nos territórios daqui do porto aldeia, contou-nos tio Argeu. Os Cavaleiros das palmas têm encampado essa escolha e eu me junto a eles nessa empeleita. Com a ajuda de Iain e Rosario chegamos também até alguns que sobrevivem nas vazantes, adentrados no que era nosso porto de mar – pontuou.

Mostraram-me como se coloca as sementes crioulas em cada vidro encravado na parede. A sua existência se assegurava pelo entalhe feito, que as resguardava. O sol batia nos vidros de todas as cores das garrafas onde se armazenava as sementes e o lugar se enchia de luzes cambiantes. De acordo com a intensidade da luz do dia e a diversidade de cores das garrafas ou recipientes de vidro engastados nas paredes, se espalhavam os prismas coloridos. Eram centenas de sementes de toda espécie, estocadas para as horas difíceis, a bem de nossa independência e para não ter de se viver com os agrotóxicos e coisas inúteis ou sobressalentes.

— As amuradas das ruas-casas-árvores expandiam luminescências que curavam qualquer dor — encantava-se minha mãe Iain. — O que vai irá vingar da tarefa coletiva com as sementes não se sabe, mas antigamente era um aprendizado que se tinha desde pequeno, essa coisa de pensar nas gerações que virão depois. Sabe-se bem que até a gente volta, na virada da maré, tomando nova carne para as continuidades do espírito.

Fundido entre luzes, tio Argeu aventurava-se entre uma contagem e outra das sementes crioulas embotijadas umas, engarrafadas outras. Trouxe alguns novos recipientes para a varanda, orgulhoso do feito e afinando propósitos comigo. Fazia-se combinados.

A noite chegava e não havia mais o cais. Na verdade, havia outro cais que se fundava em nós. Pois quem se acostumou ao trabalho do mar, quando as velas estão enfunadas ou mesmo fundeadas em pouso de dormida tem o ânimo asserenado porque tudo segue seu curso. O que fora tempestade tinha razão ensinante, pensei, quando minha mãe foi entrando conosco, acendendo lampiões. O sol deixara traços de vermelhos no poente, mas o azul perdia-se na noite que rompera. Dentro de casa, redes armadas, a conversa foi seguindo. Tio Argeu animava-se:

— Visagens completam histórias que ficam pelo meio, carentes de sentido e arremate. Sabedoras dos segredos que se foram com elas ao mar de Deus, pensam em que situações podem falar do insuspeito. — Deve haver ordenações justas no mais além, como meu avô fala que ouvia os Tremembé contarem, completou minha mãe. Assim como acontece a perda da alma de um vivente só, há essa perda no ajuntado das gentes; penso ser essa a razão do acontecido. A ambição e o roubo do que é do outro, ganâncias desmedidas, causam essa perda da alma que atinge uma classe de pessoas, ouvira meu pai explicar, por ter sabido dos indígenas Tremembé.

As construções da condução das águas para dar de beber, as paredes que sustentavam as telhas e palmeirais, o esforço de colocar calhas e tapumes zelando a vida plantada ali, as verduras no horto alado; a cantilena dos maruins e das chuvas no cerro da pesca ponteando; o ventre crescido das mulheres na alvissareira espera... tudo eram bondades de águas, terra e ar – indiciava minha mãe, me levando a olhar cada paisagem falada.

De volta à casa de Ilel, no alto da palafita, conversava sobre o vivido na aldeia e no reconto convocava novamente a nossa parceria:

– Ah, se se pudesse sobrevoar essa outra cidade que ninguém via e que não estava à venda... A índia me contava, por vezes, dessa outra via e eu não sabia com ela angariar possibilidades...

– Outra luminosidade esquiva poderia chegar ainda, antegozou Ileu – quando lhe narrei que tio Argeu chegara até aqui perto, tendo em vista fazer uma juntura de arruados esparsos, cada forma de vida uma conta unida às outras. Era de se enxergar parecenças – eu repetia suas palavras, que eram as de minha mãe também, repeti. Prossegui na conversação, enquanto Ilel correspondia ao meu ar feliz de um modo que eu nunca vira:

– Nos diferentes entrelugares, cada qual se ousava ser e nomear-se. Não era difícil ver que o sentido das coisas tinha reconhecimentos nas explicações do mundo dos espíritos. Ora, os ancestrais do porto e dos outros cantos ajuntados colocavam-se em atividades comuns e isso unia as pessoas. Era tempo de cuidados: com a semente crioula e a outra, a divina, que tudo eram cumulações de plantios – estendia tio Argeu sua fala, do pensamento ao gesto.

Ilel queria antes o que pudesse fazê-lo chegar à sua história por uma via outra. Tinha por matéria-prima andanças de crenças e usurpações. Havia querido resolver-se sem puxar sentimento, mas apreciou melhor e avaliou que esse fio, incólume, teria sobrevivido. Não dera para afogá-lo.

– Então, mudar não é uma touceira que se arranca do que passou. Não seria... – insistia Ilel, querendo cumplicidade.

Dando forma a novas razões, Laila partejava em Ilel sentimentos que ele represava. Foi então que ele contou que como advogado e engenheiro ambiental dera laudo de crime ambiental ao que iam fazer com as barragens, daí sendo posto fora da empresa multinacional por isso. Não havia interesse deles em ouvir o contrário do argumento que queriam. E Ilel não tivera condições nem parceiros para lutar contra o que seria matança coletiva por ambição de mais lucro e aumento de poder da parte de um grupo em conluio para um golpe de Estado no nosso país. Não seria tão difícil para eles incluir Ilel em local estratégico no dia da destruição do espaço daqui; ele nem suspeitaria, devem ter pensado. E tal sucedera.

Havia cláusula que dizia ser o laudo que Ilel assinara uma informação interna e que quando propagada possuía a função de espionagem industrial. Como não tinha parceiros para uma resistência maior, sua palavra morreu de inanição. E apagar Ilel como arquivo não conveniente para esse grupo em conluio não seria difícil. Saberiam que ele sobrevivera? Ilel não sabia.

Tendo ido Ilel para fora da empresa, ainda ouvira a sentença: – Morresse gente mesmo, que não se ia fazer gasto com defunto ruim, contou Ilel que lhe fora dito. – Crime ambiental de proporções inauditas, definira; e eles, em resposta. – Que fosse. Temos dinheiro e poder para fazer calar os fatos. Os mortos ficariam invisíveis – escutara, ao fim. – Seria? Ilel replicara.

Por meio desse desacordo Ilel fora excluído da cena de sua própria vida. Ficava evidente, agora, ou pelo menos tinha-se grandes motivos para essa suspeição, que ele fora colocado no local dia e hora onde o capital do golpe provocaria os desabamentos. Mas disso Ilel não recordava; o acidente ocasionara limitações nos movimentos e um esquecimento do qual Ilel não se desvencilhara de todo, embora recobrasse a memória de uma e outra coisa, gradativamente. Essa a minha tarefa: auxiliá-lo no desafio dos recomeços da memória. Ademais, pelo menos por enquanto não havia como denunciarmos a tentativa que a empresa fizera de apagar Ilel.

– Agora estamos sós. Brincando no rosário de Nossa Senhora da Amargura como mortos-vivos? Ou sou eu mesmo um morto-vivo? – desentranhara Ilel na sua fala.

Depende da perspectiva em pauta, ia dizer. Mas calei-me. Pensava no meu porto aldeia, bem como nos outros entrelugares. Enquanto houvesse gente em um canto e rio remanescente, fecundo húmus, mar acolhedor, ventos e vida ao redor, a água viva do ensonhado futurava. À mão. A índia colada a mim me fazia entender palmo a palmo o continuar perene da vida.

– Um girassol nem é um sozinho – ri, tentando adivinhar o outro lado da tarde.

Os dias gotejam água boa de beber. Uma sede vegetal em mim saciara-se no ar fresco, com respingos de chuvisquinho. E como em um ritual, pacientemente replantara mais sementes de flores no rancho de Ilel e com ele. Agora molhava as folhas que subiam dentre as fendas das tábuas apontando verdes nas ramagens. Os desenhos por todo canto arrulhavam. Depois Ilel faria uma rega.

– O amarelo podia ser verde um pouquinho? Nem que fosse se perdendo? – indagara o girassol. Eu prosseguia afofando a terra, limpando-a, estrumando, acarinhando floradas.

– Ai, que estranho o manequim das vitrines, que eu vinha de avistar da janela do meu trem de linha, que me trazia ao vão da casa-árvore de Ilel. O boneco maquínico exibia olhos de condenado, lembrando o lagarto dos charcos dali. – Seria um pressentimento do que eu de fato soubera agora, do que lhe acontecera? – confidenciei a Ilel.

Depois de arranhar o espetáculo da mercadoria, meus olhos subiram ao muro onde luzia o lilazeiro. Rente ao ser, o desejo de seguir. Era de se ver.

O tempo estava comendo.

Capítulo VIII
Passagens por entre lugares
c (Camura)

Viver era desandar areias com a cuia de tangê-las. Não derrubassem a casa, avisava Rosario – e eu me encontrava em sua voz amada. Chegando ao porto pela via do mangue, não mais pelo mar, quando visse Rosario ia rir desataviado. Contaria dos salvamentos, diria que viver era essa bruta alegria pássara. Eia, pois, o sujeito com suas ciências de ir e de pousar – ela diria a mim. Para que se pudesse ter no mundo uma aldeia de porto para chegar.

O desatino humano, porém, fazia fundas em uma ferida aberta, sempre vívida. E a política se narrava com seu texto de carne apodrecida, sua desabrida crueldade cutucando a onça que ainda reside no humano com vara curta.

Rosario estava, de fato, esperando por ele. Na luz de lamparina fraca, Camura entrara.

A porta abriu-se no vento.

– Vem pelo porto ou pelo mangue, Camura? – perguntou Rosario.

– Ora, pelo mangue do rio dos Pretos, atinei.

– Se assente e descanse. Foi tanto o andar, não foi? – assentiu Rosario, indo buscar sua cuia e abrindo a porta para pegar areias.

– A noite já afundou suas estrelas e o breu destravou-se, Rosario – avisei.

A porta que dava para o mar, porém, ficara entreaberta, de modo que eu via um trecho da figura de Rosario apanhando areias com a cuia, como sempre fizera.

Estranhei a hora, o desajeito do encontro amado e botei na conta das coisas humanas. Sentimento é coisa que entala, encabula. Mas eu vira uma lágrima caindo nas rugas de Rosario. Alegre era seu amor por mim, por que isso?

Como bem ela explicara:

— Eu estava prosando contigo, sem te ver. Coisa de velha. A saudade quando vem, a gente apanha. Mas tua vida vingou. E tu vieste na preamar, maré de repuxo. Como da outra vez. Só que dessa vez não te vi pelo mar, mas pelo campo de dentro. Assenhoreando-se da aldeia do porto pelos mapas do meu rosário de vilarejos.

— Coisa de gente, Rosario. Se me permite... Queria chamá-la... mãe.

— Podia. E era muito do meu gosto. Fica como for do seu agrado. Por dentro é assim que sinto.

— Há de ficar do meu agrado. Mãe... do caminho. Eu ia dizendo que vim pelo mangue. Como prometi. Saudade é bicho estradeiro. Mesmo com a reviravolta de tudo, a gente deu de viver arranchando-se como tatu, nas funduras da terra, ou no alto, no alado lugar. Sabia que estamos a alturas, ora a funduras incalculáveis? – perguntei a Rosário.

Ela olhava como dizendo "Camura, estamos em outro tempo e lugar", mas palavra nada se ouvia.

— Sente-se, vamos se arranchando – eu disse, rindo de ser eu a chamá-la na sua própria casa.

— A quimanga não foi para o mar, temos peixe frito, mas frio; trouxe-o. Seria alimento de pescador que alcança a altura da risca – acrescentei, alegre.

A vela apagou-se e sozinha acendeu. Rosario olhava o mar longe; o som da respiração do mar não se sabe se saía

115

de dentro dela ou se já estava ali, pairando no lugar. O sentimento que há no humano se deita no mar e logo ao redor faz sua praia. Mas nos desabamentos da polícia política, o furor dos corpos afugenta; a hora avessa, incontida, expande-se para uma natureza sobressalente. O desumano povoa-se no humano.

A vida, porém, gosta de refazer-se. Refolha. Há ciclos de um tudo. Tempos de salga no porto, de pintar as jangadas, fazer as redes, orientar as águas e os ventos, na beira; de socavar o estrume, levantar a vegetação submergida nas levas do descambado, fazer o replantio, no seco... E nessa levada algo retorna. Os pássaros já salpicam alegrias, rejuntando asas sobre palmeiras e folhosas; as aves pernaltas quaram ao sol nos cumes alados.

O que estivera arrancado do útero da terra, agora, se era de pedra possuía olhos. Teria dito isso a Rosario? Penso que ela me entendia sem que eu falasse palavra, só pensasse. De costas ela estava para mim, frente ao mar, com sua cuia na apanha da areia, entremostrada. Entreaberta a porta, o vento derrubava vez ou outra o lume da lamparina, que se acendia só, novamente. Mas dava para ver: só uma fresta de chão resistia – o resto fora tomado pela duna. Amanhã veria isso. O frio vinha com a maré, cortando o que a alma reunira em sua rede exausta.

– Conte, que é de meu gosto – ouvi dizer Rosario, por dentro de mim.

– Desvalido, o povo. Lá pelo meu lado de onde vinha antes, Sumaúma, é a mesma desordem, causada por mãos de mando, aviltando. E se aqui se tem pelejado mais é com os arrombamentos dos montes e barragens, o restado é vida, a gente sobreveste. O que se propaga no ambiente devastado faz ressumar da terra os bichinhos de mangue e as plantas que nos terrenos próximos há. Recomeçantes pulsos da vida tomam fôlego. Vi um bando de pássaros que migrara nos desabamentos voltando em revoada, retomando posições ante o tosco enxame de bichinhos rasteiros. Correntes de cascalho, areia e argila mesmo ainda vindo em enxurradas pelo chão já os bichos rastejantes se empapuçam na água que, assim violada, encrespada que fosse, asserenava, dizia eu, dando notícia do que avistara no trajeto até o porto.

– Onde Inambê mora, a mulher amada do rio dos Pretos, a vida incha-se com inundações da aluvião que até desborda para todos os lados onde vivo. O lugar do povo de Inambê, de antigo quilombo, recepciona o furor da terra. Em ânsias de viver, espojam-se as sementes, mesmo sob o arrebentamento – fui narrando mais.

– Como aqui, confirmou-se Rosario.

– Partes de árvores quebradas no aclive escapuliam pelos terrenos próximos, em meio aos corpos não reconhecidos, indivisos na compostagem da terra e bicho e planta; ao rolarem junto aos montes passava-se a chamar a mistura avessa de entulho – noticiei no mesmo ritmo. Todavia, amainava: o esgar dos tempos e ventos não era só isso; havia os renascentes espaços vivos.

Rosario teria ido buscar alguma farinha perto para o pirão? Talvez que não devesse mais falar nisso agora. Tinha gosto de tratar Camura como o filho aportado de hoje. Desenlutava-se. Voltara já, e nem a vira de saída... Olhei novamente as areias tomando sua casa, avançando por todo o terreno. Queria agradecê-la, seu coração tinha-se feito outro: o que era do mar se não fosse o mangue? E dos extraviados se não fosse o amor...?

De tanta sofrência e solidão, quando preso arranjara um livro de Camões e outros dos tempos outrora viçosos, apesar dos estragos; porção de livros que um moço culto deixara, dissera o guarda. Depois soube que fora seu irmão Runa, do qual nunca tivera mais notícia.

O tempo era maciço, dava para cortar a facão, então lia e lia.

Quando chegara do outro lado do rio dos Pretos, pela feira onde Inambê tocava gaita e expunha os passarinhos feitos de barro, uma araponga de cabeça verde azeitona e papo amarelo pousou em seu ombro e cantou. Como se tivesse ido pegá-lo no aprisionamento com uma barca que deslizava por desejo de ventos – alembrei, e ri.

– O amor me tem despossuído, graças. Tenho muito amado!

Rosario custava voltar, no entanto minhas palavras se punham em sua direção, como se se tornassem búzios do mar, destino trançado ao meu. Notas que dariam em contos cegos?   – As espécies de pássaros das mais belas que houvera visto, Inambê via agora repousar, espantadiços embora, nos terrenos do punhado de populações que ali se esquivava. O esmero do alinhamento das aves, em corrida organizada, fazia-nos perguntar: mercê de Deus, usariam a resistência aprendida no movimento migratório? Ou iriam ficar azunhando o pouco, nos espaços abismais dali? Quando se arranchavam em algum canto, as aves quedavam-se cismarentas. Os outros bichos de água, terra e ar, no campo que se entremeava de charcos, não se bicavam.

E nós? O que aprendemos no movimento migratório que pode alumiar o que vai vir? – ria-me, perguntando alto dentre querências de mãe.

Voltara Rosario, sem passar pela porta, avoando-se.

– Vem descansar, meu filho. Já entendi que você pega de herança a feitura do meu rosário de ajuntamentos, formado de arruados e vilarejos. Haverá de se pôr essa conta daqui, dos cavaleiros de palmas, como os da vazante, no meio das outras. Assim, fico em paz de ver você prosseguindo, criando o de se viver com a moça Inambê.

Rimos juntos. Posso dizer que aqui Rosario se presenciou: a menina do porto que ela fora e a mulher partejando a velha eram para mim a amada mãe do caminho.

– Ai minha mãe, também a esperança vinga; os chegantes construíram mesmo belas casas aladas! Casas sobre terrenos brejados, que se erguem sobre grandes depósitos de madeiras e pedaços de troncos e ramas, capazes de fincarem-se mesmo no terreno aguado. Invenção de vida, Rosario. Isso não seria futurar, adivinhar procedência de vida nova?

– Ah, os cavaleiros de palmas, como chamo, com carinho. Filhos do mundo vasto. Tu hás de ir ter com eles, por onde os casebres de madeira forem erguidos – reafirmou Rosario. – Antes, ali eram riachinhos. Em determinado lugar, mais para dentro muito, um feroz redemoinho, o Muiúna, sobrenada em um braço de grande rio. Agora era preciso recobrar força maior de prosseguir. Abraçar arroios e fendas na terra em tempo de replantio; unir as contas do rosário de sobrevidas rebentadas com os montes – perdurou o som do dito de Rosario, quando ela sumia-se na porta, indo afora na noite.

– A turgescência das algas, o sargaço da praia, o tabuleiro de areias, o berço de água viva, Inambê passarinhando, tudo era vida reconhecida.

Desvendava-me. Mas Rosario ouviria agora o seu aboio?

– Você não só fez vida, Camura, criou destino.

Rosario fugiu-me de vista, novamente. Onde estaria? Calei-me, pois não era noite? Ouvia-se a puxada da maré, os homens atracando jangadas, uma e outra voz falando coisas a longas distâncias nossas, inaudíveis em suas minúcias. Perto, o barulho do peixe na minha boca, a entreluz da porta apaziguando. Escutava Rosario sem vê-la, ela só relampejando.

– Os montes e dunas falsas eram passados em revista por nós, um por um; replantios eram lembrados; lugares onde ficavam os redemoinhos das águas e esconderijos de bichos, correntezas que faziam estremecer eram mapeadas mentalmente. O devastado fora percorrido a palmo, com olhos e saberes amantes, conhecedores. Repartia-se mapas falados e conversações parceiras, rodas de cirandas frutuosas, onde se ensaiava rimas e metros novos vagueavam suas doçuras entre nós. Tudo adquiria ar de vento leste e cesto de peixes frescos vindos da pesca no mar do porto, que não era mais o outro, era o nosso.

– Já se pode dizer que temos vida comum, recomeçou Rosario, deixando ver a entreaberta porta, a cuias e as areias.

– Posso dar notícia boa: acordamos vivos desse aviltamento humano. Em nós preparamos os semeadouros, mãe. E o nosso olhar mais aprende a mirar o que é semeável – acarinhei.

A noite era de ser dia de quem chega, ela pespontou, ofertando algum arremate. O sono me pegava de um modo estranho. Não conseguia puxar o fim do que lhe contaria, afinal eu me arrumara feito gente, não mais bicho preso. E sua acolhida mãe me deixara criança.

No outro dia, me acordando com o sol, chegaram os outros a quem vim ver. E quando eu indaguei onde Rosario, revelaram a mim, com piedade de amigos:

– Rosario? Fez a passagem há meses. A duna cobriu-a, uma noite de vento e tempestade feroz. Mas o espírito, esse aparece. Vivo.

Capítulo IX
Sankofa: o pássaro de duas cabeças
1 (Inambê)

Sankofa viajava por dentro, sentiu Inambê. O pássaro mítico africano tinha duas cabeças. Uma olhava para frente, outra para trás, simultaneamente. Era assim que precisava seguir naquela ocasião decisiva em que o silêncio já não nos pertence e o outro nos olha pedinte de atos. Camura pedia esquecimento para viver; eu necessitava lembrar. A memória subterrânea tem seus momentos graves. Percebia que todo o povo se socorria de alembrados, para não se ficar em repetições. E mesmo que a hora do país fosse de morte, Inambê deveria ir ao mundo de Camura, por exemplo. Sertanejar na cidade dele, Sumaúma.

Ah, vale dizer que falo de mim sempre na terceira pessoa, porque é um jeito de me olhar saindo de mim, se outrando, abrindo alas para mudar o que me escuto dizendo.

Um mundo submerso na poeira da cidadezinha do interior voltara, quando Camura soubera da perseguição do matador que viera caçá-lo pelo porto e fora levado pelas águas do Muiúna, o redemoinho. Mas de início ele calara. Caramujo era pouco.

Passando o tempo, quanto mais ele parecia me amar, mais tinha horas que encalacrava. Uma tristeza toldava sua força recomeçante. Nuvem cega despegava do fundo dos olhos e agarrava-se nas coisas. Fechava o tempo. Não adiantava procurá-lo pela casca. A excrescência de proteção ficava por dentro e engrossava quanto mais sua arte pedia lugar. Descolorindo o porvir, o gesto amante subtraía-se de chegar.

Se muitas vezes é ininteligível o que se passa com nossa anuência, que dizer quando o ato do acontecimento se dá à revelia? Longe da cidadezinha onde vivera, Camura sequer sabia o que faziam de sua história – mas sentia como houvesse uma bala perdida a alvejar o presente, ele uma vez lhe confiara. Adivinhava uma espada de calúnia pairando sobre sua cabeça e pronta a atingi-lo onde fosse, dissera Laila, quando a índia se botou em si, para alertar-me. Por que Camura fazia-se azado e triste? – soletrava a índia. Laila entrava em cena:

– O que fazia a língua nessa biografia, atada ao corpo que resiste em vida?

Inambê entendia. Sempre estivera atracada nas coisas perdidas para o mundo, desde criança: um pião que já não rodava, a boneca de milho esturricada, uma fivela que não prendia mais o cabelo, uma cantiga para não chorar e agora um homem amado que some dentro de si mesmo. Não se apropriava do muito ao seu redor, quando via Camura ensimesmado ao modo ostra, mas criava sua arte e pensava viajar até Sumaúma. Seria um exercício de ver, possuindo o incerto.

Se a ida ao mundo de Camura, em Sumaúma, sua cidadezinha do interior, era urgente, fatal era que fosse só; ele ficaria nos escombros do mangue, escapando, até que ela voltasse. A preciosidade das sementes exigia um semeador, não pedaços de um corpo contundido, justificou, para partir.

Para um ser inteiro ruge o urgente trabalho da memória, Inambê dissera a Camura. O passado é pedinte exigente. Acharia algum laço de amor na família de Camura? Como ficar apagada, para não deixar suspeições, já que a ronda da polícia política continuava no mesmo tipo de jogada? Tal quando em criança, quando pensava o que é problema Inambê respondia-se com o voo. Era pássara. Talvez que quando falava de si na terceira pessoa se referisse ao pássaro que lhe habitava dentro, o Sankofa, que olha para frente e para trás estando no presente.

Assim foi que Inambê se trasladou para o interior de Camura, desejosa de apurar o já sido e daí quem sabe partejar onde restava o quê. Sumaúma era uma cidadezinha que levava o nome das árvores altíssimas e de folhagem larga que haviam caracterizado o lugar. Inambê já sabia da boca de Camura que ele vivera um tempo com sua mãe, mais um irmão seu de criação, Runa e uma irmã, Lucia. Outro filho se dizia que a mãe tivera e que dera no por aí de uma vida despossuída de si, já que fora amante de homem poderoso, violento; havia comido na sua mão, até querer libertação e morrer disso. O fato de ter dado filho julguei ser maldade, pois assim faziam com mulheres afoitas que decidiam suas vidas. Na verdade, a mãe de Camura até criara um filho alheio, não se sabe a procedência, chamado Runa e a quem amou com enlevo, como aos outros. Na tentativa de fazer suas escolhas é que fizera um caminho sem volta.

Camura já lhe contara que assistira ao assassinato de sua mãe pelo prefeito do lugar, um homem casado, com quem ela tinha relações de amante. Era um dia simples e raro de passeio, em que ele e seu irmão Runa ficaram em sítio perto de um açude, onde a mãe lhes levara e os deixara brincando, enquanto ela conversava com o amante. Da moita onde descobriam ninhos de pássaros, encantados, ao saírem com os bichinhos na mão para amostrar sua mãe flagraram o acontecido.

Para os encobrimentos, então, fizera-se prisão provisória de Runa, seu irmão, com espancamentos brutais que se sucederam e com Camura houve a tentativa de queima de arquivo.

De que forma? Se vendo acuado quando o prefeito veio um dia lhe ameaçar armado, em um sítio longe, Camura, que empunhava a faca com que estava a trabalhar no corte de cana, nem chegou a esboçar o que seria uma instintiva defesa. Sem usá-la, jogou a faca fora e saiu em fuga. No entanto, uma bala na moita próxima cruzou o espaço e a morte do prefeito consumou-se. O matador, atraiçoando a verdade, disse ter visto a morte do prefeito e apontou Camura como assassino. Pelo visto, virava de lado, e agora era contratado do outro grupo político, oponente do prefeito morto.

Não escapara ao seu amado a crueldade e a sentença que lhe cunhara o dito cujo: seria um cabra talhado para morrer. Seria? Caíra no jogo perdido: a polícia política logo armou uma leitura interessada do acontecimento, levando Camura à longa pena de sete anos quando, de inesperado, fora solto, mas tendo já cumprido sua sentença. Um moço que havia visto o caso, assistindo a matança do prefeito por outro, confessara na porta da morte a inocência de Camura. Desculpara-se, dizendo que seriam dois a serem presos e coisas de confissões últimas. Por uma intervenção espiritual, assim entendera Inambê, um advogado lhe defendera.

O presídio tomara a Camura muito da juventude. Uma vez liberto, não voltara à sua cidadezinha, mas para o chão inóspito dos territórios sobrantes da forçada roladura das barragens. Retirava sua vida dali, os dentes dentre as poças de barro, dizia, quando conhecera Inambê.

Tudo podia ser novo e a ferida teria sarado de doer, se não fora a tentativa de matá-lo, ensaiada pelo matador que o redemoinho do Muiúna tragara. Como era de se ver, de começo nem pensara muito nisso. Depois, com o amor por Inambê, já não era o mesmo. Queria viver, mas a fogueira da morte parecia à espreita. Rescendia a passado. Quanta chuva ainda ia chorar o coração da noite, enquanto um homem se enregelasse ao lado da mulher amada, calado como um pássaro frio? A vida de Inambê também estaria em risco e Camura parecia curvado ao que lhe parecia inexorável. Inambê resolveu, então, aportar ao estado da questão.

Agora era uma mulher em uma cidadezinha do interior, passando sobre lajedos brancos, pedras grandes e ouvindo cascos de cavalos trotando. De algumas casas solarengas, velhas debruçadas nas janelas mortas diziam de um tempo de pianos e bordados, de onde olharam a vida pelo viés dos frisos e colunetas dos sobrados centenários. Distanciadas do mundo, não viviam a própria vida, trancafiadas pelo lacre paterno e o sobrenome que ostentava soberbia. Depois de um tempo amofinavam, perdiam a cor, quando então o dedilhar do piano não ocultava mais que tristeza era tocada.

Tarde da manhã, Inambê acertara com o lugar da saga de Camura. Dera-se nome artístico e vinha ver se era possível uma exposição de escultura, dizia a quem a abordava. Com discrição, saía pelas ruas, dizendo procurar lugares de expor e permissão. Sub-repticiamente, porém, logo trava contato com um antigo vigia da cadeia pública;

ele sabia que o assassinato à mãe de Camura fora feito pelo prefeito e que a sua prisão acontecera porque em criança vira o ato.

Compreendia mais agora o amado, tentando retomar a vida após cumprir longa pena no lugar de outro. O esquecimento era sua matéria. Já não vivera qual morto-vivo tantos anos na cela? Se antes era arriscoso qualquer tentame de encontro com o tempo passado, mais de uma década decorrida se poderia perguntar: e o irmão e a irmã de Camura, onde estariam? Inambê refletiu e assumiu que era lícito saber do paradeiro dos irmãos. Valia, no entanto, escarafunchar a versão do que acontecera no porto, que Rosario contara a Laila, detalhando a perseguição continuada a Camura e a morte do matador no Muiúna.

Lembrava o dia em que todos de sua aldeia viram o pássaro Sankofa, gigante, pairar sobre o susto e o medo da guerra anunciada aos pretos, índios e brancos pobres, pouco antes do caimento das barragens. Sankofa pairava no ar como vestidura de um Espírito que vinha de eras passadas e ainda aparecia aos astecas, na América peruana. O pássaro protegia também o povo do Rio dos Pretos, que viera cavar a vida liberto.

Enquanto matutava com quem falar em Sumaúma, para desenovelar a fiação do ocorrido, Inambê ia sondar o assunto a cada noite em um canto do lugarejo, fosse onde fosse. Era preciso verificar com um e outro o paradeiro de cada um dos irmãos de Camura, sem que dessem por isso. Primeiro, iria saber do caso pelo moço vigia, que já devia ter a madureza de uma vida entre gente marcada para morrer. A consciência do silenciamento obrigado, certamente pesa com o passar dos anos.

Saía Inambê dia a dia pé ante pé no pedrício, mal o sol despontava, que a manhã nem tinha névoa e a rua orvalhava-se de coisas adormecidas. Indo à cata da história, em seu anda que anda se deparou com a notícia de outra morte, dessa vez a da irmã de Camura, Lucia.

Calculou certo, jogada de semear em terreno alheio é isso: pode estar sendo difícil manter o reservatório com sementes, como se fala no mankala, mas se dá sequência ao passo. Dessa maneira é que seguiu à risca os triscos de informações soltadas uma e outra vez por Camura e agora pelo vigia, em suas exatas confirmações. Acrescentou mais à sua busca as conversas com a família do noivo de Lucia, irmã de Camura, a que fora morta e era alvo de terna lembrança da parte de todos de Sumaúma. Depois, atou-se com a velha Ada, que ajudara a criar a menina assassinada em seus dezoito anos.

A alma da saudade chama a ausência a dizer-se. A mocinha irmã de Camura, Lucia, tivera realmente doença grave e por isso foi tratar-se na casa de outra tia da cidade. Dizia-se que era por ter, lá, maiores condições de assistência médica. O cuidado, porém, também objetivava encobrir seu paradeiro, evitando o que resultou por se consumar: um assassinato a mais.

Camura e Lucia pouco se tinham conhecido. Ainda menina, Lucia ficara sem a mãe, que fora morta, daí ficando aos cuidados de uma tia solteira e guardada a sete chaves, como se dizia em Sumaúma. É que se temia as investidas das famílias ou dos contratados de ambos os prefeitos, que não saíam do poderio no qual se engalanavam, protagonizando sucessivas indignidades. Do primeiro prefeito morto temia-se vinganças, retaliações do que julgavam ser a causa da morte havida; do segundo, intentavam a queima de arquivos.

Fosse ou não em conluio com esse embuste, a administração do presídio interceptara, por tempo longo, informações de Camura ao irmão Runa e, evidentemente, à sua irmã Lucia. Depois, não se fizera mais tentativas de contato. Seria preparar o próximo enterro, advertira a velha Ada. Não era desmesurado o receio. Era um fato não esquecido a indébita prisão provisória de Runa, bem como a longa pena de Camura, isolado de todos e tudo na cidade maior, e que agora se sabia solto.

– De que serviam as cartas agora, se já era tarde? – ponderou a velha Ada, debaixo da azeitoneira onde conversava com Inambê na antiga casa da tia de Lucia. Ali é que se albergava a velha cuidadora que com arrimos de mãe sempre assumira vigilância protetora à Lucia.

Na cidade, porém, quando fora tratar-se da doença maligna, como se dizia, sob os albores de um amor adolescendo, Lucia, ao ir a uma balada com as primas caíra fácil no ardil armado pelo prefeito e seus capangas. Inambê ouviu novamente o já consumado e estabeleceu que talvez fosse bom encerrar conversas sobre um tempo de escravos e mandantes, mortos mandados e montes destruídos. Ada entendia. E combinaram que nunca mais a herança do trágico devia impedi-las de seguir, furtando-lhes a esperança do ensonhado.

Assim Inambê percorrera sertões insólitos, no ônibus de linha que pegou na volta para sua aldeia, agarrada ao maço de cartas de amor de Lucia ao quase noivo e dele para a quase noiva – legado maior que daria a Camura quando chegasse da viagem. Das cartas se desprendia o próprio sentimento do mundo e algo da voz de Lucia, que Camura tão pouco conhecera.

Voltaria Inambê, pois, à utopia possível: seu abraço novamente ao amado, a seu povo do rio dos Pretos, que agora mais que nunca se fazia destino pensado, no trabalho de junção dos arruados sonhados por nós. As contas-vilarejos formadoras de um conjunto era cumprida à risca por Camura, como tanto, e agora Inambê. Runa também? – cobiçara adivinhar Inambê. Mas entregou a tarefa para a oportunidade que decerto viria, nas voltas que o mundo dá.

Capítulo X
Ramagens novas, por sob o estrondo do absurdo
I (ILeL)

Raias de fogo vindas das frestas da parede de varas mordiam a saudade, rocha maciça. Não era seu modo de seguir ficar a olhar para além da argamassa de folhagem e barro, dentre as estacas do vão da casa ouvindo o estrondo do absurdo. Os montes e as gentes das barragens virando postas de lama e resíduos biológicos e não, embora houvesse pausas grandes, derrapavam ainda dos grotões e declives. Havia lugares e continentes a serem riscados do mapa do que deveria ficar? Por que assistir à escalada do inominável, ao invés de preparar a resistência a isso? – questionava Laila, com razão.

Com o giz pastel tracejei os movimentos da luz, pintando o que era de ser. Os dedos e a mão respondiam com a cor, a linha, os volumes, a textura – formavam-se fluxos os ritmos, me descoisando. Se penumbrava na manhã algumas sombras, a possibilidade de dar um sentido menos mortífero era certeira. Desvaneciam-se os pontos mortos que atracavam a um não sentir.

O outro lado do Atlântico existia consigo. Na verdade, já não pensava em lados, mas em semeaduras. Se se encharcara de águas passadas, turvas, isso não era tudo o que se diria sobre pertença. Lagoeiros tristes, quando o tempo passava impunham a imagem recortada do sol na narrativa. A pérola enxuta da sabedoria pinçada na experiência amparava. Amar era desenhar destinos solares, lhe ensinara Laila.

Percebia que a índia em Laila delicadamente aproximava-se do centro de sua surpresiva pane. Ao torná-lo parceiro de sua experiência de ida ao porto aldeia, chamava-o ao presente. Não raro, porém, ainda emborcava no prato o rito da palavra. E o ontem voltava, silenciando-o.

– Minha parentela cultivava pequenos meio quintais, mas que juntos formavam um campo comum. Eram terrenos afundados na aldeia, longe do porto. O trabalho familiar com os grãos, o fogão à lenha, o peixe eram os cheiros amados – com eles abria com Laila a tarde, provocando o futuro no presente. Agora sua chegança era um reconto a me levar em naus de rota precisa. Neste dia, Laila trazia sua tapeçaria para bordar os solarengos desenhos imaginados na flor paisagem. Segundo ela, lhe traziam um desígnio. Aproximava-se dos movimentos da manhã em que eu, coiceando que fosse, chapiscava amarelos e alaranjados sobre o papel.

– Faz rendas, o sol – falou Laila.

Eu via que progredira muito rapidamente com os movimentos físicos. De tal monta era minha desenvoltura que até lhe servia, a cavaleiro, o chá de dente de leão e o pão de arroz, trazidos por ela. Segui depois por silêncios. Via-me sedento, à espreita do que seria o puncto.

– Buscasse com a vontade hoje o que despejara na incontinência dos tempos anteriores – parecia dizer Laila. E mais baixinho sussurrava: fica-se na culpa quando não se quer mudar.

Dúplice trilha, o caminho da falta. Busca-se e foge-se do que se quer pegar. O vaso esculpido dos ancestrais parecia se ofertar nessa arenga. Côncavo guindado ao convexo por arrebatados sulcos e espaços, a falta via no que fora perdido o seu próprio desejo de trazer de volta o tempo. O que o cheio não faz com os transbordamentos! – observei, faminto. Mas nenhum estorvo, nem gesto algum de carícias me recobriu.

 Laila parou o trecho da tapeçaria que mostrava um caranguejo de mangue. Marrom e vermelho o bichinho e o mar verde; o sol eram prismas de onde o olhar aportava na talagarça. Segunda leitura minha: estava decidida mesmo a me levar para a ressuscitação dos territórios dizimados e não só ao seu porto aldeia. Laila falava das contas várias dos lugares, cantando vênias às portas como se pedisse reis. Também esse vão era agora o centro mesmo de uma estrela de cinco pontas, feita com os vilarejos recomeçantes. E o meu minúsculo rancho de folhagens e varapaus era passagem e encruzilhada, ela dizia, me fitando com um olhar marrom.

 – A índia, quando chega? – impliquei.

 Laila riu, abrindo velas em nosso amor de amigos.

 Mosquitos em levas, a peste cotidiana dos pântanos ela nem sentia; reparava nascentes e colhia as luminescências dos vagalumes – "guarda-lumes!", dizia Laila rindo, amarronzando mais o olhar nos laranjas da tarde – eu queria dizer bonitos, mas nada. Espicaçava minha imobilidade já não só minha não palavra, quando principiou por distinguir desígnio e escolha, lanceando portais que eu hesitava entrar.

 – Saber era ter de escolher – referiu-se ela, mostrando a cena fulgor da tapeçaria, mas deixando o visgo de um desafio maior de conversa no ar.

 – O siri do mangue se felicitava na talagarça, ficaria um tempo na nova morada, arranjaria compadrios – Laila criava. Sua arte era anunciante do novo, como eu aprendia.

Mas eu não escolhia nenhum lugar de dizer. Coisava. Os arabescos do sol não reluziram nos dias que vieram e, no entanto, a chuva passou a pastorear a tarde sem o menor pudor. O chuviscado orvalhava nos verdes e, um dia, Laila tardou. Ou era o tempo que custa a passar se se espera? Desamanhecer era custoso.

– Não produz falta só quem comparece com o corpo acidentado, estampando a cunha do ferimento que resistiu ao tempo. As fraturas às vezes retornam, nas lacunas da saudade – eu disse, por fim, à Laila, quando ela chegou vibrante, com um assado de abobrinha e berinjela.

– Onde a caça escapole agora? – Laila atiçou, perguntadora.

Percebi, só então, que ela ganhara a jogada: eu me relacionava com o presente. Jogando sementes no campo do outro, também eu passava a colher algo no meu kalah. O reservatório implicava-se no plantio da novidade da vida; e das jogadas, pois.

Espiei o que Laila escrevera, quando ela saiu indo ver os girassóis. Roubo de página, o meu, disse-lhe depois. Ela perguntou-me o que li e eu, com o caderno já fechado, de cor disse:

– "Perguntava-me que marcas agora eram puro fulgor – e anoto-as para levar comigo os contrários. Pensá-los. Como em criança, gostava de guardar no escrito o outro das coisas ditas, já dizia meu pai sobre mim. Era um modo de arregimentar provisões para o avesso que decerto viria."

Ela, então, observou feliz: – Você falou "de cor".

Havia chegado o coração.

Desejar faltantes esperanças era outrar-se, não era? Garimpar na garganta o sumido. A questão que se postava agora, também, não era o esquecimento e a despalavra. Era que o kalah representava um instrumento de ligação com os plantios novos e, portanto, com o devir dos quais me apartara. O A-i-ú, na forma nigeriana de jogar mankala que veio para a América do Sul sugeria que a ideia de semear é um modo de partejar o divino. E, dentro dessa metáfora, se desvela o que pode ainda vir por nossas mãos formando mesmo um celeiro.

Símbolo não é acaso. Precisão de gente é fazer laço com o sentido – falara Laila.

Desse modo, mankala lembrava a re-ligação a ser pensada por mim – deveria sair de um lugar onde me pusera de tocaia. E não depositar sementes a esmo no campo do outro. Se o poço oposto estiver vazio de sementes, eu nada capturo, que para o jogo continuar temos de semear dando algo de nós mesmos. Enquanto ficava querendo parar o jogo, percebi: Laila jogava sementes em meu poço e me instigava a sair de meu próprio lugar para recolhê-las.

Se estivermos no campo e em tempo da jogada nosso kalah não deve estar vazio. Negaria necessidade da semeadura. Era regra do jogo: ninguém poderia apenas recolher sementes em seu kalah, o reservatório onde cada um guarda suas provisões. Ora, eu teria de mover-me.

Em seu novo lugar, dentre as seivas do tronco da árvore, o lilazeiro reclamava fosse aguada a paisagem flor; encharcava-se nas cores do dia, matizando rosas, verdes e azuis no branco com lilás. As ramas em água flor rebrilhavam ao sol. Na tez da pétala a corola das flores alentava o mel e o pólen, esflorando ímpetos, luminura estranhada. No meu pântano – pântano eram os restos do desfazimento? – efetuava a enxertia do que eu aprendia e então se tinha a seiva. Secreta? Nem tanto.

Com gosto, Laila ainda amparava o zelo do lilazeiro com a florada, quando confessei:

– Trago o hábito de isentar-me do fazimento do mundo – aventurei-me falar-lhe. Teve um tempo em que sempre batia em retirada; que o patriarcalismo era uma teia. O humano da vida se reduzira ao cidadão ou civil, andarilho da política e das cidades, objeto das trapaças sociais. Mas teve um dia que eu disse não. Não, eu disse, um dia. E fiz a ruptura decisiva. Paguei meu preço. Seria sempre objeto do que eu fora antes? Não queria mais sê-lo.

Parei, de repente, e olhei Laila, brusco, angariando escuta ao que me acontecera:

– Vera voltou, e com ela o meu amor, devo lhe dizer. E pareceu chamar-me ao que nunca fui antes de agora.

Nem bem me sentei mais perto de Laila, assegurando maior atenção de sua parte à mim e já a fala cumpria-se, empurrando bordas:

– Ontem, quando eu dormia, Vera veio e sentou-se na minha cama, falou comigo. Meu corpo se estendia no sono; e eu larguei-o, voejando sobre ele com um sobrecorpo de matéria outra, fina e semelhante na estampa ao corpo que dormia. Então, lhe cobri de perguntas, como uma tramela destravada. Ela olhava-me com sua placidez amorosa. Em segundos, indaguei timidamente: – Ainda me amaria?

Vera, contudo, olhava-me, apenas, acostumado albatroz em voo alto, silencioso.

Não posso responder o que só você pode buscar saber – Vera me disse em pensamento.

– Você me perdoa? Há quase um crime... – disse eu à Vera.

– Não exatamente – ela me socorreu. Há morticínios causados não por você – redisse em fina ironia. Realmente, quanto a mim, não há o que desculpar. Há o que lamentar, somente.

– Grato, eu disse a Vera.

– Por nada – ela disse.

A cena pausou um pouco, o que senti como um tempo cortante. Faltava-me o ar, quando Vera continuou:

– Eu havia ficado grávida – e você escolheu seguir viagem, pronto. Contraí doenças por maus tratos. Subemprego juvenil. Abuso sexual. Cortiço não é uma brincadeirinha. Você, longe, seguindo atrás de saias e prazeres. As vias infectas da miséria e do abandono social, contudo, não são invenções suas – ajuntou Vera, dessa vez com certo acento mordaz.

– Frase sem sujeito: deu-se, aconteceu, fala-se. Ponhamos o sujeito: eu. Verbo: abandonei. Objeto indireto: a quem abandonei? A ti – respondi à Vera. Tática ambiciosa, muitos brasis e eu ambicionando a lógica da migração para fazer dinheiro ou fazer-me como alguém, ou simplesmente experimentar-me na pesca de amores vãos. Herança de séculos de colonialismos, eu me sobrepunha a você; que depois de tudo veio até o Rio, aonde eu açambarcara nova posição social. Agraciado pelas seduções e sem me perceber brinquei de prazer como se faz com as nativas conspurcando-as de coca-cola e sexo. Por fim, deixei-a sozinha outra vez. Nova desdita. E eu, estrangeiro de mim.

– Não há terra mais estranha que a do íntimo – disse-me Vera, quase soletrando, mas sem rancores. Saberia ela do que se passava comigo? – matutei, mas não disse palavra. Sua boca continha o mesmo ríctus, falava como se risse na pontinha do lábio.

E pôs no sonho a tarefa, apressando-se: – O menino, nosso filho, espera você, um dia.

– Por que um dia? – arrisquei.

– Porque tardas em vê-lo – Vera replicou.

– Onde estaria ele? Ele nascera, então? – ia perguntando...

Mas já a figura que parecia feita de névoa se apagava. Na touceira de sombras, fuliginosa, a noite caía sobre mim novamente como o monte descambando em pântanos. Apurei o pensamento, levantei-me para me perceber vivo, desci e molhei-me na chuva grossa. Nenhum chorado me largava. Misturavam-se as águas – disse ainda à Laila. Solava sozinho a fantasmática do desejo e da perda.

Engolira os meus próprios perjuros; derrubara castiçais ao levantar; evocara na memória noites de festa e prata. E a pele do amor não largava sua nódoa de dor. Saltava, enfim, para lugar capaz de aconchegar-me ao conhecido? Ou, ao contrário, agora teria de avançar ao que não sabia aonde ia dar?

– Ipueirinhas, ah, são águas paradas que não deixam rio correr – reclamou Laila, referindo-se à minha trôpega espera. O sentido velho não se retraísse, que eu fosse mais longe, sim, que o amor acenava. Ainda que roesse as côdeas do desejo antigo, tinha precisões de seguir. O passado sobrerrestava, desafiando o presente, mas já apontava um esperançar.

— Não é o caso de ficar em desculpas, eu disse. Mas é que me defronto com um kalah que ficara vazio. E tem pedaços dessa história que eu não recordo, absolutamente. O acidente... Havia um lugar... Um lugarejo... Havia os outros... a negociata que tentaram comigo; meu "não"... Minha negação à proposta feita, como lhe disse... Quando dei por mim, já o sentido fincava nos currais do corpo o esquecimento, e o espírito encurralado desdizia o presente.

Estamos em um novo ponto, Ilel – disse Laila, contente com o fio que eu achara no enovelado manto do calado. – A vinda de Vera não era mero recordar de um amor que continua, nem um abandono que deixara vestígios ou vinditas. Há um chamado; mover-se para o amor é partir de algum ponto. Você percebe qual?

— Em flexão de procura, revi a ida aos campos de onde vinha; fui até o Douro e o Minho, alembrando a minha casa paterna. Sóis mestiços eu levara daqui para lá. E Vera. Revi uma casa alta, incrustada como uma gema preciosa por entre quintas e rios serroteando; depois, louça partida. Entrei por cravinas e urzes, cantos nos beirais e poses de família nas fotografias, álbuns de linhagens e poças e lâminas e profundo esquecimento – continuei.

— A travessia do Atlântico seria ruptura na minha história e na política. Mas afetivamente o fora? A América do Sul era meu Outro e estava do outro lado do mar. Com Vera, porém, eu tardava ouvi-la como mulher – concluí, como quem avista um caudaloso rio na passagem.

Encalacrado novamente no silêncio, o sol da tarde cortava o ar em estilhaços. Encardia a algidez da língua de lua que chegava. Laila, como fazia em horas de perigo, amarronzava tudo com sua indianidade tomando de repente seu rosto e corpo. Onde ela punha ênfase, agora eu via acidez.

– Penso depois – respondi-lhe, sem consertar o trato grosseiro, pausando o avesso exposto.

Alguma pedra flor fazia-me submergir novamente na tarde, sob a chuva tempestuosa que rompia.

E eu não era homem do mar, conhecedor de navegação e mestrança.

Capítulo XI
Fuga e encalço
1 (Inambê)

De volta a seu lugar, já com Camura, Inambê abraçou o punhado de cartas e depois abriu-as, lendo alto. Na exposição de uma menina adolescendo, eles já poderiam perceber que, no amor, o futuro do presente não é o futuro do passado. Veja-se:

Correspondência de Lucia e Arnoldo

Querido primo Arnoldo
    Por aqui tenho visto dizer que a cidade é um mar. A tia Agda tem insistido para eu dar uma volta na praia e pensar um pouco em meus dezoito anos, mas eu me sinto com treze aqui. As primas que eu conheci em um aniversário na casa de uma amiga da tia Agda, uma parenta dela de longíssimo fio, pareciam artistas de novela: lindas e leves; nunca pensaram em casar, nem deixaram de ficar com alguém em cada balada. Como bem, elas não são minhas primas de sangue, mas poderiam muito bem ser e vou chamá-las assim, para ter uma novidade para contar e uma parecença com as outras pessoas.
    Penso como seria se a Irma, nossa vizinha daí, tivesse vindo morar por aqui: será que iam viver aqui como aí, em cima de uma máquina de costura, trabalhando para dar de comer a todos os filhos, tendo casado tão cedo? E o marido dela, Gaspar, estaria com a mesma Irma, como há onze anos, se toda semana visse umas moças finas como as

primas e as amigas delas e como bem as outras mulheres daqui são um tanto assim... Será que ele ficaria em casa, ou iriam todos divertirem-se como quem gasta dinheiro alheio?

Tenho visto os noticiários e muita injúria, embora minha tia diga que não são coisas para eu pensar agora. Devo assistir o que me deixa em paz e delicia, pois estou frágil como uma lamparininha, que de tanto bruxulear pode apagar, diz. Não podia contrariá-la; afinal, sua bondade é muita, cuidando de uma moça sem mãe que sou eu, quer dizer, que a mãe morreu, como ela diz, e tendo arrumado um jeito de me receber na cidade, quando ninguém pode nem com uma passagem dessas quanto mais com uma hospedagem que seria cara demais para todos os meus conhecidos de Sumaúma que quisessem ajudar...

Ah, gosto de ver as notícias daí, caro primo, de nosso interior – haverá bom inverno para o milho e o feijão não se perderem? Ouvi o pessoal daqui falando que esse ano seria seca verde; o serviço de meteorologia anunciou isso mesmo, mas eu tenho fé que pode haver uma mudança nessa previsão, pois não é sentença, e então vamos à espera das chuvas.

Primo, este tempo de escrita já me faz parar um pouco; bem que minha tia daí dizia que eu era um serzinho frágil. Tive dificuldade de explicar algo assim quando as meninas me chamaram, porque não posso sair sem hora para voltar, como elas, as primas. Não quero dar a impressão que estou muito presa ou que não estou feliz de ficar em uma casa de tia tão boa como essa que Ada arrumou. Tive até receio de que as primas e as amigas delas pensassem que eu estava a sofrer muito com essa doença. Imagina que trabalho eu ia dar para as primas, ao pensarem em coisas tristes! E vou te dizer um segredo: quando saio com as primas, acho que tem um homem de olhar maldoso que me segue. Já basta dizerem que o grupo político daí tem parte nessa matança dos desabamentos calculados. Não queria que ninguém daqui pensasse que a nossa família dá azar. Ou que trago problema para todos. Sabe o que faço? Tiro isso da cabeça.

Ah, os primos daqui são iguaizinhos às primas; até namoram com suas amigas, saem juntos, fazem muita folia do jeito que é folia de cidade. Eles saem para passear nas lojas e gastam de uma só vez com comida e coisas de exibir o que a gente levaria muitos meses, meio ano talvez para juntar. Não diga nada disso delas aí, está certo? Não queria dizer em tom de crítica; mas é espantoso ver como na humanidade as pessoas não conhecem as realidades uns dos outros. Porque se conhecessem ajudavam; chegavam junto, mudavam o que é para ser diferente. Acho que digo besteiras, mas vai...

Vou rareando o fôlego, é bom parar. Não se esqueça de colocar logo a carta da sua resposta no correio. Estarei esperando. Beijos. A prima amiga, com saudades.

Lucia

Querida prima Lucia

Tenho pensado muito em você. Ontem na despedida da minha turma de nona série precisa ver o que o pessoal inventou. Chamaram conjunto de forró, com som inimaginável, nunca vi caixas iguais; parecia que a gente estava dentro de um estúdio, um estúdio será assim? Uns meninos disseram que bom trazer um grupo de rock; outros que rock era uma marca e, na discussão, entre marca e música, rock e forró e funk pude ver agora que todas as músicas funcionavam na praça qual se fossem marcas, como um tênis ou um batom.

    A escola anunciou que estamos em novos tempos, por isso a Prefeitura este ano vai dar só um livro-texto e com condições. Não sabemos quais são as condições. Já ouvi dizer que pode levar para casa, mas não como antes, e ouvi baixinho a palavra golpe. Na verdade, ouvi dizer também em muito segredo que talvez não se tenha mais livros seriados com as matérias, pois o prefeito gastou o dinheiro com advogados dele. Ele estava envolvido na matança das centenas de pessoas que tiveram suas casas desabadas. Pergunto se você estará muito perto disso aí.

    Uma coisa boa que vai acontecer por aqui é o sinal da internet que vai chegar ainda este ano. Quem diria que nosso interior ficasse afamado assim, fazendo coisas que nem se podia imaginar existir! Mas agora parece que tudo não vai mais valer, que estamos em um tempo que as pessoas têm medo de falar... Antes que me esqueça, é preciso eu dizer à tia Mirna que lembre de vacinar o gado; este ano pode ser difícil com a seca verde e as vacinas são os olhos da cara. Mas não queria estragar a alegria que veio com a chuva.

    Outro dia fui para o açude; pescar não, só dar uma volta com o mano menorzinho, o Juventino. Não sei se seria normal isso, mas me senti um homem de muitos séculos de vida; olhei o açude e tive desejo de você. Era como se sua amizade sempre tivesse existido perto de mim. Evidente que isso é uma metáfora – desculpe o modo meio diferente de falar, conforme a professora disse, é bom avisar –, eu queria dizer que a vida faz uns momentos ficarem intensos. Que a gente pode amar de um jeito que cabe o mundo dentro e mais.

Não pense que pode doer sempre alguma coisa grave em você; na vida é comum se escapar de uma coisa pior; sempre se pode receber uma notícia salvadora, você não vê a mãe? Quem diria que ela fizesse uma operação dessas modernas como a de catarata, uma coisa de primeiro mundo, todo o pessoal diz isso aqui. Podia não estar enxergando e está. Não é o máximo?

Acho que você pode ir vendo o que aguenta fazer, devagarinho. Considere que é por agora que está ainda tão fraca. É bom não ficar triste com a vida daí da cidade. O tempo passa voando e logo você estará entre nós. Já acertei com o pai que quando tu voltares vou te levar para andar de cavalo. Ele tem um amigo que tem um; seria um dia sem igual. Como um namoro assentado.

Prima, o que você acha da gente noivar logo depois de um tempo? Ares novos, vida nova, tudo isso ajuda a viver. Se você ficasse aqui no sítio com a gente, será que não pegava umas cores? Leite mugido, pãezinhos de arroz... Ova de peixe de rio é muito forte também, mas o feijão é mais; tem muito ferro, todo mundo diz sempre.

Querida prima, pode ser que o amor seja assim claro como uma amizade. Ou cuidadoso assim como se a gente tivesse um tempo contado. O que você acha de pensar em um namoro que depois leve ao noivado? Não leve a mal se faço essas perguntas.

Do primo que muito lhe quer bem.

Arnoldo

Querido primo Arnoldo

    Tenho boas notícias para você. Conheci o mar. Você nem sabe como é grande o mar; a sonoridade é inesquecível. Penso que ninguém deveria ficar na vida sem conhecer o mar. Poderia ser a plataforma de algum político, não é mesmo? Ou dos poetas. Por que poetas nunca são políticos?

    Tanta coisa se faz nesse mundo que não tem sentido, mas ver o mar ajuda até na poesia que a gente leva na vida e a pensar que somos pequeninos diante de Deus. Falar nisso, aqui na cidade tem uma moda estranha: as pessoas não acreditam nem falam em Deus. Acreditar, algumas até acreditam, mas isso não muda certo jeito que elas têm de nada ligar; parece que deixam tudo desarrumado na vida delas e estão sempre a reclamar. Não querem ser fazedores do mundo, mas moradores estranhos.

    Já imaginou se as pessoas daí, as moças como eu, que fazem tanta coisa simples pensassem assim, tendo de ariar panelas, botar comida para o gado na solta, as galinhas para pôr; encher a água dos potes, dar conta do feijão no fogo, andar léguas para ir à escola, plantar roça perto, cuidar dos mais velhos e tudo o mais... Cuidar de plantar o arroz no terreno brejado, vendo as maracanãs esvoaçando longe, no açude; molhar as ramagens do horto e as plantas de frutas perto e longe... Tecer as mantas para dia mais frio... E ir na aula normalmente como se nada disso fizesse... É um nunca se acabar o trabalho no sertão. É como o de casa. Mas a gente se vê parte de um mundo tão vivo!

Penso, primo, se alguém ia querer uma pessoa assim como eu. Minha tia Agda diz que eu careço só de tempo, que eu vou pegar corpo e cores, mas não sei. De todo modo, nunca tinha ficado tão feliz com umas palavras como essas de noiva que você disse. Será que... Nem ouso pensar. Acho que afeição pode ser muito bem um amor que não se revelou; ficou assuntando, como sanhaçu bebericando na beirinha do açude.

Primo, tenho ficado mais fraquinha, mas pode ser a falta da vida daí, acho; tomara que o médico dê logo alta... Ontem não consegui levantar hora nenhuma; mas pode ter sido a emoção de me pensar casando... Noivar, como seria?

Olha, mesmo passando e-mails para você, como vai poder ser, vamos continuar se escrevendo; é diferente receber uma carta. É como entrar em uma novela no papel principal, você não acha?

Às vezes penso que essa doença pode estar me tirando o costume de fazer as coisas do dia e refletir mais sobre o estudo; passo tantas horas sem dar conta de levantar! De maneira que preciso te dizer como desejo voltar para meu cantinho de vida daí. Não queria desgostar ninguém que cuida tanto de mim, mas acho demais essa doença vir em uma hora que eu me descubro mulher. Será que fui longe demais?

Sua Lucia

Amada Lucia
Por aqui tudo floresce. É maio e as mulheres noivam, outras se casam agora. Você nunca disse a mim que a

saudade era tanta! Talvez que tio Jaime pudesse ver as reais condições da gente... noivar.

Você sabia que eu sempre vi em você uma mulher para mim? Nunca disse, porque achava que era coisa de empolgação, passageira... E o pai sempre disse para a gente ter cuidado com isso, que mulher é uma coisa séria, e para sempre. Como você.

Tenho me colocado a dispor do tio Jacinto para a colheita das laranjas e do café; você sabe bem como na serra isso é um trabalho e tanto de se ganhar.

Contei também para o pai do nosso noivado, sonho nosso, e ele riu feliz. Faz gosto nisso. Disse que essa doença sua pode passar e que na cidade as pessoas fazem coisas que adoece muita gente. Por exemplo: ele disse que isso de viver em balada até altas horas... Aqui se faz isso também, mas a pessoa logo fica mal vista e tem de acordar no outro dia para a empeleita do campo. Como ia poder ser?

Fico lembrando você comigo na apanha do ano passado no laranjal e eu te roubando beijos, avançando carícias com as mãos, o corpo inteiro ia quase todo na entrega. Nunca comentei com ninguém; levei na brincadeira... Mas não era. Era de verdade. Parecia amor.

Vou silenciar um pouco porque devo estar amanhã nas apanhas de laranja e de café. Meu pai já cercou um pedaço da terrinha pouca, o que tinha, para nós. Vou levar mais a sério esse saber da roça, que eu ia sempre com o pai e é com ele que conto. De fato. É diferente você ir por si, pelas empeleitas, só por ser um homem de uma mulher.

Vinte anos é uma idade boa de noivar, o pai disse, em concordâncias. A escola vai indo... E é um caminho que se vê só a ida... Não se sabe nada dele depois. Falar em depois, não vai haver "depois" tão tranquilo para seu irmão Runa. Depois de preso desarrumou-se da cabeça e foi-se para onde nem se sabe. Disseram que foi se aprumar, por isso não fique preocupada, que será melhor assim.

    Ah, não sei se o celular pega lá no laranjal. Acho que não. Na apanha do café também não sei. De todo modo, fico saudoso desde logo; só de pensar você longe e sem letra minha perto para aguar a lembrança... Ah, me diga se você gostava de meus beijos.

Seu Arnoldo.

Querido Arnoldo
    Era muito do meu gosto estar no laranjal e na apanha de café com você. Vou te contar um segredo: eu só ia para te ver. Minha tia, com cuidado de mãe, como sempre, disse que se eu ficasse em casa por não querer ir mais à escola, preferir trabalhar em coisa mais maneira, ela iria me arranjar umas rapaduras para eu expor na venda do Manolo; já tinha acertado isso. Como a tia Agda era professora acha que o estudo é o futuro. Penso que é por causa dessa químio que ela diz isso. Não é reclamando, mas dá uma quebradeira no corpo como se a gente não fosse mais nunca levantar um dedo.

    Muito raramente vou a uma balada, e quando vou fico sentada, nem danço, não tenho força nem gosto para tanto. Não quero ser desmancha prazer, mas parece que o moço que me segue eu já vi em Sumaúma; ele continua indo em toda balada que eu vou com as primas e me olha ladino, como se espiasse minha vida com maldade. Desvio os olhos.

Quase falava a palavra da doença, mas não se diz. Tenho ficado mais cansada ultimamente, primo. Não é que eu pense em morrer; nem penso nisso, mas... O médico que me atendeu foi uma doçura, mas disse que eu devo me preparar para o pior: meu cabelo pode cair. E se eu posso viver bem ainda, ficando sem dor maior, estancando um pouco mais o doentio visgo que sinto, posso também ir logo para o mais lá, onde a vida é outra. Onde minha mãe que se foi tão cedo já estaria me esperando! ...

Minha tia disse que este médico é exagerado e que não tem psicologia, dizer isso para uma adolescente! Nunca tinha pensado que eu era uma adolescente, achava isso coisa de gente rica. Eu ia dizendo que minha tia Agda não gostou disso e imagino que ela dirá às primas ser uma falta de classe do doutor. Eu até vi que ela limpava os olhos como se tivesse umas lágrimas incontidas vindo, vindo...

– Você acha mesmo tão ruim assim morrer? – soltei. – Então como a senhora me disse que lá nos espera uma vida de ventura? Decerto a senhora não acredita nisso e está apenas me consolando, não é? Mas eu acredito; nesse pedaço de vida que vivi, já reparei nas belezas todas que a vida tem; imagino a maravilha que vai ser também no chamado plano espiritual. Se for um pouquinho que seja melhor do que aqui, para mim já está o máximo!

Acho que eu estava mais era consolando a tia Agda, tão boa para mim, porque de verdade pensar em ser sua noiva me ocupa o pensamento de um jeito!...

Sua Lucia

Cara prima Lucia

Minha Lucia querida, senti uma espécie de passamento, como a mãe dizia, quando li sua carta. Não sei se é um pressentimento ou é mesmo o estranho dessa cidade que dá uma dor no peito e a gente fica como se se perdesse na mata quando noite alta.

Já era mesmo o fim da apanha das frutas e do mais que eu pude trabalhar e o dinheiro foi pouco. Com a insistência de um amigo, deixei tudo e tomei mesmo um trem para São Paulo. Era uma oportunidade que eu não poderia perder – ia com um amigo que conhece tudo lá. Ele tinha vindo rever a vida aqui, em férias, e na sua volta me talhou o convite. Não podemos perder as esperanças de um dia ... Por agora eu devo arrumar trabalho onde for e não é fácil.

Você veio me ver ou foi um sonho? Disse que gostava de meus beijos, sim; mas foi tão resplandecente a visão de seu olhar, sua ternura assim tão máxima como eu nunca vi antes...

Quer dizer, seu amor tão maior agora explodiu em mim... Em você, também, pelo jeito... E a gente longe... Mas será que não é um amor de primo e de amizade?

Sua beleza, sabe, era outra: uma coisa sem igual. Foi o tempo que trouxe esse bem? E tudo foi um rápido que sumiu; acho que sonhei ou você me visitou ontem de noite? Responda, que já enviei outras chamadas no celular e você não atende...

Eu já te disse que estou pensando em adiar um pouco nosso encontro de novo e nossa vida de noivos? Conheci uma moça aqui... Mas não te esqueço. É só um tempo para gastar. São Paulo é um mundo. Aqui se conhece mais garotas, umas tão diferentes de você! Já conheci algumas, sabe o que é um homem... Mas já que você me espera, assim que conseguir melhor lugar na vida mando a passagem para você vir ter aqui comigo. Responda... Ou você quer voltar para nosso interior afamado até em mortes, como a da sua mãe, como você diz, agora já com a política nova enganchada em matança até fora de Sumaúma?!

Você pode me responder apenas em sonho. Foi lindo.

O seu amigo sempre, Arnoldo

– Semeadura avessa! – disse Inambê a Camura, após lerem as cartas juntos. Camura, então, abrira janelas dentre os mosquitos e o luar. – Que sementes eu teria levado para Camura guardar no seu kalah? – perguntaria Laila a mim; e era custoso saber disso, quando o quarto chorava e a natureza do amor ardia em febres, sem panos que a cobrissem. Os dedos falavam sua palavra por imagens. Depois que lemos as cartas que eu trouxera de Sumaúma, Camura correra a fazer esculturas com o barro, criando relevos vivos. Para si, dissera, com as ênfases de seu apaixonamento permanente: o amor muda as pessoas; o resto é dor. Ou... trapaça...

Inambê contava-se a Camura, que agora queria saber detalhes da ida a Sumaúma, das pedras do calçamento cheias de sol, das janelinhas da hospedaria emperradas, que se custava a abrir, do dia debruçando-se na manhã de galos imponentes. Hospedada em um lugar de tropeiros, passantes pobres, viandantes que faziam pernoite para na feira do dia seguinte vender verduras e frutas, caminhoneiros, trambiqueiros de algum negócio pequeno, mulheres que vendiam prazer, velhos em visita à parentela em apuros... Hóspedes de um dia ou de semanas, tinha-se a impressão que desassombravam os sertões.

Podia ser tudo imagem solarenga, quarando nos varais, mas agora eram estampas vistas de uma noite triste. Em que Inambê contava e contava. Que chegando à Sumaúma caíra exausta. A viagem fora longa. Acordara mais tarde um pouco e ainda os galos impunham seu hino vibrante. Os quintais ali eram feitos de grandes pedras brancas compridas, como se se morasse em uma pedreira. Ou em um lajedo perto de rio.

Manhãzinha, da hospedagem ouvia-se as galinhas fazendo cacarejos, se empavonando; os pavões brincavam de serem capotes; os galos despertavam os trabalhadores que não acordavam e os donos das vendas e das terras dali enchiam a taça de sangue da república. Depois via-se: o céu riscado de talagarça vermelha, com riscos amarelos, prosando com o branco dos lajedos. O passo de Inambê era de rocha calcária, desmanchava-se em uma poeirona quando andava, mas ali, ali era uma mulher sem nome numa cidadezinha do interior.

Frente à Praça da República, pensou aonde iria. Fosse um pálio de luz, ah! "Liberdade, liberdade, abre as asas sobre nós, das lutas nas tempestades, dá que ouçamos tua voz". O hino da República atônito com a pátria retalhada, feita em postas, desdizia-se no ar. Quem daria mais? – parecia interrogar, com seus olhos de lince os que falavam em nome da lógica da mercadoria e do estado do golpe. E o povo, havia sempre o povo; mas a resistência era onde?

Não, não tinha sede de colheita, estava em ânsias de semente. E não custara compreender: sertanejar era resistir. Aos passantes da Praça da República perguntava o onde e tinha nas mãos o endereço de Ada, a cuidadora de Lucia, a irmã morta de Camura. Fora para o outro plano, dissera ao telefone a velha cuidadora, quando eu perguntara sobre a tia que assumira a criação da menina. Disse então que eu vinha da parte de Camura, o sofrido irmão de Lucia. Ada já soubera.

Quando encontrou Inambê pessoalmente, Ada abraçou-a chorando, curvada como o espírito de uma preta velha no transe, quando dá conselho íntimo. As cadeiras de vime, os potes com a água fresca, as esteiras com avencas e uma bromélia, o fogão de lenha, o varal com roupas ao vento feito cruzes expostas eram bonançosos espaços, davam na mangueira que ocupava o epicentro do quintal. Tudo era íntimo e amável. As cartas amareleciam o tempo, parado há séculos nas fotografias de muitos e de Lucia pequenina, expostas pelos cantos na casa.

E quando a tarde se fechou de luz, Lucia enroscada em nossa lembrança, Ada pediu Inambê ficasse para dormir ali. Descansasse um pouco que depois da janta exibiria uma a uma as provas de tudo o que lhe contara, os papéis e as cartas de Lucia para o primo e primeiro amor, Arnoldo, de maneira que se tirasse conclusões.

Tivera Lucia morte matada mesmo, na cidade grande. No momento em que se sentira melhor fora a uma balada, as primas tentando que a moça do interior se distraísse um pouco das quimioterapias e da radioterapia, muito dolorosas. Lia-se nas suas cartas a Arnoldo, que Lucia percebia estar sendo seguida por alguém que ela reconhecia de seu interior.

O assassinato de Lucia comoveu a cidadezinha de Sumaúma. E incitou o inimigo político emergente, contrário aos dois grupos de prefeitos, um dos quais apossado, tentou retomar os processos antigos, reabrindo inquéritos. Eram grupos em litígio, mas que na verdade jogavam o mesmo xadrez político. O que foi sendo desvelado, contudo, não tão logo veio à tona. O grupo que tornaria público os interesses escusos e a morte de Lucia esperava o momento propício para escândalos: as novas eleições. Tudo isso fora dito também por Ada, mas eu já soubera pela boca do vigia da cadeia local.

Antes de voltar para a beira do rio dos Pretos e à Camura, Inambê marcara encontrar-se com mais outro agente de segurança local, que Ada contatara. A velha falara do interesse de Inambê por notícias do coração e pedira cautela, daí ter marcado a conversa com o moço em sua casa mesmo, debaixo da mesma mangueira em que estivera conversando com Inambê.

A credibilidade social da velha cuidadora, pessoa de bondade inequívoca, garantira ao agente da segurança, advogado recém-formado, direção a seguir no caso de Lucia. E as investigações haviam chegado a termo. Já seria possível em questão de dias deixar público que o caso da prisão de Camura, de Runa e a morte de Lucia fora uma armação para esconder o assassinato da mãe deles. A jogada política se urdira detalhadamente para livrar o prefeito da autoria do crime. Desvelado o primeiro caso, os outros viriam de roldão.

A visita de Inambê amparava uma leitura do mito das duas cabeças de Sankofa: o passado, por onde se olhava, levava ao futuro que começava agora. Nesse movimento, acalentava o coração de Camura com a notícia do irmão amado que ficara, Runa.

– E Runa? – aventurou saber Camura, que tendo aberto a porta do quarto no rancho em que estavam juntos, no mangue, se dirigira ao torno de suas esculturas, situado lá fora. Mirava um longe que ninguém via e esculpia compulsivamente o pássaro de olhar duplo.

Inambê foi até o amado e ao seu lado passou a preparar o urucum e o jenipapo para a tintura do barro, em intenção de partilhas. Os estilhaços da madrugada, sobranceira, que se anunciava, traziam a intervenção de Runa na contação preciosa de Inambê, que não se fez de rogada:

– Runa entrou, de repente, no ônibus de linha em que Inambê voltava de Sumaúma – como soubera? Espantei-me. Disse Runa que tinha um caso ruidoso com um sobrinho do prefeito, homoafetivo que era, mas seu parceiro não partilhava da visão do partido no poder. Não por isso, mas sugeria que eu não pensasse em reabrir o processo. Viera conversar com Inambê sobre o fato, pois tinha convicções políticas firmes, em oposição ao regime dominante. O principal da argumentação de Runa era que, no momento, golpeada a democracia, não havia como sustentar uma defesa no caso; e Camura já sofrera por demais. A insanidade preponderava, não havia garantias de justiça.

Camura quanto mais ouvia Inambê tanto mais a voracidade dos seus dedos esculpia imagens do duplo que se erguia: a morte de Lucia e possível reencontro com Runa.

Inambê continuou: – Runa pegou minhas mãos e foi falando mais baixinho; disse ter notícia da cidade submersa a se agitar em um vívido rosário de arruados. No meio de um fascismo que retornava em tempo de miséria indefensável, fazer publicidade do caso do prefeito não faria abortar o sorrateiro movimento de vida que se dava no próprio declive das barragens?

– O poder público de braços dados com o mercado saíra imune nas acusações dos milhares de mortos das barragens, mesmo sendo explícitas suas compartidas culpabilizações: fora crime ambiental sem precedentes o desabamento, conluio estado e empresa multinacional. E se esse morticínio era visível dramática e acentuadamente, já era anunciado publicamente um conjunto de ações dessa natureza que se sucederiam, com intenções de dizimar as culturas submetidas; visava-se usurpar seus territórios, matéria-prima, biodiversidade... Ou, por outro, simplesmente haveriam holocaustos, como se exceção fosse regra, por ser inviável o grande contingente populacional pobre, que parecia ao capital bala estar empatando maior exorbitância dos lucros. O mercado adulava o estado e a indústria bélica excitava-se.

A língua do mercado mais que nunca falava a língua da política dominante, nesse momento da história do país. Valia mexer em um caso que não devolveria a Camura os anos de juventude vividos na prisão? Poderíamos reverter a violência que fora seu aprisionamento? Traríamos de volta a vida de Lucia? Não poderia ser Inambê um novo alvo, já que as mulheres costumavam ser preferidas nessas mortandades? E ele, Runa, teria de volta os seus sonhos incendiados, a imagem de sua mãe e sua ética tripudiada?

Não estava a ocorrer outra montagem bem-sucedida, do ponto de vista deles lá, que ainda estavam em condições de pagar quem falasse e quem calasse?

Pasma, Inambê compreendia que a veracidade da visão dos acontecimentos explicitada por Runa era irretocável. O irmão de Camura disse, então, que tencionava sair do país; não queria perturbar o visto que iria buscar conseguir, mas não era só. Dizia que antes iria ver Camura.

Runa era lúcido e se implicava no que dizia. Sua atitude, atalhando-a em um ônibus de linha, talvez contivesse alguns elementos capazes de elucidar questões chaves em nossas vidas.

Inambê contara a Runa o que soubera nesta mesma noite, pertinho da hora de tomar o ônibus de linha onde o encontrara. Havia sido esmiuçado o caso do assassinato de sua mãe pelo prefeito – o que seria tornado público. Viseiros teriam falado e ofertado a argumentação necessária aos concorrentes das eleições em Sumaúma. O que era novo: a principal narrativa era a de um matador, que morrera não sem antes contar como assassinara o prefeito, que o contratara para serviços desse tipo. Pedira perdões e rezava salvas ao moço tão jovem que já pegara sete anos de cadeia em seu lugar, sendo inocente. O guarda que anunciara o fato a ser divulgado referiu, também, que já os processos se apropriavam de outras provas inocentando Camura da morte do prefeito, mas este último depoimento fora o mais contundente. Runa não escondia a felicidade que se apossou de si, ao saber das notícias de Camura.

De fato, talvez se pensasse em impulso de defesa, já que Camura estava com uma faca trabalhando com ela no eito, mas logo guardou-a no cinturão ao ver-se encurralado pelo prefeito, este sim, antes disso armado e defronte a si já com o revólver a punho. Se o prefeito sacara da arma, pretendendo incriminar o matador, que contratara para o crime consumar-se, talvez não soubesse, contudo, que havia outro plano para eliminá-lo, forjando o assassinato como fosse um atentado da parte de Camura.

Só agora chegava a público o fato exato da causação da morte da mãe de Camura, porque um grupo emergente ameaçava os dois anteriores. Assim, o grupo inimigo do prefeito morto ganhara as eleições e expusera o processo para mostrar a corrupção do adversário. Evidente que o partido oponente ao do prefeito não dissera que haviam contratado o matador por mais dinheiro, daí a preferência de um a outro, na hora do crime, e a configuração toda do caso.

A escultura é arte do que foge à mão e volta do voo, disse Inambê, contando a Runa a artesania do irmão. O rapaz, que se mexera de dor no diálogo impossível com o passado, vertendo sentimento por todas as mortes e aprisionamentos conhecidos, agora se extasiava ao ouvir Inambê falar da perfeição nas obras talhadas pelo ceramista Camura. Alguma alegria há de subsistir incólume, disse; Inambê confirmou o desejo. Realmente, Runa sentiu-se compensado; alguma coisa, enfim, vingara, ele dizia em lágrimas. E talvez pela primeira vez tenha saboreado o deleite possível do encontro com o irmão amado, um Camura que ele mal conhecera, por longe de si há tanto tempo, mas que amara consigo os ninhos e ovos pássaros na infância distante.

Para nada esconder, Inambê contou a Runa do outro atentado que tomara corpo nas imediações do porto aldeia, narrando como o pretendido matador de Camura morrera antes de efetivar tal pretensão. E disse-lhe que viera a Sumaúma pela tristeza de Camura, que às vezes voltava; ela, querendo ajudá-lo, pensou que mais lógico primeiro seria inteirar-se de como andavam as coisas.

A vida da política não era a política da vida, mas estavam pontuadas de mortes, também o estavam de resistências e sonho, que tudo se movia na divindade. Não se vira a natureza do porto falando pelo Muiúna, o redemoinho? Não ouvira falar do Muiúna? – perguntara Inambê a Runa. Não, Runa não ouvira. Mas entendeu quando Inambê narrou do mapa falado do caminho novo, que o matador não dera valor nem ao menos achava o saber do povo coisa de considerar. Ressaltou que depois dos desabamentos tudo era diverso e a natureza fora revolta. Não havia os mínimos objetos de uso acostumado e se isso fosse pobreza estava-se na miséria mais triste, pois tudo era de se viver sem coisas de pegar o ontem, recomeçando-se por outras artes e às apalpadelas.

Ia dizendo mais Inambê que o matador não camuflara a perseguição a Camura e seguiu sem compreender o saber do povo sobre o poder do Muiúna, redemoinho de muitas mortes; assim, dentro em pouco viera até perto da beira do porto, carregado morto pelas águas.

Mudando de assuntos tristes, um dia viesse estar com a gente, disse Inambê, mas desse atenção ao saber do povo que resistia. Por outro lado, já Camura vivera visitação diferente aos territórios do porto aldeia e procedera por caminho insólito, ladeando a via do Muiúna. Runa estava chorado, mas imensamente feliz.

Pois que viesse, Runa, mas pela outra via, mais conhecida, insistiu Inambê. Ou escutasse o mapa falado dos

Cavaleiros de Palmas, alados, que viviam rente à aldeia do porto oficialmente desativado. Ali também Camura amava o povo e ajudava no replantio e guarda das sementes crioulas, símbolo belo da resistência em curso, como se sabe.

Falara Inambê sentir-se desde já feliz de ver que Runa se aproximaria de seu irmão. Disse que ia contar tudo que vira em Sumaúma. Falou mais de como era o amado Camura e que iriam chorar juntos este encontro, que seria muitas vezes lembrado em meio aos dias e à noite espessa da região de mangue. Isso tudo Inambê dissera a Runa no ônibus de linha de onde, de repente, o rapaz desceu sem dar pistas.

Desanoitecendo a manhã, Inambê tentou continuar algo que habitasse o comum, mas a florada de ressurgências na vida de Camura era de se pausar um pouco e o amante pedia beijos. Talvez o Muiúna não houvesse feito rodopio tão vertiginoso em suas vidas como o narrado sem detença, àquela noite em que o presente era carta viva.

**Capítulo XII
A criação inacabada: pátria-universo**
Z (Zaque)

Sentada ao tear, Laila lançava linhas geométricas com seus olhos índios enviesados, mexendo-se com as mãos na tecelagem. Acerquei-me do que fazia:
– Que tal se você copiasse o que ficou no avesso?
Reconheci-a em permanente fome. Era quando Laila chegava índia, amarronzando mais o olhar. – Impressões são desbordamentos que aparecem por todos os lados, eu disse. E chamei-a para jogar mankala um pouquinho. Pus as duas carreiras entre nós, no tabuleiro, distribuindo sementes nos espaços. Cada um com seu kalah, reservatório das semeaduras, de entre as fundas expostas para as sementes.
– Você sabe, pode começar de qualquer lugar, mas sempre atenta às sementeiras, Laila.
– Mas há que calcular as jogadas possíveis do outro, como em todo campo de jogo, não é, Zaque? – ela disse, surpreendida com o meu saque ao que ela não dizia.
A emenda feita por Laila era a mostração do que eu supunha interdito. Enquanto ela pensava como plantar em meu campo, virei o trabalho da tapeçaria pelo avesso e assaltou-me, de fato, um emaranhado de linhas formando signos belos. Indecidível ainda como desenho, tinha-se no bordado, porém, ritmos e formas que apresentavam movimentos bruscos, ora ascendentes, ora descendentes, compondo fluxos de cores ritmados. A figuração do olhar de Laila, porém, é o que fazia existir o sentido do que eu, imaginariamente, esboçara ao deparar com o avesso.

— Olhos índios? — ri, dentre ternuras.

Coloquei em suspenso o campo de jogo. Corri para ancorar a conversa em outro dossel, cavaleiro andante que eu era:

— Por que o artesão precisa figuras de mundo para expressar seu sentimento inscrito em suas formas? Uma parte do que criamos é reconhecível a nós mesmos, daí a presilha da narrativa, do rito ou do jogo brincante, como nas artes cênicas. Mas, e o sentimento vivo nos traços e volumes, linhas e planos não produzem sua fala de outra forma? Não são fluxos do desejo? O criador também se diz aí, no passeio das formas significantes, também modos de sentir da sonhante experiência humana.

— Um partejamento da vida mesma acontece na arte e alimenta a todos. Mas acho que só se pega alguns grãos, porque o receptor também precisa estar a criar permanentemente a si – Laila disse, apanhando um punhado de sementes que tomara às minhas e propondo outras jogadas.

— Na artesania do teatro de títeres ou mamulengos, os movimentos sendo enigmas se dão a conhecer no tempo e lugar em que as coisas deixam de ser uma e passam a ser outra, dentro da duplicidade boneco e gente. A arte realiza o vislumbre dessas temporalidades em que nós passamos a ser um outro de nós mesmos, quando então mudamos algo substancial. A compreensão desse ponto de mutação, que transmuda mundos ou um ser inteiro, é o que se poderia chamar de fato história ou biografia. Ou filosofia. Mas o ato da sua mostração, arte, Laila.

Fechei os olhos por um tempo e, de volta, olhando Laila, puxei uma relembrança a partir do meu olhar à sua tapeçaria:

– Quando minha mãe, e essa é a lembrança mais antiga que tenho dela, pegava um lençol como cortina – porque não havia luz em nosso vão de morada –, abria uma fresta de porta ou janela de maneira a deixar entrar uma luminosidade apoucada. Para mim, nutridora o suficiente. Ficava ela, então, entre a janela e um lençol que armava como tenda e punha os dedos para fazer personagens do teatro de sombras. Eu me sentia olhado por ela, aí.

– Na luz parca das fatias de sol, os dedos de minha mãe criavam formas animadas ante o lençol ralo; na sua fantasia falava de um reino em que tudo se transformava. Antes, o sertão ia virar mar e o mar virar sertão. Eu escolhia de tudo o que vivíamos das narrativas, essa parte. As histórias pequenas de minha mãe eram rápidas, fragmentos de gestos que depois eu cataria dentro da minha noite.

– Hoje reparo que sempre havia inversões: o gato comia a gaiola e não o pássaro que estava dentro dela; o passarinho se apaixonava pela rã e não pelo sabiá, e pedia-lhe aulas de pulo; e na festa no céu que o jabuti foi, ele lá ficou trabalhando como músico, tocador de viola, depois de um tempo botando-se para aprender piano, não desandando em viagem feito um tropeiro mal-ajambrado.

– Minha mãe dizia, algumas vezes, quando nessas horas eu perguntava por meu pai, que ele nos amava diferentemente e falava com tanta veemência e verdade que se isso não consolou completamente meu desamparo, deu-me um gosto pelo estranho. Pela tentativa de compreender o extraordinário na vida. Ou o avesso, na busca de ler o que não se soube dizer. Ou ser.

Não sei o que Laila sentia ao ouvir minhas palavras, porque se virou para um lado da sala em que se via o cruzeiro na forma de estrelas e eu continuei contando que uma vez eu chorava pela falta de brinquedos, uma única vez, e eu era muito criança. O tempo passando, eu aumentava o ritmo do chorado, soluçando ao olhar os canais de água suja em frente a nosso vão, por onde se dava a escorredura dos restos, que o lixo da cidade pega toda a via dos bairros da periferia. Prendi o choro quando minha mãe me segurou, bruscamente, pela mão e andou e andou e andou comigo. Até aonde?

— Até um lugar onde havia um minúsculo jardim todo verde, sem os canalículos de sujeiras; lá, puxou-me para junto de si a escutar os pássaros, explicando que eles têm visão de fontana, não veem só um pedaço das coisas. Então, mostrou-me com a mão e o olhar o que era perspectiva. Diferentemente, os pássaros olham pela frente e pelos lados, redisse.

— Eu ia dizendo que era um lugar aonde o verde se acrescia do reflexo dele nas águas e as cores do dia decupavam cada matiz do sol. Pois ali, ali, dizia minha mãe, havia uma nascente que saía de dentro da fonte. Fonte, olhe. Era o caso de saber e imaginar a nascente, quando o que se via era indigno e cruel. A isso se chama escolher.

— Então minha mãe sentou-se comigo e fez barquinhos de papel, pondo-os a correr pelo fio d'água que ia parar na nossa rua e em outras. E os barcos minúsculos nem bem navegavam afundavam alguns, outros corríamos a pegá-los. O brinquedo dava tempo de sentir e pensar.

– Mas eu achava bonito também as sombras! – retruquei. E mais queria vê-las depois e beijar os dedos ágeis de minha mãe. Cansados que estávamos, de volta para nosso vão de morada ela olhou-me, ajuntando ainda: – Não esqueça que sempre há nascentes por perto e nelas se faz verdejar um campo. Se há nascentes, sempre se pode encontrar umazinha, que pode estar com fio de água intocados, sem restos de esgoto da cidade e até mais perto de nós. Por aí é que os sonhos nascem, falou minha mãe.

– Eu ainda sem entender direito um mundo tão vasto, lanceei, incauto:

– Então era sonho, mamãe?

Minha mãe, fisgando o não visto, sussurrou:

– Era e não era.

E sorriu suavemente então, me embalando no colo. O antes se misturou ao depois, como eu ia dizendo e a alegria do comum levou as sombras móveis para o ensonhado do amor.

Na conversa, eu já procurava apenas Laila; deixava os grãos da arte e o colo antigo.

– Ah! – Laila entregou os pontos, com um olhar de quem não queria mais sementes. Agora nós nos bastávamos. Eu ganhara o jogo.

Quando a gente tira o que é habitual, o que estava há muito tempo em um lugar, soltam-se as toras que o sustentam. Daí o inacabamento ser o consolo de quem vive na transformação – ia acrescentar. Mas o compacto da presença de Laila cortava as ânsias da linguagem.

Sua presença trazia às vezes uma índia impulsiva, o lábio se dizendo antes. Por vezes, controlava mais: "dona moça índia, agora vá para casa, depois vamos conversar". E não dispensava mais intimidades. Os tempos das biografias unem-se quando se ama, aprendia. Saí com ela a uma varanda minúscula, para ver o cruzeiro do sul, mas ele se escondera. O luar se esfalfava de praias, certamente; não se precisava ver para saber o quanto se derrama na noite – riu Laila.

Nem precisei fazer o arrodeio com a índia, que deitava os marrons sobre mim, quando então eu já aparava com o olhar e entretecia as nascentes novas com o movimento desejante, mas sinuoso de Laila.

Expus-lhe que o artesão de minha narrativa cênica via fantasmas que lhe falavam de sua arte. Ela observou que isso daria uma quadratura mais dialógica à peça e, enfim, se fugiria do formato do monólogo. – O difícil da arte, agora, era dar inteireza aos diálogos. Eles resultaram por expor um ser aos pedaços, se arguindo: donde despencara? E, se isso é verdade, não é só.

Eu havia lhe dito que esse duplo era bom: monólogos e, também, diálogos. E os atores se levantando, ainda que mancando, de início. Não era uma coisa ou outra, eram as alteridades dentro e fora.

– Você não vê sua índia lhe empurrando a mão do desejo?

– Ora, Zaque! – Laila encabulou, logo procurando a constelação das Três Marias "que deviam estar a essa hora extasiadas de luar", sussurrara, meio brincando, meio que cantando.

– Talvez que nesse nosso lugar avariado, mas vívido – interceptou Laila –, não funcionasse mais a lógica de um mundo administrado. E se haveria de tocar o ser a partir de uma abertura ao outro plano da vida. Então, aprenderíamos a arte dos recomeços; das alegrias, das fontes invisíveis, das imaginações da arte, arrematei.

Havia, sim, a noite interminável do desejo; e Laila era uma mulher ali em mim.

Alguns dias se passaram que correram ao contrário, ora parando os séculos. E eu voltei continuadas vezes à sua casa. Meu esconderijo seguro, onde nos encontrávamos.

Às vezes não sabemos como mover as imagens dos nossos achados e perdidos, que feito escombros de uma socialidade precária assaltam a noite da alma. A memória bate em retirada e depois se rebela de seu calado. Por isso as alegorias dançam belo e os antigos carnavais parecem tão atuais. Por serem desvios estratégicos para uma razão rígida repensar-se.

Laila sobrevoava Saturno com seus sóis duplos e não voltava, fechando uma paisagem marítima em sua tecelagem. Para apreender de plantios dessa ordem necessitava-se urdir uma inteligibilidade outra. Junto a uma lógica capaz de comportar sensibilidades, que vimos de calar. O sagrado traduzia-se no amor calado, que o invisível era perto.

Só precisava do marrom dos seus olhos, agora.

Estou narrando três tempos do amor, como fosse uma só noite, tão entrançadas me pareceram.

Abraçando-me como nunca dessa forma ninguém o fizera, a índia não se esquivou – era adivinha? – Tudo é sagrado nas semeaduras, falou-me ternamente, deixando lugar para Laila se reapropriar do enlace de outro modo.

Nesse tempo da conversa, não achei que ela se referia a outra cena que não fosse a nossa.

O cruzeiro do sul veio a mim, quando fui à janela. E eu nem era mais menino de beijar apenas os dedos amados, pensava, mordendo a taça de luar da noite e os lábios amarronzados de Laila.

Mas ainda nos habitavam vivos-mortos insones.

No dia seguinte, Laila fora buscar mais uma arca, onde antes o lugar era. Metáforas da chuva sobre sítios cultivados; depois, montes de solidão e água sangrando pelas cabeceiras; o movimento serpenteante de riachinhos dentre arbustos rasos; as casas encravadas nos serrotes; mais lá, as mudas dos plantios em suas formas arredondadas, fecundas; os palmeirais ladeando dunas, na vertente de um mar verde de sol; crianças embaladas nas redes e a orla do rio debruçada nas janelas da estrada. Ela era ali, vi. Por isso juntava contas e cores, na tecelagem de diversas linguagens.

Os descobrimentos compõem tempos infinitos.

– Zaque, o novo biográfico acontece quando se cria, que o Espírito é de milênios. Como na arte, esta existência e seus esquecimentos permitem refazimento sobre material antigo – continuou Laila, sentando-se ao meu lado e deixando o tear.

– Depois do holocausto das barragens derrubadas, muitos vivos-mortos certamente por aqui estarão perdidos. Sabe, tive por meses a fio sonhos com muitos desses mortos me chamando; eram gemidos amargurosos, descomunais os espaços tristes em que se debatiam. Acordava com uma dor, lançadeira de uma picada pontiaguda, latejante – confessei a Laila.

– Talvez você já saiba o caminho: criar alteridades. Não desandar na sofrência. Repare que você me ensina sempre que os ritmos do esperançar são iscas do novo – disse ela, lendo o recado.

E continuou Laila, pondo-se a meu lado, por fim, na vista do cruzeiro:

– Se o que ficou devastado é um gigante de pedra que pede água, muita água... – Laila ainda deu tempo de dizer... – Não há que apenas refazer a rota do lugar em que estávamos anteriormente, antes das devastações. Há um devir nítido: a reconstrução do que podemos chamar de pátria-humanidade, disse. – Uma pátria dos multiuniversos – respondi-lhe já sem voz pelo desejo que embargava, poderoso.

– O caso seria tentar recompor nem que seja apenas um trecho do campo de semeaduras. O que podemos alcançar – disse Laila, acho que querendo avisar de paisagens que ela via e onde certamente eu estaria consigo a percorrê-las. – Uma pátria almada – concluí, rindo.

Fechei o luar e procurei-a.

Depois de um tempo infinito entregando-nos um ao outro, vimos: o ensonhado era uma semeadura larga.

Capítulo XIII
A letra viva do tempo: as consolanças possíveis dessa hora
IL (Ilel)

– Quando começara a pintar, Ilel? – perguntou Laila, reparando que eu agora desenhava com muitas cores. Letra dita com imagem era, então, plantio de minha lavra, observou. A boniteza do que havia de recomeçante teria de ser por Vera, pensei. Florada de lembranças aguando ramagens verdes, a soledade cantando em pianíssimo e logo outro tempo vinha me dizer bom-dia. Namorável. Que viesse.

– Seria passarada agora? – apontei os pintassilgos, sabiás, louva-a-deus, rasga-mortalha... na sua serenata solar. Pegara a barra com a mão: mais uma noite indormida se passara.

Estava apenas lento, mas ao entreter-me nas ramagens e alcançar a flor lilás derramada na seiva do tronco, deslembrava a contusão, o silenciamento, a violação ao corpo pelos montes rolantes, o tempo do esquecimento, a empresa mortífera e o corte da memória como problema. Continuidades que eu poderia dizer que elaborava. A tisna do lamento ainda desfiou por algum tempo seu linho na noite. Não encontrando eco em meu coração, ficou sem lápis nem mão para sua tosca luxúria, que dor faz gozo.

O prazer indistinto não me faria objeto das circunstâncias sem rosto, pensei. As luas da vida dariam pujança, seguimento aos dias. Embriagar-me-ia com a poesia que dá na tristeza como na alegria, ferozmente sozinho de pares que fosse. O amor de Vera e a experiência do diálogo com Laila o arrebatara para catar êxtases diversos. Depois, decerto o amor viria se aprendesse a nutrir seu próprio kalah.

Minha existência não me parecia mais restrita; não perdia qualquer ideia que ao fazer fogo crepitasse, mesmo dentre achas de lenha molhada, lagrimada. Não pensara mais que o espaço negava os tempos entrecruzados, mas pedia entendimento para a passagem dos ciclos de vida e das suas horas, dos varais da morte física e das continuidades do espírito, de realidade imortalista.

Havia um momento mais duro, porém – quando no crepúsculo as sombras povoavam seu vão. As goteiras e o vento pelo esburacado dos varapaus e folhagem embarrados eram música de cio, arranhando com as unhas suas notas, por tantas vezes orquestrando tempestades. Queria a ventura de estar com minhas paisagens vivas, embora as rachaduras nas paredes de barro soltassem esse fiozinho de água antiga.

– É que tinha como antagonista as Fúrias, brincava Laila.

– A aparição de Vera restabelecia uma ordenação simples na vida; seus encachoeirados episódios de vinda abraçavam o desenredo; e se um único acorde se dizia música, a mim bastava: o amor por ela.

Os dias passando, arrojei mais lembranças do Entre Douro e Minho; minha mãe trabalhando em uma taverna e eu frente ao livro de caixa desenhando os rostos que se bicavam, beijavam, roçavam peles e cabelos coloridos, enquanto vez ou outra as mãos desciam da face pelo corpo, desembaraçando panos. Minha mãe ria, quando via meus desenhos e depois se voltava ao pagamento dos fregueses, que na taberna esticavam o tempo de estar ali até ela dormir sobre o livro de caixa, eu protegendo-a de longe de algum roubo.

– Uma vez, minha mãe caiu dormindo e eu saí debaixo da mesa sob aplausos, pois anunciei levá-la, pedindo que todos fossem embora, já era hora. Subi na cadeira ao falar, por ser tão pequeno e o caso fora tão insólito que os fregueses saíram rindo, não sem antes deixar gorjetas gordas "para o menino que vigiava a taverna e a mãe".

– Meu pai viajava para vender cortes de seda pelo Alentejo. Quando chegava, dava-me presentes e nos levava a uma Quinta alugada de um senhorio seu amigo, onde passávamos dias felizes de feriar. Ele acreditava que o mundo fechado das casas da cidade produzia humores doentios e o corpo definhava entre paredes nuas de vida. Queria também que eu tivesse dele lembranças amenas, já que muito viajava. Por isso, o passeio era cura espiritual, dizia.

– Eu aproveitava: espalhava-me pelas Quintas perto de onde ficávamos e, frequentemente, quando os vizinhos me encontravam perdido, traziam-me de volta. Nessa hora, meu pai ria gostosamente, pedindo que eu recitasse de cor para os vizinhos amáveis o Terceiro Canto de Camões que, acho, falava de questões graves do reino, de uma amante depois de morta sagrada rainha e tinha uma parte que dizia: "Estavas bela Inês posta em sossego" ... Era assim?

– Quando íamos à missa aos domingos, afligia-me com as santas tão lindas, Senhoras Nossas, pousadas levemente no altar; eu perguntava por que não vinham viver com a gente, sendo nosso próximo, porquanto as almas penadas ainda viviam! Meu pai achava graça naquilo, mas minha mãe dizia "cala a boca, que os mistérios e o divino não se haverão de sabê-los". Poderia ter acrescentado pelo menos "não tão já", pois o certo é que cresci comodamente achando que era isso mesmo: que não havia de eu querer conhecer o insofismável da Voz que tudo permeia.

– Depois da aparição de Vera, via sem clivagem os dois planos da vida infinita. O tempo, letra viva.

Laila escutava.

– Ora, como um sapo que acordasse de um encantamento, me apercebia estar agora dentre as contas-aldeias imaginadas – nessa parte de minha fala Laila apurava mais o olhar, fixando-me alegre. – Não era apenas eu que era outro, continuei, mas as pessoas o eram e eu lhes respondia, quando antes não. Via a ti, Laila, voltando das horas de embates difíceis, procurando sonhar o lugar. Quando chegava, queria a simplicidade das coisas do dia: escumava, então, com a colher de cobre o grosso sumo do cupuaçu ou do açaí que trazia. Do sumo se retirava pedaços da fruta. Fazia-se chá de dente de leão e pão de arroz com a ternura dos diálogos que se ensaiava.

– Ao rapar o tacho fundo com a calda grossa, sentia-se exalar o cheiro bom do fruto adocicado, intenso – eu disse, e Laila arregalava os olhos com o inusitado de minha descrição.

– Música andante, cortávamos o pão de arroz com as mãos como quem dá comida a passarinho, naquele pouco a pouco lentíssimo – o que aos poucos, mesmo com o braço acidentado eu ia tentando fazer com alguma presteza, não era? – ajuntei.

Pensei e não disse que havia os dias em que Laila voltava para a sua morada. Não se referia ao que vivia, apenas ia. Um dia, a percebera saciada. Olhara os tons rosa

da flor lilás, mas estava saudosa do girassol na seiva marrom, cor de lábio, reparou, alto; e mais, me confessou que a beleza de semear chama o inusitado do amor.
– O amor chegara e havia Zaque, concluiu.
De Zaque parecia vir o que a deixava inteira.
Enquanto eu devassava territórios de aflição e crença, via que estes não eram pontos que Laila escamoteava. O Cristo parecia-lhe um amor a esperar novas leituras de nossa parte, ela dizia. Menos formalismo religioso e mais fraternidades. Mesmo em frente a Judas, sabedor da traição que era o emblema do que ficara como conteúdo regressivo no humano, atracando na tábula nem tão rasa da animalidade, perguntou Jesus com esperança, ao Iscariotes:
– Amigo, a que vieste?
Como se ainda uma vez nessa hora fosse tentada a mudança da história. A pulsão da morte em feitura de desamor, acavalando-se em coiceadas sobre a mansidão poderia não ter sido como foi.
Tomei fôlego para ver o quanto a crença faltara ao pensamento contemporâneo. E o quanto por tê-la negado pagaria um preço: deveria construir devires agora, feito menino aprendente. Vinha a visitação de Vera e eu não sabia entendê-la. Chamado e enigma, a um só tempo.
O território imaginado sustinha-se em raízes invisíveis. Substanciosas, porém. A aposta de Laila e de quantos reconstruíam os montes derruídos e seus povos de morada era ferida exposta. Mas curava minha alma retomar algo daí, pois no que adoece se tem remédio de cura.
O silêncio e os esquecimentos em que me detivera descarnavam as cordas do sentimento para a canção que era Vera. Sua lembrança, mesmo rareando – ela chegava de

repente e assim se ia de minha morada –, deixava no ar leve a ideia de que não estava tudo morto. Afincava mais estacas na murada sobre as águas, para sustar o móvel e avesso estrume que, embora mais inteiriço, ainda era aguado e mesmo rareando sua velocidade caía pelos grotões.

Pus o som de um bandoneon em um velho gravador e a pilha gasta fazia um range-range que aumentava o tom. Fechei. Quando tudo parecia se apaziguar após as tecelagens e pinturas da manhã, a tarde tangia uma agra saudade. E depois de regurgitar no peito a cada momento a imagem de Vera, deixava vir os renascimentos do amor, leite bom.

Voltamos às nossas metáforas, mediadas pela arte.

– Os cavalos desenhados ficaram a postos para os passeios e as pastagens, o baio e o alazão estão com jeito de se aborrecerem com as falcatruas dos políticos. Já os peixes das tecelagens que trancei e bordei aqui na talagarça, Ilel, não têm barbatanas para se debater com o azul marinho quando revoltoso; olham fixo para frente e apenas se lhes vê pelos lados – Laila reparava, rindo. E me indagava: – Não havia nada nos peixes que se parecesse com espinhos?

Lia, de soslaio, nas anotações de Laila, sua perspectiva ameríndia:

– Tinha vez que o peixe boi implicava com a flor lilás: seria orvalho ou o peixe respingava sua água marinha sobre a pétala? A florada toda resmungava. Mas logo se abriam para o violeta da tarde, quando então o lilazeiro derrama parte de sua cor em seu rosto, Ilel. Os peixes tinham colhido algo que levavam ao mar vivo de onde vieram, sonhantes.

Eu no encalço de vislumbrar alguma vereda nesse enlevo e Laila logo prosseguia:

– Humildades, dizia a flor lilás, humildades à parte nós temos orvalhadas nossas pétalas, mas o mar é tão imenso. Ah! E elas ansiavam, achando que era pelo mar, mas era o imenso que elas amavam.

Certamente o frescor da recordação de Vera vinha por essas imagens e ia assuntando promessas de futuro. Gaivotas em bando bebericassem sua água de mar em mim, que a travessia do Atlântico se fazia por dentro, eu diria. E foi assim, tangendo o que não servia para viver que fui aleitando, na partitura interna, o lugar da palavra. Minha música não era mais calada.

Ia recomeçar um suposto outro desenho, mas esperei amar primeiro a visão da primavera. O pequeno vão com a árvore-flor chamava-me a olhá-la, de fato, e não apenas o graúdo desenho dela, sua farta de folhagem roubando toda a página. Ri. O recado era contundente: tirasse da névoa o que enodoava e impedia de ver o presente. Para que ficasse nítido o amor escolhido, que tudo nele se ia banhando.

A conversa em meio, de repente veio outra vereda e, nela, animal acostumado a espreitar espiava em mim. O sentido do meu silêncio maior caía sobre o filho desencontrado como um peixe que se joga no seco – ele não viu que não havia água? –, bem se podia dizer. Perdeu-se do tino de ser peixe? O peixe desenhado debatia-se por viver – e o menino, como levar adiante o desconhecimento do menino, seu filho, certamente já grande? Pelo meu olhar, a visão de Vera já não servia como mote para o agora não doer.

– A cicatriz faz minha história existir, confiei à Laila, e apontei o próprio corpo ainda um tanto avariado. Sempre se fizera amor como guerra, foi o que vira – pensei, e vi que eram repetições. Refiz o dito: – Já está ficando límpida a letra viva.

Era a consolança possível dessa hora?

– Você precisa saber. Vera tem vindo novamente me visitar em sonhos. Ela parece nos acompanhar na fala que nos levará ao filho. Com um alento diverso do de antes, parece acenar agora para mim de longe. Eu acordo, às vezes estou acordado, liquefeito de suor e desejo. Um fato é novo em minha vida: quero-a ainda que seja nesse não lugar. Parecem horas imprecisas as que me debruço a "tocar o infinito" – mas ela diz-me ser inútil ficar catando pedaços de paisagens mortas no tempo. Seria preciso estar em travessia, à cata de nosso filho. Para que eu encontre minhas próprias palavras e nelas algo de mim que ficou escorraçado – afirmou Vera. E antes de ir-se: – As palavras são uma parte do amor que se deve à vida, pois que uma vida é feita também de atos.

Creio que Laila gostou mais dessa parte em que Vera me empurrava a sair desse desconjuntado lugar em que eu me pusera. Fomos aos cuidados com as flores. E no meio da tarde, tirando a vista do bordado, Laila aumentava o langor das minhas lembranças, ao contar:

– O fulgor do desenho transmuda as cores da tarde ou eu que as incendiava? Menina, quando ia para a chuva brincar de se molhar, depois voltava sem frio, sustentando a aventura. As rodas de cantiga da infância nas ruas ladrilhadas de pedrinhas afinavam a voz do joão-de-barro, narrador da cena: "Será o cravo da fortuna as voltas que o mundo dá?"

A governança de alegrias feita por Laila me devolvia uma Vera que existia vivente em algum lugar, não só na memória.

Assim foi que, juntos, eu e Laila, chegamos a resolver procurar concretamente o paradeiro do filho que eu não sabia onde estaria. A cantilena miúda do dia deixava a alma ensaiar-se no tempo presente e isso valia, sim, mas precisava-se dar seguimento ao rumor dos dias. O olhar que cura precisa ver-se endereçado a alguém, dizia Laila, e a muitos, completava, como era de seu feitio.

O rosário da Senhora da Amargura era perto, eu dizia. E o amor, tão vário! Das tapeçarias e das conversações, do alimento feito à mão e da doce floração que da tarde emergia, acorriam pequenas nascentes e luz de flores. O feminino era bom. E por meio da caça ao sentido dado pelo outro era possível deslindar a canção obstinada das sementes.

– O que é o excesso? – flechei, intempestivo. Era necessário que eu retivesse suficiente alimento em meu kalah. Fazia provisões para os momentos decisivos que decerto viriam.

– Sabe o labirinto? – acorreu Laila, rindo –, o bordado bonito que as mulheres dos pescadores fazem? Trabalham seu bordado como fossem harpistas. E com o mesmo fio com que desconstroem o pano tecem o linho junto ao novo bordado. Justeza seria por aí?

Entendi que tanto eu desfazia o linho como já fazia o bordado novo com ele. E amava, sim.

– Esta noite Vera despediu-se de mim, contei à Laila, quando a alegria do momento poderia sustentar a dureza da confidência. – Disse-me Vera que não há condições de ajudar-me mais, que o mundo espiritual é rente aqui. Contudo, a tarefa é minha. Ficaria presente de outra forma, para que eu desvendasse o que ela não poderia fazê-lo por mim. Se dilapidara o tempo, agora corresse.

– Ter parte com o invisível pode dar sentido ao visível. Isso eu já te pude mostrar. Agora é contigo, disse Vera, por fim.

Uma parte de mim reconhecia e a outra adiava o querer laçado pelas minhas próprias semeaduras no campo alheio – ajuntei. – Era custoso continuar, mas devia ir até o fim, aditei. – a presença de Vera me conduzia a crer que eu poderia dispor de alguma provisão no meu kalah. Não deveria haver o vazio de atos, como já não havia o de palavras de sentido novo. Beijou-me com ternura, puxou as cobertas para me cobrir, como fazia nas noites frias, e saiu docemente, como sempre. Os contornos do dia embaçam-se, sem Vera. Mas talvez que ainda assim eu possa tomar posse de novas dimensões do espírito.

Laila também resolveu falar de si, de seu amor que a fazia achar-se e perder-se continuadamente. Ainda era promessa, como todo amor em seus passos de ensaio. Contou-me, então, que um dia não muito distante deste, chegando a seu prédio, ainda na portaria viu o Sr. Silva, zelador, pálido e assustadiço, procurando falar-lhe.

– Zaque sumiu, ele disse. E continuou atropelando-se na ágil palavra: – De começo pensei que ele estaria com aquela moça de sua trupe, que faz trabalhos de arte com ele. Ou que tivesse viajado com o grupo do teatro.

Tomou fôlego e, baixinho e a medo, soltou: - Só hoje soube que foi sequestrado no final do ensaio, na saída para cá. O que devo fazer?

– Preciso saber mais de Zaque, não? – Laila disse.

– Isso é certo – retrucou o Sr. Silva, com seu gesto humilde de vigia noturno, acostumado a falar sem ser notado...

– Quando foi precisamente o sequestro? – indagou Laila, saltando pedaços da conversa.

– Aconteceu faz um dia; ontem – ele disse, mais baixo ainda, mexendo-se todo na tensão contida e olhando furtivamente. – Não, não dava para ser ouvido, observou.

– Quando o senhor trocar o plantão, a gente se encontra; dou-me tempo de pensar, disse
Laila.

– Na sua casa? Eu devo ir à sua casa? – espantou-se Silva em um fio de voz. – Se eu for visto, será difícil explicar o que um zelador, ora vigia, faz na casa de um condômino mulher.

– Ah! – Laila tomou pé. – Vou à sua casa, então, Sr. Silva. Bato leve, você abre, e a gente conversa. Como naquele dia em que perdendo minha chave bati à sua porta. E lá conheci seu filho, Zaque.

Compreendi que da parte de Laila havia um grande desconhecimento de Zaque, o amado parceiro desse tempo de agora. Tanto ela me confirmava isso em sua narrativa que contou que, ao entrar em seu apartamento, nesta hora estranha, correu para as linhas da tela e pegando as meadas de cores fechadas e escuras com a lançadeira, compulsivamente foi tecendo e repetindo:

– Zaque, quem é você?

Capítulo XIV
Que paisagem nos desenha agora?
L (Laila)

Casa árvore, da palafita onde Ilel morava se ouvia ainda o extenso deslizar, mais lento, contudo, da água desbarrancada, que se adelgaçava formando filetes aqui e ali, de quebrada em quebrada. As benquerenças me acalmavam como se chegasse a ancoradouro seguro. Apercebia-me estar ali como em um quebradouro, como os recifes no quebra-mar, amainando ventos. E outra imagem se sobressaía a esta: era quando ia para a rouca derrama do porto e minha mãe me levava para ver a rebentação das ondas, esperando a despesca do dia.

Enredava-me no que Ilel não sabia de si, entrincheirado no passado, que agora trazia seus momentos auspiciosos, como ele reconhecia com o leve alento da visita de Vera – caricioso vento terral. Nessa hora, era como se ele ainda não focalizasse as multidões, os mapas das fomes. Percebeu que primeiro valia manter-se de pé, repondo apagamentos com os dedos que desenham, pintam, tecem floradas e adubam semente. Remirava os gestos do corpo que já conseguia, mesmo que comparecesse em muitos entreatos com a alma em litígios.

A partir de um eu nunca exato, Ilel procurava Vera. No Atlântico povoado de sonhos e reentrâncias, monstros marinhos e negociatas, colonialismos e holocaustos silenciosos; nas noites de Algarve e do Alentejo, dentre uma Coimbra boêmia e ladeiras alegres, amores de chuva e hortênsias da Estremadura, verões do Porto e raparigas em flor...

Nos entrelugares dos brasis, Vera entremostrava outra face do amor. Ela anelara ter um parceiro e filhos em qualquer terra e pedira um amor mínimo, capaz de fazer verter sua ânsia de mulher e sua maternagem. Ilel buscava um país, apesar da avessa procura.

As paisagens da memória começavam a aparecer entrecortadas na fala de Ilel: um filho no ventre de Vera só agora chegava a seus olhos. Vindo de quais lonjuras? Esquadrinhando um reino de esquecimentos, relembrava:

– Mais o ventre enchia e Vera lagrimava pelos ermos, às vezes entontecendo de feliz com as curvas que arredondavam. Ela apenas pedia à vida arrimo para que a gravidez pudesse ter seu termo e o filho vir em paz – recontava Ilel, remoendo recordos.

Trechos de lembranças voltavam. O futuro do pretérito era soletrado quando saíamos a deambular pelos vilarejos que se erguiam na roedura faminta dos arruados. Atiçava fogo à lembrança das longidades de Vera, como ouvisse repetidamente um samba antigo em ritmo e arranjo inusitado. Desassisado, Ilel repuxava um passado onde, por entre as lendas das calçadas brasileiras vira, um dia, Vera mulherando.

Quanto ao filho, desconhecia o paradeiro; a visagem não o desconhecia, certamente, mas não poderia ou não queria dizê-lo. Perguntava-se Ilel reiteradas vezes o que fazer com uma aparição que vem trazer-lhe o passado e de tal modo é real que lhe confere um desafio: achar o filho de ambos. Não era frágil o movimento de descentramento de Ilel e a aparição de Vera talvez fosse de fato levá-lo ao filho. Onde estaria? Precisava eu ter tino para auxiliá-lo a acertar com os tateamentos dessa procura.

Evidente que estava a contar com Vera para auxiliar Ilel a desentranhar movimentos e alembrados potentes para a atuação com o presente. O percurso deveria ser ao modo do voo do sankofa – o pássaro africano de duas cabeças que se punha a olhar para trás e para o devir ao mesmo tempo, como me ensinara Inambê.

Nesse campo de cruzamentos de sonhos as sensibilidades para o amor se entremostravam. Ainda que deslizamentos ocorressem, o afeto por Vera voltando fazia algo renascer em Ilel. Talvez ele soubesse já que quanto mais tangia para longe seu passado, mais este ameaçava voltar-se contra ele. E havia de dar pão com farinha a alguma fome, ó lua.

– O que estava desfeito era de se guardar, se preciso, no papel – meu avô dizia. O lembrado o é no coração. No papel ficam os aviltamentos, as escriturações, o esforço de se dispor de outro modo do que não se recorda de cor – pensava. De outro modo, no papel fica a criação, replicava de si para si.

Um dia nos colhera mais afoitos de esperanças nas sementes crioulas, e foi quando Ilel pediu que saíssemos. Descarrilhamos papéis antigos, colocamos dormentes em nossos ombros, na trilha dos trens de subúrbio. Da primeira vez foi assim. Logo voltamos ao dar com os burros n`água, como se diz. Dias se passaram e martelamos novamente horas em punho na direção do desejo; estrada carroçal, barro frouxo aprisionando as rodas do carro alugado, andarilhagens enviesadas. E nos deparamos com o bairro da periferia, labirinto de margens.

Margeando os limites das casas pequenas, a calçada era a rua mesma. A água rala das coxias coaxava seu coro de saparia desencantada. Voltamos de novo sem paradeiro de Vera. Após esforços que nos deixavam extenuados, Ilel pintou a imagem de um lugarejo e alguns nomes de rua fizeram-nos localizar outro bairro de periferia. Dessa vez fomos ao lugar com mira exata, Ilel mostrando-nos, no bairro, uma casa jurada de não cair, tanto ela se balançava entre raízes e pedras, no trecho de pobreza extrema.

Estranha, a ambiguidade de Ilel. Ansiava e a um só tempo negava o reencontro com a casa e as ruas, pessoas estranhas e possíveis reconhecimentos. A anfitriã ausente movia-se feito espectro em sua deslembrança, e eu a via, mesmo sob certa névoa, me fitando feliz. A rebentação do poente prometia. E havia o amor que nele repisava acordes antigos.

Partejara com Ilel ramagens toscas de recordações no bairro e agora, ante nós embirrava um trecho do caminho devastado, cheio de alagadiços, ricocheteando por margens. Tentei pôr em pauta a correnteza que mantinha a paisagem acesa para a visão: Vera.

– Veja, era ela aqui? – arrodeei.

Ilel não falava mas dizia, o sentimento era maciço.

– Deve haver alguém que nos leve ao que existia antes, tentei sugerir.

– Ainda não sei, ele disse, cortante.

O amor por Vera se apresentava a Ilel, irrompendo febril andarilhagem. De minha parte, eu contactava Vera mediunicamente, sentindo sua presença lucilante, rosa lúcida.

– Havia-se de crer – arrisquei comentar, respeitando o silêncio de Ilel.

As bordas das calçadas expunham suas nervuras e curvinhas. O engenho da lua crescente cavalgava, cumpliciando a pauta das TVs ligadas, o último crime passional, amargas histórias do narcotráfico, mortes coletivas em derrapagens por mentiras e conchavos, discursos políticos desabridos de saque e rapinagem... A pátria roubava-se do belo mundo universo.

No avesso, alteava-se outra canção, a das mulheres mães embalando crianças de colo. Avizinhava-se a face amante das noites. Rodopiavam meninas, mocinhas e mães, acalentando-se umas às outras, acalmando inomináveis fomes ou aprontando-se para sair. Esquecera Ilel a pressa de ir assuntando o "por onde estaria o menino que já devia estar rapaz" – e olhava em volta. Estaria tendo realmente alguma lembrança do vivido ou apenas roçava o espoliado mundo que fora o de Vera?

Caprichosas ruas, suas sinuosas linhas traziam o encanto do que se quer e não se vê. As ladeiras, então, eram parte da poesia que se poderia apanhar no vão das linhas do lugar. Nos lugarejos, o quintal do vizinho alumbrava, mas havia quase meninas abraçando suas crias, que a flor da tarde ali era sem cheiro. As vitrines invadiam a sede e a casa faltava-se de ar. Fosse o bairro o último lugar do que se olha e não se possui, seria menor o estrago que vê-lo gastar-se. Ser o que não era.

Namorávamos o caminho, estrangeirando paisagens. No anda que anda escolhemos uma pausa, pedaço de varanda, em um ponto de bodega. Ali teria café? Pedi qualquer coisa de se comer – era preciso fazer algo que pudesse nos dar um lugar comum dentro do bairro.

– Você parece daqui – ironizou Ilel, ao ver que eu puxara as cadeiras e arranjava uma mesinha que nos cabia. Levantei-me para o pequeniníssimo balcão e entabulei uma conversa com o dono da bodeguita sobre os ônibus de linha, que tardavam; aos outros moços perguntava como as crianças estavam indo para a escola na estação das chuvas. Ainda um chuvisquinho aquietava a poeira do dia findo e entre um ou outro passante a conversa se apressava em apresentar a vida estonteante dali. E a lua.

Molhei a tapioca no leite de coco e fui bebendo o café com a familiaridade de quem nunca do local ali se apartara. Viver também era despossuir lugares – ouvi-me dizer. Se se deslembrar fosse despojar as coisas do rastilho da posse, certamente valia o esquecimento. Mas já o havia no reencarne, onde o sujeito faz-se um outro de si, sendo ele mesmo o vário. Ai, o chão belo do que não passeia em nós com vestígios de posse já é bem do agrado de Deus, dizia minha mãe, que o amor se debruça nesses beirais.

A índia sorria, em seu some-aparece turvo. No bairro, um suprimento de afeto que curava – e já Ilel conseguia olhar em volta. Talvez maré de alembramento viesse, abrigando outra mais asserenada. Qual poita afundiando jangada, já estava fincando lugar. Só lembrar ou só esquecer era coisa sem alma, eu dizia a Ilel, e completava: "Vera para mim era visagem linda, relampeando, rápida". E ria à solta, alegre por vê-la vir. Não é que o entrançado do simples já é um encante? Fogo-fátuo. Não alquebra a hora com seus deslumbres. Mas pelo descostume, tem horas que uma agulha perdida na nossa frente pega jeito de fantasma da perda, ora!

Ilel arrodeando entre as poças garimpava outro ouro. O núcleo de uma luz profusa, intensa, se abeirava de nós.

O bairro aqui fazia estilhaços no vivido. Pudesse eu apanharia um pedaço de vidro que servisse para olhar de frente o sol, sem encandear.

Na casinha de café com tapioca, a ladeirinha por onde se alevantavam os grotões dava para uma vista bonita de varais coloridos. Subia-se serpenteando. Apontei da varanda improvisada traçados de ruas e casas.

– Conhecêramos alguém que residira no bairro há tempos e procuramos sua casa – comentara com o moço do café, angariando ajuda para nossa procura. Ilel encachapava-se, evitando de dar explicações.

Em desenhos diversos, casas dependuradas forçando diagonais exibiam janelas inclinadas, a abrirem-se em meio aos puxadinhos de outras casas que em laterais e por cima se apinhavam. Nos espaços ricos a arquitetura normatizava-se repetida, mas ali, o arranjo aproveitava-se da feição do apoucado e do improviso para a diversidade cumprir-se.

Flores encampavam os telhados ora vertiam de vasos espalhados por toda parte, que no universo do bairro encachoeira-se o criado, em sua feitura única, entrecortada de belezas e faltas.

Já os varais se expunham nos recantos por onde havia um espaço de sol, aos lados, ao fundo e, mesmo, à frente das casas. As estampas das vestes nos varais falavam do espaço em comum, seus coloridos sugerindo vida gostável. Olhando assim de fora, o que era concretamente privado narrava-se no largo das ruas, compondo a história social de mais um bairro que se presentificava no universo público. O lugar, ali, esbanjava-se de ser.

É que nos olhos do dia o bairro não era só paisagem para os prazeres do narcotráfico nem balcão de venda das carnes frescas de moçoilas, tampouco servia apenas de repasto aos que se viam pagantes de uma noite, como era o emblema do que se falava nas mídias. Havia mais um estroncado de areais onde crianças se embrenhavam por casa e rua; cantava-se às janelas, lanceando nas cordas desassossegos e ciúmes; a colmeia gigante das juventudes percutia seus *raps*, dentre trabalhos e gentes, assim se avantajando por suas reentrâncias as artes do bairro.

Benção de mãe protege nas encruzas – lembrava minha mãe dizendo. Pois era. De repente, vi os olhos de Ilel brilharem de modo estranho. Ah, as redes de dormir onde se embalavam os muito pequenos fisgaram-no, aviando descobrimentos... Mas nada.

As canções corriam ruas empedradas, nas conchas de imagens despertencidas de alembrados; o presente gritava suas exigências:

"Minha mãe mandou-me à venda, comprar um vintém de pão.
É de noite está escuro, tenho medo do papão
- Xô papão de cima do telhado...
Deixa esse menino dormir sono sossegado. "

As sonoridades se misturavam e iam formando uma partitura impessoal que abafava as vozes de cada um, em sua cor particular. As calçadas pouco a pouco se enchiam de gente; mulheres conversavam com meninos escanchados nas pernas; rapazes amontoavam-se para fazer o fogo nas grelhas sobre tijolos e carvão, soprando as brasas, impacientes todos de fome. As brasas crepitavam ainda dentre fumaça e o milho custava assar.

De onde estávamos, eu e Ilel, entrevia-se os embates dos destinos comuns, atados um à ilharga do outro. – "Leis do amor que machucamos ficavam no corpo do espírito", ensinava-me a índia. – No entanto, para dar ânimo, felicidadezinhas tortuosas superpunham-se no cotidiano de Ilel, feito signos deslizantes, pensei.

Os rostos e suas marcas nas janelas abertas expandiam o que quase nunca se contava, de tão habitual. Quando a casa era quase o meio da rua, os pequenos cuidados alongavam-se em molduras simples para o tempo ser nomeado tempo de viver. Iniciantes nesse campo de cultivo das horas, nós nos percebíamos aprendendo com a invisível condução de Vera.

O que não poderia deixar de nos surpreender era a sagacidade da sabedoria de vida das gentes da periferia, com sua geografia humana de partilhas. Saltava aos olhos o que faz das lembranças uma peça única do amor comum e que assoma em nosso íntimo como fruta expatriada; saqueada, mas ressurgida na pujança do bairro.

Saindo da periferia, quanto mais passávamos o olhar para uma área de mais valor no mercado de bens, mais escasso o impalpável poderio da vida. Já não se via gentes borbulhando nas casas com árvores no meio e um, dois, três andares caindo por cima do que seria um espaço térreo; nem tampouco se urdiam telhados de angulações poliédricas, como se um equilibrista experimentasse com o seu corpo-casa todas as possibilidades das linhas e planos. O reino dos puxadinhos desencantava-se. A apoteose ao consumo requeria a governamentalidade da normatização, daí que muito de nossa primavera humana com seus traços singulares se quedava sem serventia. O estrépito do excesso na mais valia grita mais alto.

Voltei à minha morada exaurida, pois me apercebera do quão já não me sonhava. Acendendo a luminária em peleja com a escuridão da noite caída, chego em meu apartamento e sinto mãos fortes por trás de mim: Zaque. Tomei um grande susto e ele ficou meio desapontado. No entanto, consertando meu alheiado ímpeto, corri a abraçá-lo:

– Você não estava sumido? – precipitei-me, em velada afirmação. No irrespondível olhar, ele silenciou. Sentamo-nos juntos.

Zaque anunciou precisões. Eu temia envolvimentos em história não conhecida. Em face do que me parecia o extremo, porém, senti-me apequenada. Parecia-me que estava me contendo no não amar. Intuía que ia depender de mim e não do que ele ia me contar o que lhe aconteceria dali para frente. Depois de um silêncio de pedra, Zaque aparou o estorvo:

– Você deve estar achando que estou sendo invasivo. Mas eu não o faria se de você e de sua recepção não dependesse minha vida; e sei que pode entender o que lhe vou contar.

Ele esperou que eu me contrapusesse a si ou o confirmasse antecipadamente, mas eu não. Não me fiz cúmplice de um não saber. Contudo, puxei-o para perto de mim, pus minha cabeça em seu ombro um momento grande e depois olhei-o de frente, calorosamente esperando.

– Tenho ascendência estrangeira, continuou Zaque, mas perdi-me de meu pai ainda criança. Minha mãe me criara quando ainda pequeno, mas na agonia da morte pediu a uma vizinha, minha madrinha de fogueira, que ficasse comigo até fosse localizado meu pai. Na periferia, você sabe, existe em muito essa espécie de circulação ou criação de crianças, que é uma adoção temporária, um acolhimento quase fortuito, devido a algum acontecimento imprevisível. No caso do pedido de minha mãe à vizinha, para que me criasse, a coisa foi-se por um atalho infeliz. Ao ver-me sem parentes ricos e sem a prometida identificação ou ajuda paterna, que não apareceu, a mulher logo largou mão do pedido ou da promessa de me criar. Era pobre, dizia...

Compreendi o que era pobreza daí.

– De todo modo, não conseguir amar é uma pobreza maior, disse Laila.

– Em casos tais, a dor substitui algo; talvez a mulher vizinha tenha sofrido, ao me ver nas marquises andarilhando pelas ruas, sem ter para onde ir, enquanto sua casa nem era tão precisada. Precariedades de vida, porém, fizeram-me olhado e estando em um abrigo, para onde fui recolhido das ruas, estudei muito. Por desfastio, talvez, ou por um aguilhão que nos empurra a ser o que se é. Destino é traçado que se aproveita ou se desvia dele, relutando-se em enxergar diretivas, você talvez dissesse, Laila.

– Ficando maiorzinho fui trabalhar de garçom; comia, vestia, dormia no trabalho para estar de pé no outro dia e recomeçar. Em algum momento do dia estudava música, às vezes teatro e outras coisas; eu pensava que para não ficar enfronhado no mesmo espaço do dia e da noite, no trabalho exaustivo. Mas não era só.

Um dia, em um jantar especial, as mesas todas reservadas, o violinista contratado não veio. Todos iam embora aborrecidos, quando eu me ofereci para ser o músico da noite, se fora possível, após ajudar a servir o jantar a rigor. Eu tinha uma rabeca, violino rústico e bem afinado, que aprendera nas ruas e depois "por partitura", como se dizia, e isso era toda a minha provisão de surpresas. Meu único número, como se diz no teatro.

O certo é que meu chefe acatou o pedido; apresentei-me para surpresa e agrado de todos e consegui depois uma e outra apresentação para os próximos meses. Por tocar em ambientes culturais diversos, mas sempre com certo nível de tratamento, chegou um ponto em que conhecia muitos artistas e me inseri no meio. Foi um ponto de arrimo.

Logo já não lembrava que um dia a chuva batera em meu corpo por indefinidos caminhos, pois já era participante de companhias itinerantes de teatro. Meu abandono não era fato desconhecido. Mas por viajar junto à trupe com os outros artistas do elenco, eu tinha pouso, comida e em temporadas longas ganhava o que dava para viver, passando como tivesse uma família. O passado passara. Passara?

Laila pegou-me a mão com um carinho até então desconhecido por mim. Ficamos por uns momentos sentindo o coração um do outro pulsar alto. Onde aprendera tal? Continuei:

– Os ensaios eram marcados por muita criação e as apresentações com cachês regulares, sequenciados, davam disciplina ao meu trabalho regular, ao modo de ofício. Em arte, muito mais do que se poderia querer. Quando a vida se contrai, a arte pode puxar o fio do destino, ela disse sussurrando, para não interromper o fluxo do meu desejo.

– Como não tive contatos com as famílias de meus pais – eu o sabia estrangeiro –, não tinha certidão de nascimento com o nome do pai e, tampouco, visto para ficar no país, o que implicou minha clandestinidade. No abrigo, em minha vida isso era o de menos, eu achava, e como saísse sem aviso, ao me ater ao mundo sozinho novamente não percebi que havia aí um problema. Brinquei: que sempre há a gota d`água dos acontecimentos, quando a rainha fura o dedo e ao ver sangue na pele alvejada pelo desejo imagina uma filha de cabelos cor de ébano.

Laila já me encontrara, e me abraçava. Fomos à janela ver o sol, o céu de um azul puríssimo alentando. Ficara o acorde em suspensão, porque o fundamental já nos disséramos. No entanto, eu mesmo desejava saber aonde deveria chegar. Não eram palavras a ermo, que eu alinhavava, enquanto Laila tecia seus desenhos. De certo modo era uma enviesada costura de destino. Segui o fio:

– O que aconteceu é que quando a Companhia de Teatro onde trabalho foi assaltada, o produtor para isentar-se de ser relapso com impostos devidos, e açodado pelo temor das dívidas que teria de assumir, apresentou-se antes, para os devidos inquéritos. Quando, ao depor, me perceberam na ilegalidade por falta de certidão e visto, não houve desculpas, nem mesmo o abrigo público que me recolhera retivera papéis para as devidas defesas. O intento era levar-me preso, tentando saber como poderiam extorquir dinheiro de meu suposto pai estrangeiro. Como acreditariam que nada sei sobre meu pai e que sempre o desejei encontrá-lo, apesar de tudo? Saberiam eles mais do que eu? – redargui, com uma incontida ponta de ironia.

Para pausar todo esse movimento de possível exploração a alguém que, sinceramente, não conheço, meu pai; e para escapar a um continuado sumiço por sequestro, que infelicitaria trabalho, sobrevivência e uma possível vida social, pensei utilizar outra identidade. Meu pai Silva, como assim eu chamava ao zelador daqui, que você conhece, a quem amo e muito devo, um dia me acolhera, quando o que parecia vida organizada entornou o prato.

– Uma doença de pele me impedira contratos com a trupe e como músico; eu me vi na iminência de ser jogado novamente na esquina – apontou da janela. Ele vendo, pois me conhecia das ruas daqui de perto e de me ouvir tocar, acolheu-me e assim fiquei residindo nesse espaço, construção inacabada do condomínio, meio que lugar do porteiro dormir modo casa-quarto e que logo arranjei-o de modo bonito. Ele me apresentava como filho e como eu vivesse viajando não pesava tanto assim em sua vida, até lhe ajudava. Sua mulher morrera e ele, com um filho longe e sem notícias vivia mesmo só, até então.

– Com a prensa da investigação feita à trupe, meu pai Silva, como aprendi a chamá-lo, confidenciou-me que tivera um tio em seu interior que morrera sendo um *joão ninguém*. Fora jogado em vala comum. Então, combinou comigo falar com seus irmãos, até proceder à minha adoção, o que necessitaria que cedessem a identidade desse moço "ninguém" que já morrera.

– Evidente que você me move, Laila. Mas para realizar o que desejo, com você, preciso algum tempo. Devo ficar escondido – haveria outro lugar que não fosse aqui? Você chegara numa hora em que a solidão virava bicho... E eu pensei: por que não haveria de ser?

Laila pouco teve de acrescentar ao meu plano. Sussurrou, apenas: – Zaque... Em momentos de crise ou mudança é justo defender a vida e ela mesma nos leva aos atos possíveis.

Flambuaiãs de folhas vermelhas da tapeçaria pareciam desabar sobre o chão enfolharado.

Sentíamo-nos. E assim ficamos por um tempo sem conta.

Mais uns meses e o registro foi resolvido. Por fim, ela piscou os olhos, dizendo que era para se certificar: – Uma velha índia do Andu está me olhando aqui. Ela vem me ver quando é o caso de a alma ir faltando-se. (Pausou um tempo que me pareceu sem conta.) De modo que me rendi: conviver com você, Zaque, é irrecusável. Saciasse eu saudades do futuro, parece ter dito a índia algo assim, e depois a imagem desvaneceu, ela me convidou a ir com ela:

– Os vilarejos e arruados depois dos desabamentos pedem de mim aprendizados novos. A procura de vestígios de Vera solicita-me junto a Ilel, um amigo cuja desabada de montes lhe parecia ter mutilado e causado esquecimentos graves. Agora ele reagia. Talvez no seu íntimo, Zaque, havia de ser assim. Há também Camura, Inambê, e meu porto aldeia... Você vai vir.

Abracei Laila ternamente. Depois de um tempo inenarrável fui fazer café e cuscuz para nós, enquanto ela pegava sua tapeçaria. Depois de me lançar aos tratos das coisas simples e já sem me conter fui ver os entrançados das linhas solares no pano.

– Como fosse primavera, eu disse, olhando o que Laila tecera.

Ela vinha a caminho.

Capítulo XV
Enxurradas de quereres – e chega Runa
1 (Inambê)

O querer já não era uma arapuca de pegar dor. Alimentava a pedra pão. Precisava-se.

Gostava de me olhar sendo outra, já lhes disse. Por isso falo de mim na terceira pessoa. Eu dizia: – a Inambê pássara. Uma revoada de pássaros vai sonhar, dissera Camura, quando a vira pela primeira vez. Levava seu amor por Inambê a extremos e a minúcias, que o tempo de viver é de muda, dizia ele. Constatei quando sobrevivi aos montes descambados; morticínio planejado, etnocídio veraz, essa morte de culturas submetidas, dizia o amado.

Eu não queria ver, daí chamava Inambê, a outra que era eu mesma, para dar conta de plantar vida ali, em meio àquela estamparia grotesca. Ruinaria e estilhaços de vidas, a sangueira dos corpos em meio a depósitos de calcário e terra e húmus teria deixado tisnas na alma? Não deu tempo de pensar nisso, pois que veio o amor por Camura e aí eu já me acostumara a fazer semeaduras e pintur em barro tosco, não era?

Não se fie na matéria – se dizia no Rio dos Pretos. As devastações, as escravidões tamanhas era que o homem tinha uma veia animalesca e antiga a transmudar. E seria grande serviço ir desatando dela e seus ímpetos – ensinavam. O passadio dos dias estava a requerer os dentes no pouco. Mas isso muda. A gente era buscada pelo tempo.

O que se punha na ordem do ter ainda pregava na pele, pois se tinha desejado coisa até a raspa do tacho. O quintal do vizinho ainda atiçava na gente fulgurações do desejo, rastilho que não se sabe de que margem aflora. Nossa sombra passeava por todas as bandas dos arruados e vilarejos. E os quereres que alumiavam vinham catar sustento na nascente dos desejos mais íntimos. Depois se espalhavam, tangendo os insetos voadores e aprumando estacas e águas.

Inambê começara a amizade com Laila na reinvenção do quintal. Sob um caramanchão da flor de pitanga e do maracujá, que dá uma trepadeira de crescimento rápido, fizeram um forno para o trabalho com a argila, que as pinturas e apetrechos de casa esculturados no barro empunham a mão no imaginado. Fragmentos da artesania resistiram acesos, sua arte mordente abocanhava largas porções de vida sonhante.

Com pouco veio a partilha da arte com Camura. Fizeram o torno de lasquear o barro, apurando detalhes. Ladeando o torno, esculturaram uma mesa rústica, comprida, com o forno à lenha a um canto e meias paredes, em abas, para aparar ventos fortes. Se artes de viver podiam continuar o acarinhado...? Ora! Nos próprios quintais havia um lugar em que o território de Inambê e de Camura se encontravam.

Um sanhaço-de-fogo cantava perto, pois o pensamento nas esculturas era uma cerração de nuvens prontas para chover, adiantando o inverno bom. Sucedia, porém, que Inambê se faltava em si, avivando sofrências, atraindo dolosa partitura interna de alembrados. Temia perder Camura. Laila perguntava porque eu não puxava a memória do vivido, para enxergar o que esgarçava do ontem assim manchando a paisagem presente. Cortaria a linha que fazia sangrar os dedos.

Lembrar para depois esquecer? – perguntara Inambê a Laila. Doidice, dizia Inambê. Laila ria: – É que o alembrado faz a assunção da gente ao mando do nosso pensar.

Antes de Camura, Inambê tivera um rasgo do que chamam amor de marinheiro, em outro porto moderno, e o contara à Laila. Levara-o em si por muito tempo, encravado na carne, ladino. Durante a noite, isso antes de Camura, vez ou outra ele vinha. Entre suas pernas e seios o homem embaraçava-se.

– Filha, isso aqui é uma terra de conflitos ressoantes – dizia meu pai. Nem todos vão querer agarrar-se a plantios, os apoucamentos são muitos. Costume é bicho difícil de largar na solta do mato. O porto do moço é outro; se tem o difícil, tem o fácil em grande conta, o lustroso, de brilho falso. O que ele tem escolhido? Arrepare.

Inambê não percebia a que seu pai se referia, encabruado. O seu amor virou sofrê, o pássaro triste, e viveu de condolências até adivinhar o que lhe escapava.

– A vida dos portos modernosos tinha um falso ar de romance latino, eu sabia – tornou a contar Inambê a Laila. – O ambíguo do prazer se desviava forjando olho de dono sobre tudo. Atiçava exigências descabidas.

– Que campos são os nossos? – intentou saber o moço de arranjos marinheiros. E meu pai, precavido, desconversara. Se o gosto pelo moço da vida que ele dizia portuária fora aventura da juventude, Inambê pegara ferida no querer.

– Por que fora outrar-se com homem de tantas pernas e visco enganoso? – ouvira sua mãe redizer, quando o que fora perdido com ele escalavrava a carne doída.

O corpo blefava. Inambê pegou doença do mundo, febre maleita, que fendia a pele e fazia esfoladuras sangrentas – uma doença comum em outros tempos e agora rara. A mãe colocava unguentos depois do banho na bacia cheia de folhas de marmeleiro; pregava no corpo folhas de bananeira e sabugueiro, esconjurava os sinais do desmantelo para longe, cantava orações. Passou, realmente, o ferimento em pústulas, que tudo passa, o pai ajuizava. O Rio da Senhora dos Pretos lavara a torrente da tristura com sua acostumada mudança de águas.

O tempo requisita tempo para as aprendizagens do amor, compreendeu Inambê.

Viera o desconcerto das barragens e enquanto Camura preparava o terreno do mangue, em sua chegança, Inambê se voltava ao seu gueto, a Vila Nossa Senhora do Rosario dos Pretos. Fazia a pé a rota sinuosa que dava para a feira, na lagoinha das Maracanãs, onde antigamente umas aves pernaltas passeavam e alçavam voo baixo sobre as aguinhas. E na feira, que só tinha um punhado de vendas ou tendas, pegava sua gaita e acompanhava um conjunto de tocadores, o que lhe dava uns trocados. A singularidade da natureza – Bica das Antas, Córrego Passarinheiro, Rua dos Afoitos, Coito das Araras... – era uma poesia conhecida sua na andança repetida. E nem ia só: o mundo do invisível era planura conversável, a ressoar nos campos onde se andava.

Apagara a desistência em sua nascente – falava Laila a Inambê, levantado as duas o ateliê do barro para as esculturas. Quando encontrara Camura em solidões, Inambê pegara sua gaita para tocar; ele punha as mãos na cerâmica inscrevendo suas figurações. Logo, junto a ele a passada dela uniu-se. Por que não fazerem coisas juntos? Uma irmandade chama outras, dissera a Laila, que anunciara a um e outro em separado tal valor, com o fito de diminuir distâncias.

– Inambê? – Camura chamava. – Ah, pensei que fosse um bem-te-vi, ela respondia.

Se o bem-te-vizinho cantarolava sua cantilena, Camura saía a tratar do resfolegar das aves aflitas, já que seu terreno era brejado e tinha de dar vazão às águas frequentemente, tentando uma ordenação dos eixos da terra e ar, após a rolagem vertical das barragens. Minguando o vozerio das aves e arroteando o vaguear das águas nas barrancadas, fazia valetas no terreno viscoso. E só então recomeçava a pega do barro. Nessa debulha, abriu-se ao desejo.

De primeiro, Inambê lambuzava-se com Camura, ao pegarem barro no riozinho da vazante. Lá longe, os dois se irmanavam, sem a pressa de jaguar pegando presa. E dia a dia eram paciências e vertigem em cada espalmar. Amaram-se de primeiro brincando no barro, esculturando-se um ao outro. Depois, em um canto minúsculo, longe, beira de um riachinho.

Tempo passando, Inambê ficara mulher de Camura. Mais afoita, saiu ao entrecho de feira, expondo o bonito das esculturas de ambos. A feira era feita sobre um matinho ralo, malnascido. Os restos do roliço amontoado do lado das vendinhas ainda levavam o formato de altos, estranhos montes, que vez em quando decaíam. Mas o tempo corria, e com pouco já catavam naquela rampa de detritos alguma água boa, barro e húmus para replantios.

Na feira, a algazarra dos pregões de um e de outro vendedor deixava uma apaziguada sensação de continuidade nas minudências da vida. Na vozeria confusa dos feirantes dizia-se que os mortos-vivos pactuavam alegrias. Era a hora em que vendiam algumas batatas e arroz, o chuchu e o quiabo, quando então, depois da criação do barro com Camura, Inambê estampava plumagens coloridas nos bichos que esculpiam, pintavam e exibiam na tendinha de feirantes.

Eram luminuras tantas! Aves e sapinhos, bichinhos rastejantes e mulheres andarilhas, com filhos do lado; cordinhas amarradas a varas postas nos ombros dos vendedores de cajus; a zabumba, rabeca e caixa com os músicos populares tocando ponteios; os patos, galinhas de Angola, marrequinhos, perus e capotes misturados a boizinhos de barro; casinhas minúsculas com um banquinho dentro e colheres e panelas de cozinhar, e arvorezinhas com frutos, cesto de flores...Tudo armava-se ali feito festa. Os lembrados iam se fazendo no pouco. Um bordado de ponto cruz na beira do pano narrava uma lenda, pois o aprendido era caviloso em invenções.

Os animais dos reisados e entremeios eram esculturados com seus pormenores e o rio de crocodilos, trecho antigo dali perto, deixava ver boiar restos liquefeitos de coisas da cidade que ainda vazavam. O arroubo da minuciosa delicadeza, porém, era ensinante: a cidade por baixo da que houvera outrora existia, mesmo que com poucos sobreviventes.

Lembrava que quando criança era ela, Inambê, que fazia a mãe adormecer contando carneirinhos nas nuvens do céu, quando os pesadelos da noite eram a vida do dia danificada. O sol, como o amor, era de ser por completo, tarântula de fogo, e a criação dos bichinhos de barro deveria nos levar de volta ao comum.

O extraordinário visitava mais saliente as coisas vestidas do simples. Uma vez, Inambê fora até o porto aldeia com Laila. Não fora difícil achar o que buscava; os restos deixados pelos antigos mestres populares. E logo Inambê encontrou um mestre de artesanias, com quem foi ter, enquanto Laila fazia roda com os cavaleiros das palmas, assubidos nas suas casas-árvores. O velho artesão morava no Recanto das Taperas, lugar de antigas olarias, e embora tivesse havido os desbarrancamentos, o terreno já ensopado apenas em um ponto e outro entremostrava o barro próprio para a feitura de tijolos.

Conversa vai, conversa vem, e o mestre foi logo ensinando a Inambê, esgarafunchando o que ali era destruído, dando valor à maestria com que se poderia restaurar o quebrado. As peças de argila que os mestres artesãos guardaram em montueiros de entulhos não tinham assinatura e eram de variadas, pois eram diferentes em estilo os antigos conhecedores das artes do barro.

Historicamente ali fora lugar de antigos oleiros e artesãos. Por ser teimoso ofício que nem sempre se sustentava naquela picada de terra marítima, as casas de vendas de obras de argila antes expunham artigos ditados pelo suceder novidadeiro dos gostos dos passantes. Os artigos mais envelhecidos, portanto, eram considerados superados pela rapidez do tempo passado e postos de lado, pois o desfazimento das peças gastava tempo e não dava lucro nenhum.

Inambê pediu permissão e se embrenhou pelos montículos nos espaços atulhados de objetos quebrantados, empoeirados, indefiníveis, às vezes. – Eram as quebraduras dos barrancos e montes que a moça queria? Sobraria arte na amesquinhada restinga? – riu o mestre, nas suas humildades querendo agradar Inambê. As peças dos mestres das esculturas eram fragmentos jogados nos arrecifes, evidentemente misturadas ao desarranjo geral. Amontoadas as peças, em meio à movediça baba dos entulhos, as obras da artesania pareciam se negar a pertencer ao monstruoso cenário.

Passou Inambê o dia inteiro nos despencados, arrulhando cantos na cata às peças artísticas em seus restos precários. Depois, foi ter às águas do mar para lavar cada obra de arte achada, se deslumbrando com os antigos desenhos na argila. O exótico, ora nas figurações delineadas, ora nos esboços abstratos sugeria movimento complexo, nos firmes traços dos grandes mestres. Inambê aprendia muito, dizia. E se pôs, com os consentimentos, a colher uma a uma, já com Laila ajudando, as peças que conseguiriam levar dali, deixando também algumas de suas artes para o artesão, encantado por ver que o encontro das composições antigas e quebradas com a revivescência do olhar e da mão as reinventava.

De volta ao seu lugar, chegara, enfim, o dia de ver o resultado do trabalho de recolha às obras vindas do porto aldeia. Inambê chamou Camura ao alumbramento e ao quintal, onde circunvagavam as artes do barro que os dois faziam. Então, depois de catar as inúmeras peças de argila dos grandes mestres, quebrou-as mais, uma a uma, cuidadosamente, em frente a Camura, nessa hora em que o tornava cúmplice de um para onde que ele não atinava de princípio.

Era de não se copiar por completo os motivos de um grande mestre, desnaturando sua força – Inambê arriscou explicar. E também não se poderia negar que eram de outrem. No entanto, era possível aprender com as peças deixadas, mesmo tão quebrantadas. – Seu povo ensinava que algumas obras podiam ser completas, mas nem todas – explicou, se referindo ao aprendido com os próprios indígenas do lugar, que cruzaram com os pretos. Nada se perdia das criações da artesania, pelo que via, pois era preciso pegar um pedaço da peça quebrada ou inacabada e construir outra peça a partir daquela, utilizando algo da forma e das figurações do mestre antigo para os novos ensaios do aprender. Era um rito de iniciação indígena, completou Inambê, que Camura aprendera com Rosario.

O olhar de Camura assegurava entendimentos. A cada quebra das peças, então, ele corria a buscar vestígios do que havia sido a obra, tentando apreender pinceladas e fulgurações, texturas e volumes, formas e linhas características do artista que exibira suas composições na argila. O que poderia ficar de cada um nos traços das figuras novas? – inquiriam-se. A sede que a vida tem das infinitas sabedorias – conversavam – ia tramando elos entre obras e pessoas de tempos diversos. As realidades poderiam passar, mas o olhar da arte e de quem criara imagens e escritura fincava-se também na duração.

– O que era transmissão? – insistiu Inambê. Trabalhar a partir de vestígios? O designado por ontem ou ausente não se apresentava, mas existia. As experiências haviam sido ceifadas ao modo de um etnocídio, mas o desejo da vida era perene. O objetivo agora era tocar a sobrevida com as artes do ensonhado. Para isso, as permanências eram visitadas e a criação também zelava pelo que se poderia colher das continuidades. Entre a piedade pelo esquecimento e o contentamento aviado pela lembrança, aprumava-se para ligar os dois olhares, neles fazendo coexistir um pacto.

Os indícios do esperançar nos alcançavam, com seu pedido de prosseguimentos.

Chegaram as primeiras chuvas do caju. Lento é bonito, dizia-se. Camura se sentava ao lado de Inambê, os dedos desmanchavam solidões no barro e o amor vinha inteiriço. Tudo poderia ser lido como travessias. Aplainava-se lonjuras e o trabalho ia curiando o que Camura não tornava palavra. A vida produzia suas velocidades diversas; Inambê se misturava às nascentes, ah, e havia os êxtases!

Tudo ia nesse passo quando, em dia inesperado, Runa, o irmão de Camura, chegara para vê-lo. A alegria de Camura e Inambê deslembrava o já sido, que não era de se amargar nada nessa hora feliz. Depois de arranchá-lo, logo se falou como as sementes crioulas, que se guardara, estavam urdindo concretudes para a ligação de todos, feito fossem contas de um rosário.

E veio a gaita com Inambê. Camura mostrava a estampa dos plantios simples, poucos, mas que guarneciam profundezas. A gente se valia da natureza das margens para se achegar ao grande e ao miúdo, com as esculturações do barro. A cerâmica esplendia suas figurações. Os bichos pequenos passeavam pelos riachinhos de juncos, lá longe, onde a maré do mangue ritmava. Dava gosto ver uma plantação de arroz na parte do terreno brejada, mas já perto do alpendre da casa de pau a pique de Camura. Runa sobrava-se em alegria e entendimentos.

Camura e Runa, junto a Inambê, foram até os vilarejos e arruados próximos na tarefa de trocar experiência e sementes, partindo do campo mesmo do trabalho pertinaz com o de comer, para se chegar à questão dos relacionamentos que fazem a vida.

Os rastros no chão rolante às vezes, de outras o ar parado, ainda mostravam as marcas do ocorrido. As graves devastações impostas, contudo, não poderiam impedir que se recomeçasse de outro ponto, recomendava Camura, fitando o passado sem gosto agora de cutucá-lo. Runa ensinara que Lugar era outro nome de Deus, em hebraico – coisas que sua mãe falava ter aprendido de seu pai, um homem de passagem, como confessara.

Passaram-se dias felizes juntos. Runa pegava uma caixa que fizera de alfaia, para percussão e Inambê tocava sua gaita de fole, transmudando em canções a vida do rio e do povo dos vilarejos e arruados que vinham ouvir e dançar. A contrapelo vieram as aves de arribação fazer seu pouso temporário onde ficaram os catadores e para lá gente e passarinhada se foi a cantar, alegrando trechos antes tristes. Inambê na gaita, Runa nas alfaias, Camura cantava, e a música era um ribombar sonoro nunca antes visto por ali. A gente se guarnecia com alegrias.

De noite, à luz dos candeeiros, Runa fazia-nos ler as ciências da alma. Às vezes, acordávamos com os signos indizíveis da voz que dura e, sempre, alguma visagem, com sua fosforescência, nos aparecia – gente conhecida ou não e que se fora nos costados dos montes, apontando agora que era de se ir em frente.

A pele da manhã era em Runa um canto de amor que a delicadeza da música tornava lúcida. Com Runa deserdáramos medos e a mó que fazia a palavra afundar na não palavra do que passara. O tempo, na voz dele, desencantava outras eras.

E quando Runa se foi, anunciou, rindo, que ia caçar o nome do pai. Mas ele dissera mais.

Capítulo XVI

Vestígios do estranho ou luminescências do amor?
I (Ilel)

Não se poderia ter como amante uma visagem. Mas tinha por certo que era assim que, de certo modo, sentia. Dizia isso quase com escracho, o que até poderia ser entendido dessa forma bêbada, sim, não iria contrariar quem achasse nota falsa no dito desse jeito. Sabia que Vera era um estado de alegria, deliciosamente felicidade e ardil que lhe induzia novos exercícios da autoria de si. O invisível, em certas horas, não era penumbroso, era grave.

Tudo ao redor alternava distâncias e proximidades. Quisera perguntar a Vera se o ventre da criação, a experiência, poderia ajudá-lo a prosseguir na direção de compor o inédito. O que nunca ensaiara ser. Por enquanto, porém, o silêncio dessa resposta ia comboiando meu trem de vida até o porvir, pela via da relembrança sua. Só aos poucos é que demudava meu modo de mirar os dias. A esperança é flor delicada, comentara Laila.

Não se ia descompassar o fecundo pólen junto à pétala aberta, pensou. Ainda que tivesse gasto muito do seu esperançar humano, Vera apontara veredas. O estúrdio feito pelo despenhadeiro de mortes tornara-o estranho e frágil. Mas apesar da ruinaria pôde retomar, com a ajuda substanciosa de Laila, provimento para seu kalah. Os desabamentos agora não iriam recobrir o que a vida já aleitava, zelosa. Juntava por hora pedrinha por pedrinha pelos caminhos onde estivera perdido. Cada vestígio se faltava de ser e chamava para criar o não tentado antes.

Tocado pela delicada nudez da aurora, diria Laila, eu saíra a arranjar trabalho. E o consegui. Ao fazê-lo chegara aos espaços de outros escombros, situados no recuo de uma mata de apoucadas casas, que em algum lugar adensaria seus verdes.

Alcançara, nessa empeleita, por assim dizer, uma hospedaria de periferia, dessas que abrigam viajantes pobres ou amantes que calam histórias espúrias ou fados incomuns. Um toldo para aparar o sol à porta e um nome apagado pelo tempo deixavam ver uma entrada em forma de concha. A tal casa ficava perto do que se supunha ter sido uma construção truncada, com passagens sobre o pedregulho por aqui, por acolá. Falava-se ter sido recanto de oleiros, daí a vista feita de casas assemelhadas, sobretudo no trecho que correspondia ao terreno mais perto da pousada.

Saindo da estação que ficava na rodagem se chegava na hospedaria por ruas tortas e dentre toras de paus que cercavam os entulhos e se faziam de pontos sobre poças d'água que podiam ser fundas. Os depósitos da derrocada premeditada que cercavam esse espaço trabalhado por mão de gente eram de tamanho a alcançar a altura de um alto edifício. Um ar de vida desfeita pairava nas esquinas; não havia casas com oitões ao lado do terreno, mas portas rente à rua, com varandinhas pequeninas trás. O que olhariam?

As casinhas de adobe formavam um círculo e dentre elas ficava a estalagem. Em derredor daquele desenho circular de casas rústicas via-se veredas definidas por pés andarilhos e decerto iriam dar em estradinhas maiores, que iriam desembocar em algum arranjo de roças.

Não havia maior comércio ali, apenas uma quitanda de poucas frutas e verduras na esquina e outra bodeguita com fósforos, broas de milho e minudências do tipo abria sua janelinha. A pousada, se não fosse de tintura desbotada seria o centro da visão, que sem enlevo maior fazia círculos no olhar. Se se voltasse os olhos da pousada para trás via-se a poeira embaçando a visão da improvisada estação da rodagem.

Poderíamos decifrar mais: se se viesse por uma picada de mato já bem alargada, que se punha ladeando caatinga arbórea, se vinha dar em um chafariz que ficava em um projeto de praça principal. Embora crescesse árvores, ramagens e mato inculto também, já se reconhecia casas vivas no caminho – chama-se assim as que possuem gente morando nela. Em meio a um silenciamento onde quase tudo ficara morto ou em vias de decair, ver-se casebres com gente dentro, em beirais de caminho era muito.

Tanto na parte mais perto da estalagem quanto na mais embrenhada em moitas ia-se dar, se fôssemos seguindo a estradinha mais alargada, no que ali se nomeava Matinho de Dentro. E podia-se dizer que já haviam vilarejos, tanto no trecho da hospedaria como no que ia dar no matinho de dentro. Era de se louvar a afoiteza: apesar dos depósitos das estranhas compostagens de todo lado, resultantes do ocorrido, dos abarrancados pegava-se paus e os fincava ao chão, feito estacas, para sustentar as habitações. Os piris, como se chamava aos juncos que compunham parte da vegetação local, davam certos cipós, o piripiri, que as pessoas que não iam para a mata entrançavam, em singular artesania.

Tudo tinha a feição de sertão empobrecido e dizimado, o que não deixava de ser verdade. Mas a resistência da população era grande e até na feitura dos objetos passeavam alegrias. Refazendo a vida, tudo ali se fazia com o cipó – com ele se entrançava estrados de cama, quadros da casa, se tecia bancos, chapéus, redes de dormir, abanos, esteiras de sentar, cestos... E fosse tempo de chuvas ou frio, estio ou primavera, as crianças, jovens e adultos, como também os velhos, mesmo cochilando um pouco nas tardes compridas dedilhavam sua arte no trato com a palha e o cipó. A alentadora tecelagem era feita costumeiramente na varanda dos fundos dos ranchinhos, como chamavam, para onde iam todos até descambar o sol por completo, e prosando sempre. Só mais à noite pegava-se sereninho nas calçadas. Hora de preces. – Se se faltava de crer? Nem nunca. Tudo estava em Deus, diziam-me, mas isso muito depois. Quando eu já me sentia responsável por essas contas de vidas no rosário dos recomeços.

Não era de se ter ali muita viela para escolher seguir. Quem chegasse teria de dirigir-se somente ao lado que ia pela vereda larga e ao círculo central, porquanto do outro lado e ao derredor havia a estranha geografia de uma cidade destruída. Mas se você fixasse olhar na estrada que da estação de rodagem vinha dar no círculo principal, poderia perceber um pé de castanhola que dava sombra. Levantando a vista se delineava o desenho circular das casas que davam para a porta da pousada aonde eu chegara: estava-se no chamado Matinho de Fora.

Dentro da hospedaria espichavam-se umas cadeiras de balanço de pano grosso, que mães usavam emprestado para amamentar os filhos quando por ali passavam. Tinha mais um sofá velho, feito com paus de cedro e cipós de piripiri, coberto de uma napa bem guarnecida – era o sinal de que você estava na gulosa sala, hóspede de um lugar esquecido.

Deveria haver algumas águas – riachos quase secos, em redor dos quais a vida bebia mais sol.

Além da surpresa com o peso da mala que eu trouxera – a gente vai colocando tudo dentro e não imagina... Eu esperara encontrar uma antiga estaçãozinha de trem, que ali houvera, repleta de meninos barrigudos e com fome, tostados de sol e pés no chão, fazendo uma escadinha em tamanhos, enquanto a mãe ficava acocorada, saia entre as pernas, na posição das lavadeiras de rio... Mas não.

– E o que diziam esses rastros de mim, sobre um incerto outrora que eu poderia ter vivido ali? Adiei minha fome de sentido para daqui a pouco.

O silêncio rachava o pensamento mais contínuo; a gente se quedava em sulcos de olhares, truncados, imaginando o não visto na cidade que ressonava, prolongando sua aparente sesta. Não, nem era sesta o que se podia auscultar. Como se não restasse outro caminho, cheguei ao balcão da pretendida hospedaria, não sem antes me sentar no sofá de coberta descorada, para um segundo de reflexão.

Destoando dessa tonalidade de uma cal que se esvai, mordida pelo tempo, por sobre a superfície do balcão quem chegava servia-se de um café torrado em casa. Maria dos Remédios – ou era Das Dores? Ou Prazeres? Das Graças? – não lembro ao certo, era mulher madura que atendia ao visitante acolhendo as malas e arranjando quarto para hospedagem, enquanto os dados da pessoa eram escritos por ela mesma, quando de volta, no balcão.

Os quartos eram todos no térreo e com janelas que davam para um areal sem árvores, ao fundo, e de um dos lados, oposto ao do entulho, se desaguava na lateral da casa vizinha, de modo que era certo se ouvir dali o marulhar de crianças e conversas domésticas. Também se o ar tivesse parado, se aprumando a escuta dava para ouvir, donde se ficava na hospedaria, ruídos dos amuos e da intrepidez dos amores dos outros quartos de cima, que eram povoados pela parentela desse albergue estradeiro, como fui perceber mais tarde.

– Quer uma rede? – a dona perguntou. Armo uma rede? – insistiu.

– Pode ser – respondi sem convicção; não tinha mesmo nenhuma intenção disso; a cama seria suficiente para meu cansaço, certamente.

– O balanço da rede acalma – aventou. Dizem que aqui é meio parado, mas não é.

Não soube o que responder, por isso pedi um café com leite e alguma coisa que se pudesse juntar a isso – seria possível? Queria acertar em algum lugar acostumado, para que minha perplexidade não ficasse tanto à mostra. A dona encontrou onde amparar a estranheza e sorriu complacente:

– Ah, sim; vem com fome. Vamos já preparar sua refeição!

E saiu palitando os dentes, sem que eu desse pelo quando, tão ligeira era a mulher. Trouxe logo café com cuscuz, em um recipiente que mais parecia uma cuia, a exibir a nata feita em casa, com seu cheiro inconfundível. Como ainda havia sol na tarde fui pôr os olhos no rastro das águas dali: a luz solar encandeava, os riachinhos de Matinho de Fora eram mirrados, fiozinhos de água à toa, mas ao redor a vida se expandia.

Na janta da hospedaria vi Jacinta, moça sem marido, com sua filha pequena nos seus braços, já dormindo. Olhou-me, a moça, pedinte de olhos para si.
– Jacinta é nome de flor, soltei, distraído.
Ela replicou: – É um elogio ou uma promessa?
Não fiz escolha tão já.
– Pode ser um ou outro. Depende do ponto de vista.
O sol da tarde se indo me devolvia a meu aprazado aprender. Conversei um pouco com Jacinta até que era hora de ela fazer a menina dormir. E de eu entrar no meu quarto, que em mim a espera de Vera não adormecia cedo. Convalescia ainda? Não saberia dizer, mas saboreava uma paz que há muito não sentira, como se um discernimento maior me devolvesse de um modo que eu não sabia qual. Signo de um encontro com o que eu julgara perdido para viver?

Do quarto ouvia Jacinta cantar embalando a filha Manu. Eu, de ouvir ficava quase em paz. Tanto eu me desvelava no lugar de agora, Canto Verde das Águas, quanto antes, junto de Laila e seu esforço de ajuda em meu refazimento. De tal modo forjara o costume de buscar pegadas em mim para recomeços, que o silenciamento dos vestígios de Vera não me doía tanto.

Pela porta, esperando o jantar, dava para se ver as mulheres pegando água no referido chafariz, uma espécie de bomba que ficava em um costado à guisa de praça, algumas lavando crianças do ladinho, na tarde esmaecendo. O faiscar das lamparinas das casas já acendiam a noite.

– O doutor venha tomar sua refeição! – chamou Das Neves, ou Socorro? – batendo de leve a porta do quarto, onde eu já desfazia minha mala.

– Vou, sim – respondi.

Mas não fui logo. Fechei a porta à chave, cuidadosamente. Deitei-me na cama, vestido como estava e ... Senti uma presença ao meu lado. Tentei perceber o sentimento que me vinha da companhia esperada – há quanto tempo estava só? A paz aumentava. Que nome eu daria a sentimento tão imenso que se apoderou de mim? Inundava-me de um amor a cada vez renovado, refletia, pressuroso, ansiando por Vera.

Voltei-me devagar para o lado da presença sentida; não queria espantar o que chegava tão placidamente para mim. Seria ela mesmo, ainda uma vez, que tão docemente me visitava? A aparição de Vera? Era.

Mulher de olhos doces, cor das águas dali, que possuíam repuxos esverdeados, Vera sorria para mim, atenta. Não me assustei com a presença do meu amor amante, que saltava do peito escalavrando saudades. Ao contrário, tentei cavar uma funda qualquer que me levasse aos longes do bem ansiado. Uma vez escutara que era bom perguntar a que vinha a visita do espírito. Isso garantiria um saber a mais que a presença poderia deixar, junto ao seu perfume de até logo ou adeus.

– Você me jurou uma ausência... Que bom, a visita... – completei, feliz.

E continuei tentando prologar saberes e permanências:

– Você tem se aproximado da procura de nosso filho e eu agradeço, feliz.

Engoli o que mais não dizia por não saber como. As perguntas agora eram o meu ofício, mas naquela hora, no desassossego de adentrar campo inesperado convocavam alguma argúcia. Um pesquisador em apuros – pensei cá comigo, mas boca não falou palavra.

– Em apuros, não – ela respondeu, sorrindo, ao meu pensamento. – Vim ajudar. Você já não viu que há uma picada de mata ao fundo, saindo-se da rua dessa hospedaria? Largando-se o pé nessa mata acha-se um lugar de indígenas hoje mamelucos, filhos de índios com brancos.

– Matinho de Dentro, ajudei a dizer. Vera assentiu.

Concentrado, como se visse um mapa em minha frente, descrevi o que julgava ser o caminho do lugar indicado por Vera:

– Depois de se pegar veredas e curvas sinuosas chega-se a um pântano, que se atravessado por uma picada de mato que fica ao lado, escondidinho, dá a visão confusa, que seja, de uma bifurcação. Por uma via, andando muito se chega ao rancho em região de mangue, onde Camura e Inambê moram e fazem suas esculturas. Seguindo-se a outra via, a da direita, faz-se um grande giro a pé e chega-se ao arruado vizinho, povoado por um grupo de catadores de caranguejos, que antes daí eram sujeitos em situação de rua. Rodopiando como se voltasse pela beira, tem-se o caminho do mar, que leva ao porto aldeia, como chama Laila, com suas pequenas aldeotas. Como se fôssemos ao espaço portuário, em dado momento há um braço de rio caudaloso, onde as correntezas velam por um redemoinho veloz, o Muiúna. Desistindo de atravessar o rio, cercando espaço pela direita e voltando para cá toca-se o fundo do povoado do Rio dos Pretos. Em vereda de saída por trás desse gueto se vem ao Canto Verde das Águas, onde estamos. Como eu viera pela frente, pegando via de carro, não vira, mas se ao encontrar nova região pantanosa a contornasse, em espaço mais enfurnado teria dado com Matinho de Dentro – falei, tentando enquanto mapeava o lugar asserenar um pouco. Seria assim?

– Matinho de Dentro... – Vera confirmou. Sendo engenheiro, tem faro de antropólogo, riu.

– Haviam me falado de Matinho de Dentro, que identifiquei logo, mas não fui lá ainda – cortei-a, abrupto. – As mulheres sempre ficam com as crianças só até ali na curva das águas. Também eu dei apenas algumas passadas, em chegando há pouco; fui apenas até as proximidades do ribeirinho, onde elas ficam, para não despertar desconfiança com perguntas apressadas. Precisarei ir fazendo por mim mesmo os trajetos – respondi, sem me dar conta por completo do insólito do diálogo.

– Estamos em tempos de guerras caladas, mas você começa a se apaziguar. Logo vais saber o rumo de se ir para o não sonhado ainda, depois da curva do rio.

– Como? – respondi, por impulso, agora quase assustado, como se um desaprumo atracasse em meio ao nosso entendimento. O que eu não sonhara?

A claridade amorosa do olhar de Vera me paralisava de amor e me entontecia, ao querer acarinhar ternura outra. Sem atropelar-se comigo, ela me conduzia a outras adjacências. Não atinando onde alçaria voo ou pousaria coloquei do meu jeito, rápido, o estado da questão:

– Após os desabamentos vimos de recomeçar a resistência: uma cidade de arruados por baixo da entulhagem feita pelo desabamento das barragens. Estamos a firmar um tracejado de vilarejos, com descendentes de uma pródiga junção étnica. Alguns de nós tecemos uma pátria-universo outra. Aprendo a ser em novo lugar. Mas... Quanto ao paradeiro do nosso filho...

Estanquei. Mas pelo terno olhar de Vera continuei sem assombro mais:

– A política tem sido uma peste; eu pergunto por que vou retirar do esconderijo vidas que se atam à uma sobrevida – para receberem coiceadas novamente? Será que isso não traria mais dor ao desamparo livre deles? Mas se não sacramentar juridicamente a posse da terra para eles, com cartório e o que for preciso, muito brevemente a tomarão de si.

Vera era perto. No seu olhar faiscavam luminescências que nunca eu vira até então.

– Por que você não me diz de modo direto onde está nosso filho? – ouvi-me perguntar.

– Porque eu não sei. E não é assim que funciona.

Julguei que do silêncio vazava uma enxurrada de interditos. Mas Vera continuou:

– Ah, você diz bem quando fala em desamparo livre. Há um veio do teu pensamento que corre bonito. A confluência de águas atraía o desconcerto do capital e a gente simples era vista como moscas que se tangia para longe. Ou para a morte, como vimos de ver. Na verdade, já houve muita devastação nessa encruzilhada de águas, mas estamos em tempo de muda, Laila tem razão.

E como se o tempo não tivesse passado, Vera ousou dizer ainda:

– Você deve entender que há lugares que se querem invisíveis à fúria do nosso tempo. E tudo faz crer que você deve dar o possível e o suor de suas horas de trabalho a estas vozes que não estão audíveis. Nessa via da alma você pode encontrar nosso filho. É a sua vez.

Capítulo XVII
A velha índia e o amor, quando eu vi
L (Laila)

De novo ficava despojada de mim mesma; a índia esbanjava-se nessa hora. O desassombro do povo não era uma miragem. Ilel se achara em um oficio de nuvens. Na noite das bodas de Inambê e Camura, despedira-se com saudades de mim; iria a uma estaçãozinha abandonada, seguindo até aonde as lágrimas suas se lavariam em águas âmbar, falou. Eu, ao ouvi-lo, parecia acordar para outra vereda em minha vida.

O rapaz do crack em paisagem de fundo-fundo; o velho vendedor de pepinos, que acordava com o sol avarandando as frestas da sua casa de taipa; a baba espessa do barro vermelho nas pernas; o riachinho lavando os pés na beira e minha andarilhagem pela noite após a descida do trem, tudo ficara tisnado, na incompletude do sonho.

Certa dissolvência acontecia de ser produzida pela forma não tão isenta de lidar com as palavras do outro. Daí era preciso repossuir-se, depois de certa aspersão do vivido. Os sentimentos se presentificavam nas margens, puxando-me para ser outra de mim, antes que eu me refizesse. E era de se considerar que somos a alma em reencarne afoito e tivemos várias existências – paradigma submerso. Os outros que fomos pontificavam o que vinha sob a forma de impulso antigo, que era de se examinar. A resistência tecia agora saber de outra natureza. O invisível também era ali. E o amor?

Descera novamente para o lugar daquele ontem, desejante. Zaque traria o exato: pedra e tinta, solventes e massa corrida. Queria chapiscar nos muros o desejo, sua rocha granítica, sua gramática alada, capaz de desvendar o que a cal do tempo poderia ter encoberto. Peixe agarrado quando se poita a embarcação. Ininterrupto peso sobre um corpo, minha alma desejante não mais temia perder o amor. E nem nunca mais os desmoronamentos anunciados nos veriam cair, eu me assegurava.

Destino era seguir mais, aonde pudesse fazer o ensinado tantas vezes: chegar além do que se apalpa. O luar rasgado na vasta noite fazia avizinhar-se de mim em um relance o que eu nunca soubera do que amara. A vida no porto era plural. Suavíssimo chiado das águas do mar embrenhava-se por todo canto, abismando. Meus pés eram o que parecia imergir da volúpia das ondas. Vento nas palmas, redemoinho; correr o rosário dos vilarejos requeria coração. E o meu ali estava. Prenhe.

Palmas abertas. Pouso e ida, em uníssono: meu amor pelo porto era lenda da beira e bem perto dos cavaleiros verdes ficava outro arruado, não alevantado nas alturas das palmeiras, mas seguindo de volta em direção às dunas onde Rosario morara. Perto daí, nessas imediações, onde o mar fazia uma enseada, a índia que me chamava para ir acudir outra. Tarefa de socorro.

Tinha chegado devagar, pelas encostas de algumas aldeias de portas fechadas. Ladeando sempre o rio, chegara a sentir a maresia poetizando saudades. Seguira encontrando moradas que como contas de um rosário se colavam nas margens. Para cada continha ou aldeota havia as águas-mães, como eles diziam, as que puxavam umas às outras e iam dar no mundo marítimo maior. O mar também se aformoseava com a chegada das aguadas diversas dos rios e riachinhos, que se vestiam de verde capim, verde azulado, amarelo esverdeado, vermelho alaranjando e espumas.

Porque havia a luz, transmudando tudo.

Cheguei e vi uma fortaleza destruída, as casas fechadas ao redor dela e o irromper de uma escuridão que se pensa vir da alma. Ninguém a me esperar. Peguei uma canoa atracada, na verdade um botezinho, e saltei para dentro, remando devagar. Aonde eu ia, não tão longe, era um canto de terra dos povos ilhéus – ilhota. Um pedaço meio esquecido do meu porto aldeia.

Nascentes nas fraldas dos morros, arrodeando areias, as águas verdes entreabriam a maré baixa ensopando a terra de mar. Meus pés eram uma fenda no areal encharcado. Frio, o açoite terral. A essa hora da noite a espuma fazia sua renda bonita. Os botinhos pareciam bilros no arrendado das espumas. Por sobre a vegetação rasteira atarracada ao chão, os tocos e os maruins, pixoletas e piabinhas dançavam na terra-mar. Para que se pudesse ter frutos e bichos e gente e eira na terra, o mar era também beira. Ninho do que a vida queria sonhar olhando a risca.

Uma tainha pulou da canoa, que estava cheia d'água. Olhei, saí de dentro para ver como fazer. Talvez não tivesse chegado em boa hora, se um índio velho não acordasse de uma casa, caminhasse em minha direção e, sem falar palavra, aprumasse meu botinho atolado. Depois, sem dizer palavra, fosse me deixar na casa da velha índia.

– Como é que você sabe? – apressei-me a indagar, quando ele parou em frente da casa para aonde eu tencionava ir.

– Os espíritos que moram por aqui nas beiradas das águas desse mar me dizem o aonde.

– Ah! E o senhor conhece a velha índia? Eu um dia vim aqui, em um estudo de paisagens pintadas na memória. Lembra?

– Quem não a conhece? A dona moça era de se esquecer? Você é planta daqui.

– Não pergunta a que vim?

– Não precisa. Sei bem que veio por parte de um saber. Quem vem cavando caminho na noite não arrenega procura.

– Recebi um chamado que só eu vejo. Índia ou mesmo cafuza, meio índia meio branca, em mestiçagem dos trópicos, sou filha daqui.

– Sei – ele ajuntou. Ser branco ou índio é muito pobre. São nomes *deles*.

– Você pode me dizer o que ela quer, a velha índia...? Ou não carece dizer?

– A dona moça sabe bem que o destino de cada um às vezes dá um coice e, se dói, acorda. Pausou avaliando o até onde diria e desengatou novamente: – A gente tem um destino nosso e inteiro, mas nele há o laço com os outros. Quando se entrançam a gente às vezes confunde o que pode e o que não pode mudar naquela hora azada, mas cada um há de dar conta a Deus das duas coisas, não é?

– Vim para confirmações. Como essa – afiancei.

– Muitas vezes a gente escuta só nossa própria voz. E qual caramujo se fecha em sua concha. Ou se dissolve com mil pernas, feito um polvo. A dona moça preste atenção quando o destino chama, que sua raia de sóis passa e a gente fica ariada depois, se não aproveitou.

— Às vezes sinto que estamos dentro de tempos que se perderam na memória ... — E a velha índia... o que será que aconteceu...? — atalhei eu meu próprio assunto.

— Não sei — ponteou o velho guia, atento ao fio que puxara antes. — Coração alheio não sei andar por ele. O destino do sujeito se move nesse riscado.

— Um destino, se pode conversar com ele — concluí.

O guia partiu, de repente como chegou. Mal percebi.

Com uma pequena maleta encouraçada entrei, quase correndo, na casa da velha índia. Sem cerimônias fui avançando porque, ia esquecendo de contar, a velha índia me esperava com uma tocha acesa sobre o fogaréu em brasas. Olhei-a; queria que seus olhos me explicassem porque ela me esperava. Calada ela ficou e eu não abri boca nenhuma para uma viva voz. Pegou umas lascas de paus secos, espichando o corpo para frente, sem sair do lugar. Acendeu o fogo ainda sentada, pôs água no fogo para o café. E foi então que eu vi que ela não saía do lugar.

Consertou o peixe, colocou em uma panela de barro e assentou-se mais, soprando as brasas, esperando assasse. Depois, vagarosamente como quem decifra um segredo, encarou-me face a face.

— Quer dizer que dessa vez tu vens como branca, é?

— Não entendi.

— Entendeu, sim. No fundo, você sabe; foi uma índia há muito pouco tempo. E agora vem como branca, para acoitar conversa e escrever em papel de espalhar coisa no mundo. Antes, você queria vir da parte dele, do moço acidentado.

— Escute, ninguém nunca me narrou ...

— Não precisa; a gente não sabe as coisas só com palavras, não.

Assoprei as brasas também, mais próxima ao fogo.

— Vou vir depois para escrever algo sobre a fome. Aqui há muita fome, observei.

— Mas a nossa fome não é igual a outras fomes. A gente resolve sem os poderes do mando, você sabe bem. Os que vêm ajudar, às vezes tiram tanto da gente que quando se vê não se tem mais a pessoa, tem-se um pedinte.

— Quero entender como se resiste a isso – acrescentei.

A índia dividiu um pedacinho de peixe salgado, que dava uma sede intensa. Botou café no copo para mim e puxou um grolado, a tapioca grossa ao modo dos índios, pondo-o em um canto da telha e dando-me na mão.

— Você sabe que sabe; comece. Não ando; vê?

— Eu vejo, mas...

— Você tem parte com o invisível.

— Todos têm.

— Mas você tem sina nisso.

— Sei.

— Então veja o que deu em minhas pernas, que estou sem andar faz mais de dois anos.

— Ele está aqui. Você chama como? Visagem? Aqui está um homem que lhe roubou, você já casada, ele passante, não foi?

Parou-se a fala. Só se ouvia a maré ao longe, em seu remansoso puxado, fole cantador. E, perto, os goles do café que a velha índia tomava na telha barulhavam. Logo, ela procedeu às confirmações:

— Sim; eu era índia. Casada de novinha. Amava meu marido. O caixeiro viajante passou – esse que você vê agora como visagem –, observou que meu marido não estava e me roubou para uso dele, me tornando sua amante. Assim se fazia por aqui, sem respeito às índias. Ainda tem coisa desse feitio. Mata-se, tomam-se as terras indígenas. Eu ia dizendo que o passante me levou para longe. E que índio, como você também sabe, não tinha valor de gente. Hoje...

– Espera, diga a ele.

– Como?

– Diga que você amava seu marido, que ele pode compreender isso pois a amou como amante. Mas deve entender que roubar índia casada não era de direito fazer, nem era aceito por você.

– Eu era uma prisioneira, assim eu me sentia. Ou um objeto, como depois as mulheres estudadas me ensinaram. Porque ele gostava de meu corpo jovem de índia não devia ter feito aquilo. E um dia eu fugi, odiando muito, antes falando coisa que empurrou um moço desgostado dele a lhe ferir gravemente a perna de cima abaixo. Daí o caixeiro viajante pegou um mal das pernas, não andou mais; com pouco tempo eu soube que morreu.

– Agora o morto-vivo se vinga de você – expliquei à velha índia.

– Você está ouvindo? – indaguei ao espírito, um homem muito triste, ensombrado, que estava do lado da velha índia.

Esperei um pouco, assuntando. Escutei com o pensamento o que dizia o morto-vivo e recontei-o para a mulher, a velha índia:

– Ele diz que a amava.

– Não; quem ama pergunta, quer saber do outro. Eu amava meu marido, o índio de quem ele me roubou.

– Perdoe, então – propus. Você a ele e ele a você.

– Vai ser assim – concluiu a velha índia. Pausou um pouco, olhando as águas pelo canto de onde eu viera. O mar prateava-se, enluarado. Os paus fincados, para a pesca de curral, eram como marambaias – lugar dos cardumes pegarem a dormir.

A velha índia retomou: – Mas havia outro, o que ria com a visagem, sem sabê-la perto dele. Insinuou coisas, me levar para uns dias de prazer, quando eu era nova. Vinha com amigos que brincavam com o poder e o dinheiro que tinham por graça, sem saber o preço que iam pagar. É esse que você conhece como acidentado; ele não roubava terras índias, mas andava com os ricos que depois de conhecerem o caminho vinham de outra feita e faziam negócio sujo. Que terra indígena é de indígena. Não coisa de se tomar e ser posta à venda.

– Era Ilel? – consultei. A velha somente respondeu depois de algum tempo: – Esse mesmo, o que procura o filho que, na verdade, você já achou, pois que é o irmão do moço que foi preso e está solto agora – o que ama a moça de nome pássaro.

Feliz com a procura desvendada, por outro lado reparei que com o perdão o corpo trancafiado da velha índia, travado pelo caixeiro viajante, soltou-se, liberto. Alegre, ela levantou-se e andou até a porta. Abriu-a de todo, alerta com a claridade. Entrou uma lua, luar que alumiou o chão da casa mar. – Ô mar... cantei.

A índia ficou cismando calada, voltando-se ao mundo dos espíritos. O perspectivismo ameríndio era assim. Agradeci a Deus a compreensão que ela pôde ter do que a hora ensinara. E eu a ela agradeci as indicações exatas. A índia, por fim, cantou comigo, olhando a aldeia dormida. Uma canção que advinha da terra e suas raízes, mas que abraçava o mar sem saudade do desejo de bicho quando se botava nos costados das gentes.

Por um tempo mais vim até a porta da casa e cantei a vida por cima e por baixo e dentro do ventre do amor. Quando a música findou sua última nota, a velha índia saiu comigo andando em direção ao mar, flor de ir embora. A lua de prata deixava tudo como fosse dia vir se abancando, pois já a madrugada anunciava clarões. Seguindo a velha índia, agora ela minha guia, cheguei ao lugar onde aportara.

Na beira da ilhota havia outros botinhos e barcos maiores amarrados com uma corda grossa, mas que perambulavam no balanço das águas ralas para lá e para cá. Seguindo o olhar, se via a curva da estrada, beijando a encosta do mar. No depois, o olhar ia dar em um campo de palmeiras, e mais lá, as dunas, cercadas de areias voejando.

– Vento leste – felicitou-me a velha índia, que agora me guiava até o botinho para que eu fizesse sem susto o caminho para casa. – Pode ir em paz – concluiu.

Eu reaprendia o futuro, puxando o fio da navalha com que se podia recortar o bom da vida, que tudo estruge mas aplaina depois, em conversa que canta, dando seguimento de evolução sem fim. Agora via que também no penso ameríndio de sagração da vida não existe um fora de Deus e que o pensamento divino sustenta a pátria-universo. Saberes dessa ordem não são posse de uma tribo ou outra, como o pai dizia, enfunando a vela da jangada. Vêm para todos.

Olhava o imenso do mar, as ondas gigantes, o longe da risca, a linha que se vê sempre adiante. E recordava de mim pequena, muito pequena. Isso me deu uma reverência ao que no meu porto aldeia a gente chamava Deus. Não, nunca eu deveria me pôr no centro das coisas, dada a minha pequenez. Também não devia me deixar aprisionar ao excesso, que seria sempre tomar a quem falta e a quem se deve; porque devemos uns aos outros.

De longe, alguns barcos vinham deslizando no mar de prata lua. Era bonita a chegança, concha de luz que a beira bebia da água ondulante. Se tivesse engolido toda a lua não seria tanto.

Fiquei olhando o mar até o dia fundar seu amanhecimento. Que horas? – esquadrinhei na paisagem, quando o dia abriu.

Se o sol se espicha na água o dia se fez por dentro. Como em mim, ri.

Foi assim. Sol dentro de mar. E vento leste.

– Pode ir – aconselhou meu velho guia, que se chegara e eu nem percebera. Está cumprido.

E me abraçou. Lá longe, voltei-me. Ele ainda me olhava, decerto de eras ou futuros onde não havia guerras de branco e índio e negro ou de coisa nenhuma.

O nosso dilema era fazer valer nossas contas de aldeotas e arruados formando uma cidade por baixo da outra, recomeçante.

E não havia mais o que não se soube.

Havia as almas e a sede da vida, refazendo sementes, declarara a velha índia, quando eu vi.

Capítulo XVIII
I (Ilel)
Clareiras na mata fechada

Se houvesse um abismo à minha frente eu não me espantaria tanto. Vera não sabia onde estaria nosso filho? E quem o criara? Vera teria se desencontrado do próprio filho antes de sua partida para o outro plano da vida? O menino havia sobrevivido em meio a intempéries e a uma orfandade que não sabíamos a extensão? Surpreendido em meu corpo de buscas e enganos, vacilei na contemplação de meu desatino. E depois de Vera sair, de repente como chegou, chorei como nunca dantes. Como um homem deveria saber chorar.

Não escutei mais nada ao redor; a ternura de Vera, contudo, permanecia como o ar, volteando delícias que eu tentava guardar na minha dor. Dilacerante era pouco. Parecia-me duro viver os refazimentos que eu teria de andarilhar. Sem subterfúgios mais para me esconder de mim mesmo, contundido que fosse o mankala continuava. Jogasse as sementes no campo, Vera indicara, e eu poderia encontrar o nosso menino, decerto já no tempo das juventudes, supus.

Um suor frio enregelou-me o corpo por longo tempo. Pensei por que o diálogo me fugia à compreensão. Mas não havia dúvidas: a visita de Vera acontecera em estado de vigília – uma realidade de contundente beleza.

Boa condutora de navegações e mestrança, do outro plano da vida Vera ensinava o valor do tempo e da urgência. Mas não resolvia por mim o que eu teria de decifrar. Seria preciso abrir velas ao mar, diria Camura. Com o limo da terra e sal de lágrima dar prosseguimentos.

No outro dia, a manhã me acordava com o atroz sentimento que me inundara na véspera. Enquanto eu saboreava vagarosamente um café torrado com o beiju, Jacinta, a moça que eu já conhecera na hospedaria, aproximou-se.

– Então o senhor tem andado pelo mundo tão só assim? Tem família? Nome?

– Ilel – respondi à moça Jacinta.

Adiei a conversa, indo cumprir o mandado de um encontro com o tempo perdido. Havia sido perdido de todo o tempo de amar meu filho?

Passei de Matinho de Dentro muito chão, dizendo procurar um velho índio. Andei, corri desabaladamente, sozinho, até alcançar um ribeirão, adentrando o para além do imaginado. Queria aproveitar o dia para chegar nesse lugar apontado por Vera. Olhei as galinhas d'água voando, ora pousando leve para beber sua água; os arbustos rasteiros da vegetação embebiam-se de sol e nesta rebentação de verde e ouro realmente fui dar em um antigo povoado de brancos e índios.

Alguns brancos eram antropólogos já velhos que de muito tempo moravam ali. Não mais haviam voltado às cidades e às vitrines das ciências. Os indígenas, esses eram em maior número e falavam sua própria língua. Mas havia número significativo de mamelucos, que possuíam feições mais nítidas da mistura étnica com o branco. No novo sulco aberto havia a enxertia do novo no velho, como se faz com o cajueiro botador.

Na minha trilha medram pedaços do já vivido no que havia de vicejar agora, eu pensava. Que todo esquecimento é provisório. Contudo, tinha o concreto das linhas que eu não conhecia. Avistando um indígena interroguei onde me arrancharia ali por horas e perfilando explicações a um e outro, para afastar qualquer suspeita de logro, logo me conduziram a uma pessoa com quem deveria me avistar. Levaram-me a Marluce, senhora de adiantada idade, que muito cedo viera morar ali com um antropólogo e depois de viúva ficara no lugar, por se perceber amada por aquele agrupamento. Seu rancho era dos que ficavam mais perto da entrada do lugar, o que agradeci, estava visivelmente cansado.

Com Marluce, além de achar pouso da andança feita, parecia ter encontrado um ponto de luz nesse enlinhado breu em que às vezes me debatia. Digo o porquê.

A tarde despencava devagar e para me deixar em território de intimidade amiga, após oferecer-me frutos dali Marluce foi me falando de suas filhas, com sabor de contadora de histórias. Algumas situações foram passadas em revista pela mãe, que tecia juízos precisos, esmerilhando a pérola enxuta da sabedoria – e eu descansava, escutando o sabor das narrativas das suas gentes viandantes.

As meadas de linha alaranjadas se tisnaram em um vermelho cru quando escutei Marluce falar que uma de suas filhas, nascida ali mesmo, tivera longa relação de amor com um português e pelo que se dizia havia sido muito infeliz. Eu conheceria? – indagou. – Tinha por nome Vera.

Desviei o olhar, no esforço de não desembainhar o descontrole das emoções. Um papagaio repentinamente veio de uma janela aberta e pousou no meu ombro falando "ô de casa, ô de fora, fui eu quem cheguei agora..." e voou para os dedos que minha anfitriã lhe oferecia, rindo da danação da bela ave. Salvo da muitíssimo forçada contenção, tive tempo de interrogar-me: Marluce saberia mais o quê?

Lembrei vagamente do dia em que Vera pediu fosse consigo a um lugar indígena, de matriz familiar, que ela confidenciara ser sua ancestralidade, mas eu não aventurara conhecer. Nunca me preocupara com o passado da mulher que eu apresentara em Portugal como amada. E com minha ida ao sul do Brasil selara para sempre o meu desinteresse e total desconhecimento de sua vida e de nosso filho, que vim a saber que ela tivera por meio na insólita situação de um transe medianímico.

Marluce, sem dar conta de meu susto, mas atenta ao meu interesse vivaz por tudo que dizia, me contara que Vera casara e, se parecia ter sido infeliz, em parte se fizera alegre por ter tido um filho do moço que amava e a levara, uma vez, para o longe Portugal. Depois ele deixou-a por aventuras de diversa natureza, que ela disse não saber explicitar quais.

– Como você soubera disso? – inquiri, meio à socapa.

– Vera veio me dizer. Estava tentando encontrar o pai do menino, que fora ao Rio de Janeiro, para saber se ia assinar seu nome no registro. Por isso não trouxera seu filho. Deixara-o com uma vizinha, por receio de lhe tomarem a criança por falta da certidão de nascimento, que ela ainda não fizera. A República fora golpeada e todo tipo de desmando vigorava, daí o receio.

Tive um instante para me aprumar na cadeira e não despencar, porque Marluce ajuntou:

– O que mais eu via nessa hora grave era que contradições acirram e geram catástrofes planejadas. E se determinam muito da alma coletiva, também influem na intimidade de cada um. Caudilhos, em sua insânia, representam o que restou em nós de natureza desumanizada; eles funcionam fazendo dos outros aquela gosma indistinta como se não fossem seus iguais. Marca de desamor indiviso e grotesco, pausou um pouco.

E foi buscar água para mim, que o pedira, como forma de não a deixar perceber o tumulto que me tomava interiormente.

– Mas as contradições levam a mudanças – Marluce repaginou, voltando com o copo de água. Veja que quando vim para esses longes com o marido antropólogo, não cogitava ficar fora de tudo. Nada! Aqui tive duas filhas, aprendi a amar esse grupamento singular, com eles e por eles vivo. Os livros que se trouxera ficaram meus e de tal modo os consulto e estudo que assino com pseudônimo trabalhos na área de cultura e antropologia que vão a alguns centros de pesquisa. Viajam por mim, concluiu, sorrindo. Tinha o mesmo modo de Vera se falar com um riso no canto do lábio, apenas Vera acompanhava essa contração com um dúbio olhar, doçura sobre leve ironia.

Explicado estava o nível crítico de Marluce. E arregimentei forças para dizer, timidamente:

– Galopamos dentre plantios que seriam fartos para todos, mas nossas escolhas podem interromper destinos pessoais e coletivos que seriam mais amorosos. O amor...

Tentei contracenar com o *script* que ela produzia a cada compasso de fala. E ela continuou o que intentava dizer: – O amor seria pássaro que viveria por cá única vez?

Apostava que houvesse eternidades e renascimentos. Deveria ser que a morte fosse temida apenas para os que vivem dela, surripiando os simples. Mas se amamos, as permanências do amor instruem.

Marluce percebeu a incontinência dos meus gestos e solícita convidou-me a ver um jardim plantado no meio da casa, com janelas de todos os lados. Sentamos perto de uns livros dela, que a um canto recuado estavam expostos. Nosso olhar, porém, retomava a todo o tempo os belos girassóis; muitos girassóis, lavrou Marluce. Gosto porque eles procuram... compôs a frase e silenciou, súbito, ao me olhar.

Tentei uma naturalidade que estava longe de possuir e com as palavras circunvagando perto, fui contornando o centro irradiador de meu interesse:

– Narrativa é construção que revolve sentidos antigos. Por elas busco a formalização dos territórios para os moradores do povo que agora o habitam, expliquei-me. Contasse comigo... – ofereceu, solícita.

Desejoso de ir a um território diferente, mas antes confirmando o linear crítico da fala de Marluce, completei:
–Juntando grupos que cuidam de guardar sementes crioulas, como se fosse um reservatório vivo e itinerante, vejo que há coletivos diferentes, ensaiando algo novo. Além de uma experiência coletiva sobre o lugar, verdadeiros ensaios de ser acontecem... e para mim também. Dentro de contradições, como você sabe bem.

Querendo dar assentimento à sua confiança em mim, Marluce aprofundou o assunto:

– No momento em que Vera, minha filha, voltava, sem o menino, é que o desabamento das barragens se dera e ela morrera. Decerto a mulher de vida duvidosa, que conhecera Vera quase de passagem e que era sua vizinha, fora a única que prometera cuidar de seu filho se alguma coisa acontecesse. E de fato com ele ficara. De que terra era? Que nome tinha? Nada sabia. Mas Vera, antes de ir ao Rio de Janeiro lhe confiara que a mulher ficara com o nome do pai português anotado, com todos os pormenores. Tanto ficara com os papéis de Vera como com os da criança, para um possível registro com o nome do pai. Porque quanto a criar ela lhe assegurava que criaria a criança.

Intentava falar mais, mas tive receio de chegar a um lugar que eu não sabia se estragaria tudo. E então, simplesmente chorava, porque Marluce assim o fazia, lembrando da filha. Eu ficara sem saber o que divisar para seguir. Um riachinho âmbar deslizava ao longe, cobra mansa. Planejei consertar algum tecido que esgarçara ou fugir de percepções mais fundas da parte da mulher: – Não era intenção minha puxar da sua hospitalidade dolorosos ontens em dia tão luminoso. Só lhe devia gratidão.

Marluce talvez visse tudo de outra perspectiva, era pessoa sagaz. Mostrou falando, contudo, que reparara ter dito coisas demais e talvez tivesse cutucado assuntos que se queria esquecer. Ou, por outra, talvez fizesse vivo o que parecia morto. De todo modo pedia: Ilel não se esquecesse dela, que muito queria notícias, tanto das construções feitas por meio das sementes crioulas quanto do arrimo daquela resistência. Nesse compasso, talvez um dia soubéssemos do paradeiro do menino.

A palavra "soubéssemos" estaria no plural por gentileza de Marluce, que repartira confidências e contava continuá-las? Ou teria lembrado algum dia em que Vera soltara meu nome diante de si, quase por acaso?

Havia uma precisão de aviar as bordaduras das palavras que faltavam ser ditas.

– Se o silêncio pode ser amor? – irrompi desarrumando o silêncio, na via do saber partejado na conversa.

Marluce repetiu algumas vezes a pergunta, ensimesmada. Depois, olhando o que ainda eu não vira nos seus olhos, expressou, para mim, uma sentença:

– O silêncio pode ser amor. Quando nada precisa ser consertado. No entanto, quando há pontes a fazer, o amor exige atos.

Uma chave. Eu encontrara a chave?

No dia seguinte, voltei à hospedaria de Canto Verde das Águas e de lá ao povoado do Rio dos Pretos, que estava envolto na reinauguração de uma antiga olaria, que abrigaria também a oficina e ateliê de artes dos dois amigos ceramistas: Camura e Inambê. Os dois amantes festejavam nesse dia sua união estável e estava também Runa, um novo participante de nosso coletivo.

Irmão de Camura, Runa vinha ao alegre encontro para conhecer mais perto os atores que atuavam juntando contas no rosário que se tecia. Se estivera quase de viagem para Portugal, desistira e vinha ajudar agora na saga das sementes crioulas, desde já oferecendo seu serviço para o que se precisasse.

Vendo Laila o ânimo da festa simples, viera com Zaque. A alegria dos noivos ceramistas – Inambê e Camura – calcara o chão dos dias com promessas alvissareiras. Reavivando em mim o gosto pelos diálogos de saberes, que me levara tão longe, me prontifiquei a conversar com Runa, que estava a um canto, sozinho, após cantar e percutir em alfaias, acompanhando Inambê na gaita, como costumavam fazer.

A festa durara o dia todo e o dia descambara para longe. Uma língua de lua escandalosamente vermelha e nua no breu da noite fazia todos esticarem conversas no terreiro aberto, ladeado pelas esculturas. Arranchado em lugar ensombrado, quase sem ver o rosto de Runa, chegou um momento em que abri meu coração contando-lhe aos poucos a minha história de um modo nunca antes tentado.

Percebi logo que quanto mais falava mais emocionava Runa, que se retraía como se ganhasse controle sobre si, logo depois mais atentamente me escutando. As sombras da noite escura não me permitiam enxergar sua expressão com maior detalhe. Mas pela forma inteira com que Runa atentamente me escutava, absorto, sentia-o próximo de mim. Supus até que ele sentia o peso e o esperançar de cada palavra que eu lhe dizia.

Em dada ocasião julguei mesmo que pensara só em mim quando falava coisas de amor e distância, pois soubera, sem mais detalhes, por Laila, que Runa tinha sofrido muito devido a uma história que o ligava a uma mãe assassinada. Decerto em hora tão feliz, o casamento de seu irmão, Camura, não seria momento de relembranças tristes, graves, quiçá sinistras. No entanto, foi um rompante que me invadiu, pois pelo insólito de minhas recordações que atravessavam o presente, a solidão explodia em mim, não me auxiliando muito a refletir. Enredei-o, pois, em uma possível pesquisa sobre meu filho. Seria isso possível? Você me ajudaria, Runa? – solicitei-lhe, dando finalização brusca ao meu extenso solilóquio.

Depois de um momento de preces coletivas e cantos em volta de uma fogueira, que espantava os mosquitos e outros bichinhos voadores para longe, já os noivos comemoravam sua partida e não se vira mais Runa. Houve ainda outra apresentação dos artistas do vilarejo próximo ao Rio dos Pretos. Podia-se ver que os quintais de todos, suas veredas, caminhos tortuosos que fossem, se encontravam em algum ponto reconhecido por nós. Revisitamos ora com um ora com outro o aprendizado das contas dos arruados, em uma conversa última onde se assava milho no fogaréu e levantamos o valor de tudo que vínhamos cuidando pôr a renascer, agradecidos um ao outro.

Passando uns dias em minha casa-árvore, como chamava Laila, voltei madrugadinha à Pousada de Canto Verde das Águas. Sentia-me mais perto da presença de Vera, a mulher que me possibilitara construir uma noção já não tão simplificada das pequenas e grandes crueldades da paixão. Da janela do meu quarto, fisgando os longes, imaginei os juncos das paisagens das águas e charcos como pedaços de mim, cortados, boiando naquela algaravia. O que mudara naquela encruzilhada étnica de tantos brasis invisibilizados?

Pensar meu próprio pensamento me fizera mais atento ao que sentia e que carecia o trabalho da razão para entender. Andei o dia todo fazendo mapas para mim, rastreando lonjuras.

A hospedaria acrescentara um toldo na varanda da parte detrás da casa, com uma mesa para as escritas dos hóspedes que desejam alguma brisa, quando o mormaço que se enleia na tarde quente. Olhando o riachinho de juncos que se via da varanda, e as roupas dos hóspedes estendidas ao sol, recomecei o lento aprendizado de ouvir meus silêncios repletos de presenças.

Ora, nessa reclusão escolhida, indo outras vezes ao povoado indígena ficar ao lado de Marluce, tive a impressão de viver alguma coisa parecida com felicidade. Havia algo indizível da mão de Vera ali e posso dizer que já devo o melhor da vida de agora a esse mandado de bem que de modo sutil e continuado ela foi conduzindo.

Não sei explicar, mas anelando o encontro com a aparição de Vera, eu me enfiava todo no trabalho que ela tinha parecido apontar, mesmo por último não vindo me ver. Vistoriava as populações para conceder de pronto a posse de suas terras habitadas. E esquadrinhava o coração dos arruados e vilarejos, nesse enlace de etnias, formalizando juridicamente um espaço geopolítico concreto. Evitar-se-ia mais surpresas, pensávamos.

De começo supus um exercício de lembrar-me, e prossegui. Depois, estratégia de resistência conjunta, nossa – e procurei definir minha parte no trabalho que Laila e Rosário mais prática e intensamente haviam concebido. Pairava em minha reflexão uma possível clandestinidade política para depois. Na etapa em curso, porém, ocupava-me da concessão dos títulos de terra, posse formal dos territórios aos que compunham os arruados do rosário da Senhora da Amargura, como chamávamos, meio rindo, meio gravemente.

No fulgor que acende a justa liberdade, não se joga fora a água suja do banho com a criança dentro; e os povos não são apenas sua governamentalidade provisória. Os arruados nascentes, seus vilarejos e suas gentes são o que a história marca como reconstrução permanente do ser e da cultura. Feita também da matéria do sonho trazem um invisível presente. E no que do passado se desvela como leitura da memória, delineiam-se traços do devir a ser criado. Por isso se pode dizer que os povos são o que nunca houve ainda, mas que vela o impulso de ir.

Capítulo XVIII
Estrela
M (Manu)

De noite era a hora que eu gostava mais; porque a mãe chegava e me levava para nosso quarto-casa. Era uma casa-quarto pequenininha, numa hospedaria, e nem era minha. A gente vivia do aluguel da casa um pouquinho maior que ficava vizinho. Eu e minha mãe Jacinta. O pai, ela disse que um dia ia voltar. E eu espero que ele chegue até hoje; só não fico perguntando porque ela chora ou diz *fico brava com a cobrança.*

Aprendi cedo que cobrança não é uma palavra de se brincar, quando eu era menor do que sou hoje e nem estava na terceira do fundamental. Como bem, soltar raia é de se brincar. Mas já sei que não é só raia que faz alegria não. Às vezes fico com minha mãe brincando de estrela. Sabe como é?

Tem noite que ela chega muito cansada e fica estirada na rede, fitando da janela o pedaço de céu ou lua que dá para encontrar nesse trisco lindo. E aí esse pedaço de céu é como uma folha de desenhar: tem só aquele tanto de espaço e tem de caber tudo. Estrela, por exemplo. Quem avistar primeiro uma estrela, e apontar, mostrando à outra pessoa, ganha. A gente espera junto, eu e ela, balançando na rede; eu ganho mais vezes, porque a mãe cochila tanto quando procura estrela!

A mãe me contou que no tempo dela tinha mais brincadeira de roda na rua. Hoje, aqui, eu fico brincando do que der. Como ela *dá um agrado* para uma e outra vizinha dar uma olhadinha em mim, eu tenho de ficar comportada, brincando do que elas acham que serve para brincar naquela hora. Porque tem horas de se brincar com algumas coisas; já noutras horas faz mal.

Por exemplo: melão de são caetano; é de se brincar com essa frutinha no guisadinho, pois ele serve de comidinha em festa de boneca; mas na fome ele é venenoso, por isso não se pode. Bila no sol quente – não pode por causa do mormaço; já cedinho, pode. Brincar na rua, só quando a *bocada* não está ali – bocada é o lugar da venda de droga. Não tinha isso aqui. Mas está chegando, ouvi dizer. Quer dizer, unzinho veio, chegou, pronto. A pessoa de fora vem, oferece a coisa e vai, escutei falar.

Minha mãe... outro dia eu vi dizer dela: – Ainda bem que ela luta. Sai e vai trabalhar na limpeza e cozinha da hospedaria, ganhar para dar de comer à filha. Tomara que ela não venha a fraquejar de vez, como muitas que caem na vida cedo. Enquanto ela ficar com a menina, tudo vai se ajeitando.

Procurei na escola a palavra *enquanto* no dicionário – que eu sabia de adivinhar, mas não de compreender explicando. Perguntei para a professora:

– Uma mãe pode ficar com a filha enquanto...? O que quer dizer esse *enquanto*?

A professora compreendeu o que ela chamou de *minha aflição* e deu explicação:

– Não se preocupe, sua mãe é muito boa e não vai te deixar.

Isso não tirava a verdade do *enquanto*... O resto da frase é que achei pior: pode-se cair na vida? Isso seria uma coisa de morte? Guardei a dúvida para perguntar outra hora.

A professora falou que era bom ter dúvidas, sinal que a gente está começando a compreender a matéria. E a matéria da vida pelo que eu vejo é mais difícil. Um dia que a mãe estava brincando de estrela comigo e quase dormindo, despertei seu cochilo:

– Mãe, jura que você nunca vai *cair na vida*?

A mãe arregalou os olhos grandes, amendoados, como dizem as outras mulheres daqui que me cuidam e falou como quem dá carão:

– O que você sabe sobre isso?

Eu contei. Ela riu muito, me abraçou e beijou. E explicou de um jeito dela, que ela não é professora, não tem obrigação de explicar muito:

– Cair na vida é quando a pessoa vai casar por dinheiro.

Tem muita coisa outra que acontece comigo que não digo, para a mãe não se preocupar. Como bem, vi ontem o filho da vizinha ir para o quintal e esquentar lata para cheirar pedra; a mãe dele não estava e a outra vizinha chamou um cara que dizem que é metido a polícia e roda uma vez na semana por aqui. O carro levou o rapaz e quando a mãe dele chegou foi uma briga que não tinha tamanho; uns diziam que a vizinha estava certa, estava protegendo; outros diziam que não, que era maldade.

Quando a minha mãe chegou, corri até ela, pedindo:

– Mãe, não se meta.

A mãe se meteu; que não ia concordar com isso, criar a filha vendo *aquilo*, ela trabalhando e dando duro... O que minha mãe percebeu logo era que a mãe do rapaz era uma das duas que recebem um agrado para me olhar. Pronto:

uma já ficou fora do cuidado comigo. (Eu nunca tirava da cabeça a ideia do enquanto...) Só restava a outra.

Fiquei com febre alta a noite toda; a mãe ficou botando água no pano para a febre descer e ainda teve de ir madrugadinha tentar falar com uma dona que sabe aparar criança, benzer e dar remédio do mato, como se diz aqui. Eu lembrava todo tempo o dito bem antes; isso de cair na vida era uma coisa que ficou muito tempo no meu pensamento, fazendo em mim um medo que dava febre.

Tempos depois, minha mãe arranjou um namorado – ela era muito bonita. Ele me dava um chocolate, me mandava ficar quietinha, lá fora. Eu achava aqueles momentos intermináveis e quando reclamei a mãe achou que eu estava com ciúme; que um dia seria mulher e iria também amar.

Aquele arrodeio era muito bonito, tão assim que falei para a professora, quando ela deu um livro paradidático e pediu para a gente contar nossa experiência de amor ou de separação, de família ou de amizade. Escolhi essa: a do namoro esquisito de minha mãe.

– O que é esquisito aí, Manu? – quis saber minha professora.

Eu calei. Não me referi a outras coisas, como também não conto tudo agora, só um pouco.

O pouco. É que a mãe disse amor, que eu também vou amar e ser mulher; mas será que se o homem é grosseiro quando a mulher pede dinheiro é amor? Essa parte não conversei na escola, mas fiquei de novo com febre de noite; a mãe não conseguia namorar em paz, ela dizia, preocupada.

Esse namoro durou quase todo o tempo da alfabetização. E um dia ele enxeriu-se comigo:

– Vem brincar na rede!

Ele estava na rede da hospedaria fazendo cócegas em mim quando a mamãe chegou. Nesse dia a mãe acabou o namoro e eu acho que ela tinha razão. Ele já estava muito *entrão*; querendo me dar banho também, como eu enredei para minha mãe.

Ela soube de outras coisas que ele fez com outras – ouviu a mulher que me dá uma olhadinha em mim dizer. Começou assim, depois piorou – acabou por falar.

Durante muitos meses minha mãe de noite ficava com os olhos vermelhos de chorar. Foi nesse tempo que eu comecei a ver e conversar com meu amigo invisível. Quando fui contar isso para minha amiga Tanali, ela ralhou, que isso não era coisa de se brincar e tal.

– E quem está brincando? Estou contando.

– É a mesma coisa, replicou Tanali.

– Acho que é porque a mãe não aguentava conversar comigo olhando nos olhos que chorava; então, veio esse amiguinho invisível brincar comigo. A mãe vive dizendo que eu sou muito menina ainda, que preciso brincar; e ela não brinca comigo, não tem tempo. As outras mulheres daqui também não têm tempo para nada, como elas dizem, pois trabalham também entrançando os cipós do piripiri para fazer redes que vendem na rodagem lá longe. Então tenho de tentar o que posso: com esse amigo invisível eu brinco.

A primeira vez que tive um amigo invisível foi quando eu vi que meu pai custava muito a chegar e talvez nunca chegasse.

– Você deve se preparar para o pior e o pior é ele nunca vir – disse a mulher que me olha quando a mãe sai para o trabalho. Mas depois a vida melhora, que tudo passa.

A mãe do meu pai, um dia, veio me conhecer e ralhou dando ponto final: seu filho se fora para longe e casara com outra mulher. E que ela tinha vindo me ver para tirar um peso da consciência, saber se eu estava viva ou morta. Queria também deixar esclarecido que não vinha mais, para não criar *vínculo* e minha mãe pedir pensão.

De novo eu entendi tudo, mas não sabia o exato da palavra *vínculo* – "pedir pensão" eu sabia, muita gente tem pensão por aqui; é quando a mulher chama uma polícia para o marido que sumiu e não quer ajudar na despesa. Minha mãe riu muito quando eu falei isso e deu razão a mim. Só que as pessoas podem conversar direito sobre esses assuntos, ela aconselhou.

O meu amigo invisível pediu que eu não ficasse pensando coisa assim e fosse brincar. Eu pedi para ele saber o que era vínculo *do lado de lá da vida dele,* como a Tanali disse para eu dizer. Ela já está se rendendo ao meu amigo; mas não sei por que ela não vê quando ele aparece. Outro dia ele veio e ela estava brincando de pique-alerta comigo. Ela não viu.

Vou saltar o tempo da terceira série todinho, que é um pouco triste. É a parte que a minha mãe começou a beber com o novo namorado dela. Até que um dia ela chegou em nosso quarto que é nossa casa e eu tinha saído. E ela nem tinha visto. Bem tarde da noite ela sentiu minha falta e foi me procurar; já estava desesperada quando me encontrou.

Sabe onde eu estava? Quando eu tive a ideia de sair de casa, do meu quarto pequeno, para pensar um pouco em fugir ou não do namorado de minha mãe? O quarto-casa é tão pequeno que não é fácil, meu amigo invisível me levou para debaixo do pé de juazeiro que tem lá no outro lado da pista, já perto do açude.

Será que meu amigo queria dar uma lição na minha mãe? – pedi arrego para a professora. – Ele queria então dar um susto nela? Eu queria, não vou negar!

Aprendi uma coisa que vi minha professora dizer na escola, quando os meninos estavam passando da brincadeira e entrando na violência: era preciso dar *limite* a eles. E olhou para mim nessa hora: quando a gente ama *precisa* dar limite. E olhou de novo quando falou a palavra *precisa*. – Até criança dá limite a gente grande, assim deu ensino minha professora.

Quando aprendi isso, muitas vezes ouvindo e vendo na minha escola a professora dar limite, vi que o namorado da minha mãe precisava de limite, quando veio com histórias comigo, me oferecendo bebida, ele já cheio do cheiro de cachaça.

Eu contei para minha mãe como a professora tinha me dito e dei exemplo de como estava entendendo esse ensino:

– Se a senhora não dá limite a ele, eu dou.

Quando a minha mãe me achou e eu estava inteirinha no dia do pé do juazeiro, ela me abraçou, apertou, como se eu tivesse despencado e me quebrado toda, e eu vivinha ali. Acho que ela lembrou do que eu tinha dito sobre limite. E eu fui no ponto certo, como dizem aqui:

– Lembra o que é limite?

Acho que ela fez de conta que não lembrava porque estava todo mundo da vizinhança olhando e aqui menina não ensina muita coisa para mãe não. Eu aproveitei e então pedi para brincar de estrela com ela.

– Você brinca, hoje? – pedi.

– Manu, você já vai entrar na quarta série, já aprendeu a ler. Com brincadeira de menininha de braço...

– Então vamos ler história!?

Ela estava cansada de novo. Pediu: – Ainda é estrela, pode ser?

Esse "pode ser" dava um tom muito "democrático" ao nosso combinado, como eu gostava de dizer. Ela ria: – Essa menina...

Nesse dia eu contei tudo, confiança é confiança, até do amigo invisível. Só não confessei que ele ficou comigo debaixo do juazeiro porque ela podia pensar mal dele, como a Tanali pensava antes. Podia pensar que ele tinha me levado e não foi. Ele viu que não dava jeito de eu não ir e foi me protegendo até eu voltar, assim ele falou.

Minha mãe acha que amigo invisível é algo espiritual e muito bonito. E me pediu para eu lhe contar tudo o que fosse acontecendo entre eu e ele. Eu aproveitei para mudar as coisas:

– Só se você parar de arranjar namorado que é *entrão* e que bebe.

Ela chorou um pouquinho e concordou comigo, e explicou que vinha mudando. Que uma mãe assume um compromisso de guiar o filho ou a filha na vida e que eu tirasse a palavra *enquanto* da cabeça, que o amor dela por mim era *para sempre*.

– Não vira Ilel? O moço hóspede? – minha mãe falou. – Era, como bem, um moço de casar.

E pediu que eu não tivesse medo disso, que ela nunca lhe abandonaria.

Eu sabia que na vida não tem um *sempre* do mesmo jeito, o sempre é cheio de mudanças, que eu já tinha visto isso quando ia brincar com a Tanali no pé do juazeiro e ela de repente ficava outra de chata. O que me serviu mais para eu reparar que o mundo e a gente também era um ser *complexo*, como ensinou a professora; foi o dia em que minha mãe chegou dizendo que estava querendo me dar um pai, e que parecia que ia ser o moço da hospedaria, que não era tão moço assim e parecia ter juízo, me disse. – Era uma atração até espiritual, ela contou mais, me pegando para um canto conhecido, esse das histórias e gentes invisíveis.

No outro dia, meu amigo invisível me chamou.

– É certo, essa alegria. Agora vou te ver só em sonho – despediu-se, sorrindo.

– Por que você se vai? – tentei entender, quase chorando.

– Porque agora ela e ele podem te cuidar melhor. Eu fico de longe. E... Pode ser que um dia eu venha a ser teu irmão de carne.

Quando eu contei isso para minha mãe, ela me prometeu que ia ver e que dependia de ter um amor mais feliz.

Eu pedi: mas você promete que vai sempre brincar de estrela comigo?

Capítulo XIX
Partejando a pátria-universo
– e se fôssemos nós agora os novos mortos-vivos?

L (Laila)

O ser era de se saber um campo de muitos outros, quando as semeaduras florescem. Antes, cada qual é artífice de mundos imaginados que hão de vicejar. As eras que se traz consigo nessas fazeduras, uma e outra hora acordam. E se o alguém atiça consolanças pelo que desconserta no mundo, precisa de atos feito o forno do barro para a forja da forma nova. Daí se vai e se volta.

Ora, a obra de cada vida é destino criado, dizia Inambê, com suas pássaras aprendizagens. E como no mankala, o vão falaço e os desmoronamentos são refeitos quando o reservatório de sementes guarda e reparte o alimento. As substâncias candentes do espírito fosforescem em nós. É que no prosseguir das perfeições que vai adquirindo o ser recolhe grãos para o kalah.

O esquecimento de Ilel também era, em alguma medida, o meu. Mas a tarefa da memória houvera de acontecer. Sonhar-se é condição reflexiva, veja-se a partícula *se*. Torna-se vital, portanto, se possa sonhar um objeto fora, direto ou indireto. E ver o impalpável e sua existência real, infinita, qual a de nós mesmos, era dessoçobrar o comum, fazendo flutuar canção de amor que então não plange mais tão triste.

Ilel vinha de chamar Vera dia e noite, para que ela pudesse amparar sua busca do filho e o amor que lhe devia.

Segurável não seria o amor em sua litúrgica forma de vivê-lo, ou sabê-lo, tornada costume, pois lançava o invisível fora. Sair do modo coisa na visão do amor, desfazê-lo como um objeto sem quebras, para situá-lo na ordem do espírito era tarefa que superava as mutilações do moderno. Lidar com suas cruas guerras seria falar-se – pensar isso pareceu a Ilel, certamente, começar de novo a arregimentar sementes para o nosso reservatório de provisões.

– Como Vera não saberia do filho? – jogava no ar Ilel, chamando o insólito, sem perceber que essa busca era situada agora sob outra perspectiva. Todos haviam compartido suas penas, mas cada um se dignava ater-se ao seu próprio passado, amarfanhado, roto, capaz, contudo, de proporcionar a si a flexão sobre a própria voz, harpeando sua cantiga única.

Ao atracar no mar dessa procura, encontrando Runa, o filho que seria amado, agora reconhecido, Ilel também recompunha uma pátria-universo. Repaginava seu contundente diálogo com a resistência que se articulava diante do golpe de estado em curso, por meio das contundências desta cidade por baixo da outra.

Com sua ênfase no rosário de contas que eram os arruados e vilarejos de Nossa Senhora da Amargura, cidadezinhas reconstruídas da miséria vivida após o desmoronamento das barragens e montes, resistir era viver outrando-se, na experiência coletiva recomeçante e vária. O universo interétnico dos entrelugares sonhava-se sendo. Partindo do pensamento ameríndio, percorrendo o diálogo espírita, a parceria com o ambiente e o reconhecimento do amor em tudo se tornava carne dos dias, que tudo era vivo.

Nos momentos de partejamento do meu filho com Zaque, agora, eu revia os outros de mim. A passagem rápida de imagens de vida me dava sustança nessa hora. Inambê com sua gaita tocava e expunha suas artes de barro na feira – bichinhos rastejantes, tocadores migrantes nordestinos e as coisas simples das gentes, vasos pintados e panelas – flores de cor. O rio dos Pretos lavava águas do que descambara monte abaixo e nele Zankofa sobrenadava, ensinante. Era um signo de procuras, as duas cabeças do pássaro apontando o passado e o futuro entreolhando-se. Motor das diásporas afrodescendentes, o simbolismo do pássaro indicava no transcendente um tempo urgente e um tempo de sabedoria do que esquecer e o que lembrar.

Camura, de seu anterior estado crisálida, após sua longa despossuição na prisão, solta sua palavra com os dedos no barro e a mão colada à pele de Inambê. Era um contracanto, essa frase que o outro de si canta na obra de arte e na pele amante. Camura fecundava-se nessa leira.

Como havia teia de verdes imaginados, o desafio da vida pegava voo nos tabuleiros de areias que se urdiam até perto do Muiúna, o redemoinho, que dava fertilidade na época do replantio. O braço humano propunha-se dia a dia sustentar as erosões, porquanto a terra ferida ainda ardia com seus sinais. E ainda que mais esporadicamente a compacta massa feita de vidas de bicho, planta, gente e sólidos despencava ao derredor. A vida dos arruados e vilarejos recomeçava do quase nada ter, em meio a corredeiras que declinavam seu restolho dentre os mortos-vivos. A governança dominante já não matava apenas um a um, mas a grupos étnicos e grupos de populações espoliadas, comentava Runa com Camura.

E era.

No porto aldeia, os cavaleiros de palmas, nas suas palafitas, com suas ruas e casas árvores verdes e amarelo palha, enganchadas sob a custódia de madeirames suspensos, galhos e ramagens sobre águas, viviam seu aéreo pousio. Na beira do porto dividia-se o que as jangadas traziam na faina do mar. Se os peixes minguavam e a repescagem rareava seus frutos marinhos, a herança de sabedoria do povo do mar se nutria do que a roça alteada e a das vazantes proporcionava. O mar indiviso era lição de partilha.

Com Zaque, eu compusera inumeráveis luas de histórias, ele para teatro, eu para literatura. Na roda grande das contas dos arruados ele comigo urdia o estudo do memorável e a caça ao futuro comum. Já convivia, amante, com meu olhar indígena a amarronzar a sua noite. Compreendia que as pessoas videntes cutucavam fantasmas amados e com eles conversavam em sonhos acordados.

Se a gente se arvorava a resistir ao tempo, provocando considerandos nos papéis novos – não seríamos fantasmas nós também? – assombrou-se minha mãe Iain, se aventurando ir com tio Argeu quando era preciso, alimentar sonhações, compartir as sementes crioulas e juntar os arruados, o corpo a corpo soletrando ensinagem, ladrilhando plantios diversos. Voltando ao porto, por ser gente do mar, lá cavoucavam seus cardumes de peixes, aparavam dunas.

O Rosário da Senhora da Amargura também abrigava os habitantes de Canto Verde das Águas, que possuía passagem sinuosa que ia dar em Matinho de Fora e Matinho de Dentro, este último onde Marluce vivia, território indígena ribeirinho. Arruados e vilarejos recompostos também dos desabamentos e das mortandades feitas pela governamentalidade dominante no golpe, estes pequenos campos de cultivo e lagoinhas reverdecidas uniam os que ali faziam cidade sob a funda, costurando novas socialidades. Uma releitura étnica nos trópicos poderia influir na ideia de uma pátria humanidade? Poderia o miúdo dos gestos acelerar o pensar de coletivos? – eu perguntava a Zaque, que dizia "sossega, vê tua hora".

Tudo parecia embalar-se em uma nova canção. Seríamos nós mortos-vivos agora? Novos desabamentos propositados aconteceram sob a sangria do capital-bala? – articulei saber. Na verdade, sob a égide de uma certa mentalidade gestora das guerras, pois que havia outras que a isso resistiam, já que há sempre o povo. E a pátria-universo vai chegando.... ?

– Onde eu estava? – indagava insistentemente a Zaque, mas depois adormecia. O céu era de carneirinhos, o verde e a cor-flor se derramavam – água boa de beber, dizia Zaque.

O vivido dava golfadas, pois era um leite bom. – A gente andara e andara pelos lençóis das águas – rio, ribeirinho, mangue, lagoa, ilhota e mar. Águas cruzavam-se. Já se contava amor, no vivido pelo rosário de contas das gentes. Runa, irmão de Camura, dera largada na tarefa de fazer das sementes crioulas um signo de vida comum e da resistência dos abarrancados. – O dia furava de sóis o maciço presente, ia pontuar. Mas palavra não saiu.

Dentro de mim Runa acelerava o reconto, em altaneira voz:

– As gentes sobreviventes dos arruados e vilarejos estão tentando compreender o que mudara no aldeamento que havia sido cidade morta por cima e agora era o caso de haver uma aposta na outra, a viva por baixo. O que viera antes do holocausto era tomado como tosca madeira de lei cortada à faca, desenhada como fortuna, mas embuste. Processo civilizatório manco: os donos fora do âmbito da vida no lugar e sempre açulando a sanhuda acumulação – Runa afirmava, cuidando para que não desbordasse o kalah; sustentava a aprendizagem com as sementes que fazia nele próprio também. De um tudo se poderia semear, dizia, cabia escolher. Era mesmo.

– Cada um, então, percorria conversas com seu arruado ou vilarejo e nos encontrávamos para selar a linha política e espiritual que nos unia. Inambê, na ausência de Camura, que fora ao porto, pegara palmas para trabalhar cores; os fornos funcionavam e ela lá se ia com seu pessoal do Rio dos Pretos fazer artes. Desenhavam sobre argila, pedra, juncos, dorsos de caules e folhas dos quintais nascentes bichinhos corredores do mangue e linhagens pássaras; depois, ela e Camura também esculturavam. E ateavam fogo alto para depois do torno consolidar as formas do barro.

– A arte era grande guardadora de sonhos, que assim não se perdiam da gente, dizia Inambê.

Eu, com Zaque, chegáramos ao meu porto aldeia.

– As junções de cores poderiam cantar? – propus.

– Laila, você fala o grave rindo – observou Zaque, me acarinhando os cabelos.

As imagens do que fora vivido se atropelavam na relembrança.

De volta a Sumaúma, Runa se certificara de que era filho de Ilel. A mulher que soubemos ser assassinada pelo prefeito adotara Runa primeiro e depois tivera Camura e Lucia, criando-os como irmãos e sem fazer diferença no amor que lhes dava. A mãe de Runa, que lhe dotara de amor, não era mesmo sua mãe biológica e guardara os dados e documentos do assunto consigo como quem cuidadosamente se quer infensa a tratos infelizes sobre a adoção. Criara-o, portanto, com o amor que pudera, solidária com a circunstância de quando tentara viver em terra outra ter sido vizinha de Vera, que fora morta no holocausto das barragens. Como ficara com o filho enquanto Vera fora ver o paradeiro de Ilel e o registro de Runa, quando se dera a derrubada dos montes e a mãe da criança morrera cumpriu o que seria muitíssimo humano: cuidar de Runa como fosse sua mãe. Depois de sua volta a Sumaúma é que tivera Camura e Lucia.

Runa encontrara os documentos comprobatórios da sua filiação a Ilel e Vera, como também examinara tudo o mais dessa questão. O que o fizera ter mais elementos para refazer sua vida no Brasil mesmo, junto aos territórios sob ameaça.

Se o contragolpe hoje ia requerer que déssemos unidade às vilas da região que já era chamada Rosário de Nossa Senhora dos Aflitos, encontráramos parceiros nisso. Evidente que quanto menos visível fosse o lugar e os que habitavam nele, menos se acordaria o atroz e sua garra insana, até pelo menos que nossa resistência se organizasse mais.

– Aproveitássemos para avançar, que o grupo político dominante e causador do holocausto investia temporariamente nesse apagamento da memória coletiva – redizia Zaque. Realmente a resistência ganhava corpo único nas semeaduras, aplainando declives, aprumando suas vozes.

— A dança das estrelas flutuava — Zaque apontava. E me acalmava, repetindo para mim: — Incrementa-se ajudas e visitações de uns a outros, ajuntando-se as gentes dos arruados e vilarejos em um só cinturão de vida. Homens e mulheres capitaneavam o mato, na faina das sementes crioulas que colhiam e guardavam, à parte do de comer de todo dia. Replantava-se sementes desde o tempo de roer o chão catando bichinhos miúdos junto aos restos do morticínio. Agora, não apenas se produzia sobrevivências, criava-se o novo possível dessa hora.

A manhã tangia as sombras e os pontos mortos da alma: quem perdera-se na noite das aflições já poderia se achar no incansável presente. Cruento, mas vívido.

— Tinha-se vivido o tempo de reconhecer armadilhas de pântanos no terreno aquoso e aprendizagens na feitura de arruados em mangues ou em espaços quase aéreos; os vilarejos possuíam saber de valia, continuava Zaque para mim, ternamente, como quem adormece uma criança. Herdara-se dos povos ribeirinhos e das regiões pantanosas essa arquitetura febril e tosca, mas que se amigava com as águas, pertencida.

Por sua vez, desafogando-se de uma razão em fuga, Ilel buscara a flor da hospedaria, Jacinta, com a filha dela, Manu, que passaram a viver consigo. Manu viera de uma estrela? Ninguém não se sabia, mas supunha. Ilel esconjurava e cuspia longe da lembrança o que não servia mais para viver. Sonhava mais filhos, ventos de invernos e quintais com frutos, carreiras de alegria em dias de trabalho e de feriar. Não esquecia Runa e o queria sempre perto, pertíssimo. No miúdo do dia rematrizava essa referência. Almada seria a pátria-universo, refeita fora e dentro, por onde andasse o infinito ensinante de Vera.

Rosario revelara, com sua cuia e areias, um coração mãe do caminho. Nos dias mais aflitos da alma percorrera mais avidamente espaços com os catadores e apanhadores de caranguejos, não raro com Camura e Inambê nessa herança.

Contar com Runa e Ilel, desenhando a flor enramada lilás e amarela e depois Camura e Inambê, tio Argeu e minha mãe Iain, agora Zaque também, ao meu lado anotando asas e eixos nos repuxos d'água era cumprir tarefa. Apesar das sinuosidades dos caminhos de águas tão diversas e suas pedras se poderia ancorar os marcos do território de resistência agora coletivo, como conseguira Ilel. Sabia-se esse estado socializante de equilíbrio precário.

Dos longes da infância eu acordava para uma ascendência de séculos, ao acolher junto a Zaque a gravidez dos sonhos em meio aos esforços feitos:

– Subira-se ladeiras escorregadias, parando para rever grotões, fios de água suspensos em pedras quebradas pela aluvião dos desmoronamentos e das compostagens dos mortos-vivos. Ah, as quintas e seus beirais, ladeiras tortuosas e suas balaustradas, azulejos nas praças e o engenho do verbo português – continuava Ilel, relembrando o Alentejo, fonte de seus dias, mas valorando o incomparável motor do novo na hora agora.

– Nunca mais ficaria despovoado de lugar, dizia Runa.

– Se amar une, imaginar era pertencer, falava Ilel.

Desperguntando do passado, Ilel dia a dia pegava a mão de Runa; saíam a esgravatar várzeas e ensonhados no silêncio do cais. Maciça alegria vinha com as marés, depurando, limpando profundamente os vestígios do que descambara não só em mim, mas nas linhas de partida e de chegada de cada dia e cada noite do tempo presente. Tecia com outras mulheres, as dos avarandados de matinho de dentro e de fora, o esforço das novas sementes; tinha eu ganhado meu lugar de ser mais uma dentre elas, com sua história indígena e sua álacre palavra a ser bordada.

– Era então, não era, Zaque, que cada arruado ou vila ia constituindo uma linha de paisagens sólidas, traços de uma lançadeira sensível aos quadros tecidos e também aos campos de um sertanejar contínuo, que tudo não eram sertões da alma?

Quando ficavam juntos, ela e Zaque, ele fazia os imensos bonecos ou mamulengos para o teatro e ela fazia quadros de pano com temas dos novos apossamentos; líquidos motivos encorpavam os padrões estéticos com o recordo da memória e o do esquecimento.

Nos momentos soltos do dia tentava-se aprender a espiar o que poderia servir para viver juntos, que olhando como se olhava resistir era um sem fim. De lambuja, vinha o resto: no mundo das trocas ressoava o imemorável choro das mulheres indígenas, em particular, e por isso mesmo seguia com mais reverência a mira apontada pela avó Rosario.

– Era bom carrear para os dias comuns as meadas de linha pastel, expostas aos sóis e aos dias nas semeaduras, observava Zaque.

O tempo escorrendo, célere, trouxe o dia da gravidez:

– A dona moça espera um filho.

– Que tempo florado! – respondi, alegre.

Feliz, entrava em um universo ancestral, de onde vinha uma memória feminina inatingível por palavras. Quando Zaque soube, pegou o rabecão e as notas longas chamaram a palavra-música, convocando o sim da pauta de dança a três, agora. Nunca mais deixaria de tocar seu violino, prometeu, e no fulgor de uma felicidade que eu nunca vira tanta abraçou-me profundamente. – Gratidão, falou num fio de voz. Olhei-o e esperei o que havia de ser: – Vamos cuidar do amor de todos nós, ele ajuizou, sem querer me largar um minuto. E foi assim.

Agradeci-o, quando então a saudade da vida se aquietava na criança por vir e que por esse fio me levava a gostasiar do múltiplo do amor.

Algum tempo depois crescia o ventre, no calor dos trópicos. Enovelada em maritimidades conhecidas, via aumentar meu amor pelo serzinho adventício e por Zaque, muito especialmente. A poeira vermelha das vilas percorridas a pé e a névoa dos dias marítimos, que a alma ansiava pátrias, fazia meus olhos se acostumarem aos sóis e às penumbras, em ritmo vertiginoso. Posso dizer que o invisível, pouco a pouco, fazia-me divisar luminuras que não poderiam escorrer dos dedos mais.

Como mudara! Não era um ser frágil. No caminho de volta ao passado tomara trens para o improvável aceno do ontem e assomara à porta de uma insurreição calada, que eu passara a costurar de fio a pavio. Tinha fome de tudo o que nunca tinha sido. E acarinhava o que mais fosse possível, ao seguir linhas da memória e do devir, mesmo por sob o absurdo de algumas das escolhas humanas. Que Deus era exato e nos dera a liberdade como lei.

Onde se via só a poeira suarenta do esquecimento, entranhando-se na carne exausta de violações, se havia ancorado uma memória passível de esperançar. Os pertencimentos eram entrelugares de ser. Novidadeira, a vida.

Por fim, chegaram as horas. Depois de um alvoroço em que desacordei, sobrevoava o mundo marítimo dali, fazendo conchas com as mãos no meio do redondo casa. Passeava nas longarinas que formavam ruas no mar, feitas em meio aos espaceamentos das dunas e porto, e voejava nas alevantadas palmas.

Voltando aos sentidos, olhei ao redor e já estava entre aurora e dia, sobre uma cama de lençóis brilhantes, alvos, ouvindo a voz de Zaque:

– Chegou nossa criança, Laila. Adormeça um pouco, para depois acordar e acalentá-la, comigo.

– Um pássaro que come a gaiola precisa aprender a voar com seus destroços, refazendo ninho – ainda pude ajuntar. Zaque beijou-me e cobriu-me: "durma, índia".

Inteiriço e harto tronco de seivas, a terra das letras. Nelas, a inexatidão era o mais perto. De tom em tom, compunha com Zaque, Ilel, Inambê, Camura, Jacinta, Manu, Runa, Rosario, Marluce, Iain, tio Argeu e Rosario, e tantos mais, uma história plural, mas cuja unidade permitia que o estranho em nós pudesse viver ensaios de ser diversos do de antes.

Uma parte de mim, que eu não sabia, vivia trás-dos-montes, desse modo afoito e belo, bordando tempos e nervuras de estar com os outros. Outra parte dizia-se com a terra das letras, com suas noites velozes, suas derrapagens; cantava cantigas de brasis, feito a índia expatriada de sua existência anterior, agora em mim banhando grotas refeitas e a criança renascida.

Zaque alentava a praia extensa do esperançar nos territórios recomeçantes e agora junto a nosso filho entrevia outras campos largos de imensidade. As canções dos pescadores contavam o que eu mordia, aprendendo a olhar de novo:

> *- O mar que levanta velas, repuxa*
> *as ondas do cais   E o bem que vai,*
> *volta nelas...*
>
> *O sempre e o nunca mais navegam*
> *no que se quis.   Nas águas do leva-*
> *e-traz... O amor diz.*

A pátria-universo era um parto – eu me ouvia dizer a Zaque. Atenta ao (in) visível presente, mas... desconfiando de uma razão danificada, perguntava, incontida:

– Seríamos nós, agora, os próximos mortos-vivos? Ou já éramos?

Milton Keynes UK
Ingram Content Group UK Ltd.
UKHW040703150224
437844UK00007B/742

9 786500 259773